I0656307

L'ACADEMIE DES PRINCES,

OV LES ROYS APPRENNENT L'ART DE REGNER de la bouche des Roys.

Ouurage tiré de l'Histoire tant ancienne que nouuelle; & traduit par PIERRE MENARD.

A PARIS,

Chez SEBASTIEN CRAMOISY, Imprimeur ordinaire du Roy, & de la Reyne Regente. ET GABRIEL CRAMOISY, ruë S. Iacques, aux Cicognes.

M. DC. XLVI.

AVEC PRIVILEGE DE SA MAIESTE'.

A MONSEIGNEVR L'EMINENTISSIME

CARDINAL MAZARIN.

ONSEIGNEVR,

L'Empereur Manuel Paleologue, cet illustre vagabond qui chercha par toute l'Europe du secours contre la victorieuse violence des Turcs, ayant experimenté de son temps la difficulté d'vnir les Prin-

ces Chrestiens dans vn interest commun lors qu'ils sont occupez à terminer leurs affaires particulieres, propose maintenant à vostre Eminence vn moyen bien plus facile & beaucoup plus certain, pour vanger vn iour la Chrestienté des nouuelles atteintes que cette nation impie donne à ses frontieres. C'est, MONSEIGNEVR, *de rendre le Roy si puissant par le restablissement des anciennes bornes de cet Estat, & par la conqueste de tant de pays que les ennemis de cette Couronne ont vsurpez sur la famille Royale; & de cultiuer si bien l'esprit de sa Maiesté & les grandes esperances qu'elle donne à tant de peuples,* que ſans autre ſecours que celuy du Ciel & des conſeils de voſtre Eminence, il puiſſe non ſeulement defendre les Princes Chreſtiens contre les forces de l'Orient, mais encore deſtruire cet Empire qui medite la ruine de tous les autres. Voſtre Eminence a deſia ſi bien trauaillé au premier, que le Rhin n'a plus de ponts qui ne luy ſeruent de veritable ioug, & que le Lion de Flandres voit deſia triompher noſtre Alcide, l'Alemagne noſtre Germanicus, & les tours de Caſtille ce grand foudre de guerre que vous auez lancé contre elles : mais la France attend encore des ſoins infatigables que vous prenez pour ſon repos & pour ſa gloire *l'accomplissement du second, qui semble estre le plus glorieux & le plus important de vos illustres emplois. C'est aussi pour ce regard,* MONSEIGNEVR, *que les plus grands Roys de l'antiquité, dont les augustes paroles composent cette Academie, ont desiré de vous presenter les mesmes ouurages qu'ils ont pris la peine d'escrire pour l'instruction de leurs enfans & de leurs successeurs; afin que Vostre Eminence adioustant ses conseils à leurs preceptes,* LOVIS XIV. *soit le seul qui ait appris l'art de regner d'vn grand Prince de l'Eglise & de tant de Roys; & que les mesmes aduertissements qui ont fait naistre ſeparement tant de vertus dans les plus illuſtres Monarques dont les noms honorent nos hiſtoires, les produiſent toutes enſemble dans celuy que Dieu nous a donné pour eſtre le miracle de nos iours. Ces Auteurs pleins de maieſté ont creu que c'eſtoit particulierement aux Princes d'eſcrire du difficile meſtier de gouuerner les peuples, & de découurir les ſecrets de cet art par lequel les hommes ſont l'image la plus approchante de la Diuinité & ſes Lieutenants ſur la terre. Ils ont douté ſi ceux qui ne veulent ioüer qu'auec des Roys ſe peuuent reſoudre à receuoir les enſeignements des particuliers: c'eſt pourquoy ils ont voulu auoir part à l'instruction de nostre Alexandre. De fait il semble qu'il n'y ait pour les Princes non plus de preceptes que de loix : ceux qui leur donnent des conseils politiques dans leurs escrits, les assaisonnent ordinairement de tant de complaisance, que leur discours est plustost vn compliment qu'vn aduis fidele ; mais ces bouches Royales diront la verité, parce que le mensonge leur est messeant & qu'elles ne craignent point les disgraces ; & ces Escriuains augustes parleront auec hardiesse comme freres, auec fidelité comme amis, & auec affection comme peres, qui prennent eux mesmes la peine d'in-*

struire

ſtruire leurs propres enfans. Partant ſi voſtre Eminence donne vne audience fauorable à cette glorieuſe foule, puiſque l'eſprit & le genie des Auteurs paſſe inſenſiblement en ceux qui les eſtudient, nous ne pouuons moins nous promettre que de voir vn iour le Sceptre François entre les mains d'vn Dauid, dont la pieté ſera recommandable à tous les ſiecles; d'vn Salomon, dont la ſageſſe remplira tout l'Vniuers d'admiration; d'vn Auguſte, qui par la paix & par la clemence meritera le nom du plus grand Prince qui fut iamais; d'vn Titus, qui remportera le titre des delices du genre humain; d'vn Charlemagne, qui fera voir aux Ro-

mains que leur Empire se pouuoit bien conquester en dix ans ; & d'vn Sainct Louis, dont le zele receura des couronnes immortelles dans les Cieux. Il est vray qu'il y a desia long temps qu'ils auoient formé ce dessein ; mais comme ils parlent d'autres langues que celle de sa Maiesté, ils ont eu besoin d'vn interprete. Puis qu'ils m'ont fauorisé de cette charge, i'oze esperer de vostre bonté, que vous me permettrez d'estre aussi leur introducteur auprés de vostre Eminence. Souffrez donc, MONSEIGNEVR, *qu'à la faueur de leur pourpre, & pendant qu'ils vous feront leur compliment, i'admire à l'ecart les miracles de vostre vie, &*

l'éclat de vostre vertu, que ie considere le present par lequel Rome a creu recompenser si pleinement les bienfaits qu'elle auoit receus de la France, & que i'aye l'honneur de voir ce grand Homme dont les conseils animent cet Estat, & luy procurent tant de triomphes; & en suite permettez que ie baise la Robe du grand protecteur des lettres, du iuge & de l'estimateur des belles choses, de l'autheur des grandes fortunes, & du distributeur des recompenses que la Vertu merite. Que si i'aperçois que vostre Eminence accorde quelque fauorable regard à cet ouurage, & qu'elle veüille l'honorer de son illustre protection, ie pren-

dray cette faueur pour vn commandement de poursuiure; pour accomplir l'Academie des Princes i'obligeray ceux qui ont desia donné les preceptes, à donner aussi les exemples; & ie tascheray de vous faire voir vne seconde preuue du desir que i'ay d'estre toute ma vie,

MONSEIGNEVR,

de vostre Eminence,

Le tres-humble, tres-obeïssant, & tres-affectionné seruiteur PIERRE MENARD.

SVR LE LIVRE
DE L'ACADEMIE
DES PRINCES,

SONNET.

TV vois icy, Lecteur, toutes choses suprémes,
Des Roys, des Empereurs, qui furent si fameux:
C'est vne Academie, où ces Monarques mémes
Font de graues leçons à des Princes comme eux.

Leurs écrits recherchez auec des soins extrémes
Y sont interpretez d'vn style si pompeux,
Qu'il releue l'éclat des brillans diadémes
Dont ils enuironnoient leurs fronts maiestueux.

Si nostre Auguste Roy veut des Roys pour l'apprendre;
Comme aux ieux de l'Olympe autrefois Alexandre
Vouloit auec des Roys seulement s'exercer:

Ceux-cy luy monstreront vne haute science,
Dont se seruant mieux qu'eux il sçaura surpasser
La valeur d'Alexandre ainsi que leur prudence.

H. DE PICOV.

A MONSIEVR MENARD, SVR SON LIVRE

DE L'ACADEMIE DES PRINCES,

SONNET.

QV'ON ne nous parle plus du ſuperbe Lycée
Qui iadis fut remply d'vne foule d'eſprits:
Qui ne ſçait que par toy ſa gloire eſt effacée,
Et qu'il n'eut rien d'égal à tes diuins eſcrits?

La Grece eſt maintenant l'obiet de nos meſpris,
Sa lumiere eſt eſteinte & ſa pompe eſt paſſée,
Par vn prodige illuſtre elle ſe voit forcée
De t'offrir ſes lauriers pour vn auguſte prix.

Ne fais-tu pas entrer le iaſpe & le porphyre
Dans ce lieu magnifique, où ton rare bien dire
Vient à nos Souuerains des preceptes tracer?

C'eſt pour toy maintenant qu'on les verra deſcendre
Des troſnes où le Ciel les a voulu placer:
Car des Roys ſeulement ſont dignes de t'entendre.

DV PELLETIER.

ALL' OPERA,

SONETTO.

VANNE pur lietoua, dono reale,
Ne dell' essere tuo prender rossore,
Che se de grandi in man il don maggiore
Diuien; tu in man real diuieni eguale.

Anzi se col spirar spirto vitale
Il tuo MENARDI in te, ti die' calore,
Per cui viurai; con il reale ardore
L' edace vincerai tempo fatale.

Poiche splendono in te si belli i rai,
Che d'vn sole real aguagli il lume,
In sacrificio a vn Ré ecco' ne vai.

Se consacrar gli Egyptij hebber costume
Al Sole il suo splendor; Tu SIR vedrai
Pien di regio splendor questo volume.

CASTILIA.

ROMANCE

CONSAGRADO A LA VIRTVD DEL MVY DOCTO Y MVY INSIGNE MENARDO,

Por parabien y augurio feliciſſimo de eternitad a ſu Academia de Principes,

Por ſu mas aficionado amigo, y ſu criado mas vmilde PEDRO BENSE *Segretario y Interprete de ſu Mageſtad Chriſtianiſſima.*

OYD Siglos, oyd Años,
Oyd Horas y Momentos,
Oydos preſtadme quantos
Conoceys por padre al Tiempo.

Aun a los mas claros Nombres
Soys enemigos muy fieros,
Al del prudente MENARDO
No penſeys no de atreueros,

Pues con vulgar Academia
Aquel del diuino Griego
Valiente yà os hizo cara
Treze ſiglos, poco menos

Con

Con Menardo ſi, que vanos
Han de ſer vueſtros eſfuerços,
Que morireys todos antes
Que muera nombre tan bello:

Quien creys vos que es MENARDO?
Ariſtoteles por cierto,
Nacido para enſeñar
A nueſtro Alexandro tierno.

Real es ſu Academia,
Sus valedores tan buenos,
Que vn Rey de quatro Reynos
Pienſo ſea el mente dellos.

No pienſe qualquier Hidalgo
Piſar tan ſagrado ſuelo,
Ni aun ſi truxera Tuſones
O Santiagos en los pechos.

Academia es de Principes
En eſte iluſtre Liceo
Reyes ſon o Emperadores
Los mas Pequeños Maeſtros.

Hercules y las Hermanas
Nueue a qui tienen ſu Templo,
Aqui la Ciencia ſe precea
De ſer eſpoſa del Cetro.

Quien digo en ella quisiere
Ser admitido por nueuo,
Ha de traer por abono
Vn Reyno si no vn Imperio.

De dichoso acertò el padre,
Por Dios que hizo de cuerdo
Quando a Academia tan buena
Le diò Padrino tan bueno.

Quien en fin pudiera serle
Padrino con mas derecho,
Sino el que yà lo es del mayor
Rey de todo el Vniuerso?

De vn Rey antes de vn Monarca
Que hizo nacer el Cielo,
Quiça para hazerle vn dia
Del Orbe el vnico Dueño.

EPIGRAMME.

INGENIEVX *Autheur, de qui l'adresse donne*
Aux Princes des aduis qu'ils prendront pour des loix:
Pour que tout fust Royal dans ton liure des Roys,
Il faudroit que le Ciel t'enuoyast sa couronne.

PIERRE CONSEIL.

ΕΠΙΓΡΑΜΜΑ
ΠΡΟΣ ΤΟΝ ΣΥΓΓΡΑΦΕΑ.

ΑΡΧΟΝΤΑΣ μὲν ἔχεις προγόνους, ἕξεις δὲ τ' ἄνακτας
Ἀπογόνους, θανάτου δ' εἴκει ἅπαντα βέλη·
Ἀλλ' ἔργοισιν ἀεὶ καὶ πάντοτε συμβασιλεύσεις,
Οὐ μὲν ζῶσα βίβλος, ἀθάνατος δ' ἔσ' ἄναξ.

Ἰω. Και.

ALIUD.

TRANSCENDE metas temporum, illustris liber,
Regúmque proles; Principes ſemper doce,
Quouſque dominos regna patientur ſuos.
Te Phœbus ipſe, quamdiù Muſas reget,
Vatúmque doctos ducet intonſus choros,
Præficere ſtudiis curet & Regum & ſuis.
Quanquam docere non ſatis magnum eſt tibi:
Te facere poſſe Principes etiam puto.

HENR. DE MIGON.

TABLE.

L'ACADEMIE DES PRINCES.

LIVRE PREMIER.

Discours de l'Empereur Basile Macedonien à l'Empereur Leon son fils pour son instruction.

TABLE.

L'ACADEMIE DES PRINCES.

LIVRE SECOND.

TABLE.

L'ACADEMIE DES PRINCES.

LIVRE TROISIESME.

Present Royal de Iacques Premier Roy d'Angleterre, d'Escosse, & d'Irlande, au Prince Henry son fils.

L'ACADEMIE DES PRINCES.

LIVRE QVATRIESME.

L'ACA-

L'ACADEMIE DES PRINCES.

LIVRE PREMIER.

DISCOVRS DE L'EMPEREVR Basile Macedonien, à l'Empereur Leon son fils, pour son instruction.

CHAPITRE PREMIER.

De l'Instruction.

L'INSTRVCTION est vne chose tres-vtile pour la conduite de la vie, & merite d'estre recherchée non seulement des Princes, mais aussi des particuliers; parce qu'elle aide beaucoup à nous rendre accomplis, & qu'elle nous forme l'esprit par les saintes Lettres, & le corps par

Discovrs de l'Emp. Basile a l'Emp. Leon.

des exercices profitables & glorieux. Ie vous exhorte donc, mon fils bien-aimé, auec vne affectiō de pere & de collegue, de la receuoir comme la Regente de vos Estats. C'est elle qui fait la gloire des Empires, & qui rend les Princes immortels dans la memoire des peuples. Si elle ne se rencontre dans vn esprit, tout y est confus & dereglé; comme pendant l'absence du Soleil, toutes choses sont enseuelies dans les tenebres. Ouurez donc les yeux à cette lumiere; & recherchez auec soin & affection la connoissance des choses qui peuuent seruir à la direction de vostre vie: puisque c'est le moyen de paruenir aux plus hauts degrez de la perfection, & d'acquerir toutes les vertus. Des choses que nous pouuons posseder icy bas, il n'y a que la Vertu qui nous demeure, & qui eschape de la tyrannie du temps.

CHAPITRE II.

De la Foy Catholique.

BASTISSEZ-VOVS vn fondement certain sur la Religion Catholique, & appuyez sur ses maximes celles de vostre Gouuernement. Adorez le Pere, le Fils & le S. Esprit, trinité de personnes, qui toutes ensemble font vne seule substance, & vn Dieu sans meslange ou diuision. Croyez l'Incarnation du Verbe sacré, par le moyen de laquelle tout le monde se voit à present deliuré de la captiuité du peché, comme enseigne l'Eglise vostre mere. La Foy est l'accomplissement de toutes les vertus, & le plus important des biens de ce monde. Qu'elle soit donc grauée dans vostre cœur, & qu'elle y demeure comme vn depost sacré dans vn lieu d'asseurance. La Religion Chrestienne est celle dans laquelle vous estes né, & ie vous en ay moy-mesme donné les premiers enseignemens. Prenez donc garde à ne me faire point rougir de honte, & que vos actions ne deshonorent point vn pere, qui a des sentimens si tendres pour vous. Les Peintres doiuent representer dans leurs tableaux les belles actions des grands hommes, pour en laisser la memoire & l'exemple à la posterité; mais les enfans des Roys doiuent eux-mesmes paroistre comme les viuantes images de la vertu de leurs peres.

DISCOVRS DE L'EMP. BASILE A L'EMP. LEON.

Discovrs de l'Emp. Basile à l'Emp. Leon.

Chapitre III.

De la veneration des Prestres.

Qve vos sentimens, en ce qui touche la Religion Catholique & les articles qui la composent, ne reçoiuent aucune atteinte. Honorez de toutes sortes de respects vostre mere la sainte Eglise, qui vous a toûiours esleué dans la grace du S. Esprit, & qui vous fait regner conioinctement auec moy par la grace de Dieu, & l'entremise de Iesus-Christ. Que si vous estes obligé à de si grands respects enuers vostre pere & vostre mere, qui n'ont ces qualitez qu'à l'égard du corps; vous les deuez bien plustost à ceux qui vous ont engendré spirituellement : car les vns ne donnent à leurs enfans qu'vne vie de peu de durée, au lieu que les autres par la regeneration du Baptesme nous en procurent vne eternelle. Faites donc honneur à l'Eglise, si vous en voulez receuoir d'enhaut ; respectez les Prestres comme autant de peres spirituels & de mediateurs enuers Dieu pour le commun des hommes ; & ne doutez point que les deuoirs qui se rendent au Sacerdoce ne reiallissent iusques à Dieu : car de mesme que les Officiers qui ont l'honneur d'approcher de vostre personne, doiuent estre honorez & respectez à cause de l'esclat que vostre Maiesté leur communique ; de mesme nous deuons auoir de la veneration pour les Ministres sacrez à cause du Souuerain qu'ils touchent de si prés : & comme l'honneur qu'on leur fait monte plus haut, & va iusques à Dieu ; de mesme aussi quand nous manquons à ce deuoir, l'irreuerence le touche bien plus sensiblement.

DISCOVRS DE L'EMP. BASILE A L'EMP. LEON.

CHAPITRE IV.

Du Iugement dernier.

PERSVADEZ-VOVS, que le monde ayant esté creé ne peut manquer d'estre suiet à corruption, mais qu'aprés auoir franchy ce pas il retournera dans vn estat incorruptible & permanent. Car pas vn des ouurages de la main de Dieu ne sera reduit à son neant originaire, bien que toute la nature semble estre condamnée à cette peine, à cause du peché. Croyez en suite la resurrection des morts, & le iugement qui se doit faire de

DISCOVRS DE L'EMP. BASILE A L'EMP. LEON.

toutes nos actions. Car la peine est autant ineuitable pour les meschans, comme la recompense est asseurée pour les bons. Et ne pensez pas que la couronne de gloire soit perissable, ou la punition des crimes seulement temporelle : car toutes deux seront esgalement eternelles & infinies.

CHAPITRE V.

De l'Aumosne.

SOVVENT il arriue que les bornes de nostre vie sont reculées par l'aumosne, comme on dit ; de sorte qu'il semble que Dieu mette la vie à prix d'argent, puisqu'il reçoit des presens de nous pour esloigner nostre mort. Partant si vous faites vne honneste profusion de vos richesses, vous amasserez vn tresor immortel dans les Cieux, & par auance Dieu vous donnera comme pour gages l'abondance de toutes les choses que les hommes estiment biens. De sorte que le fond de vostre liberalité ne s'espuisera iamais par aucune largesse, puisque on retire d'vne main ce qu'on dépense de l'autre, que les presents retournent à ceux qui les ont faits, & que la magnificence fait riches ceux dans qui elle se trouue, non seulement en l'autre vie; mais encore dés celle-cy.

DISCOVRS DE L'EMP. BASILE A L'EMP. LEON.

CHAPITRE VI.

De la Vigilance.

AYEZ tousiours deuant les yeux les belles actions de vostre pere, & taschez de rendre vostre vie conforme à la sienne : car il ne se peut dire, que nous ayons fait paroistre de la paresse dans les affaires, ou de la nonchalance dans les combats; au contraire nous taschons à l'enuy de nos predecesseurs de vous donner de bons exemples, mettant la negligence au nombre des choses les plus blasmables, & le trauail au rang de celles qui meritent le plus. Ne mettez point les choses en vsage hors de saison & mal à propos; exercez vous plustost à iouyr de ce que bon vous semblera des biens de ce monde, comme le commun des mortels, & à diriger vos soins & vos veilles, pour acquerir ceux de l'autre, comme né pour l'immortalité.

DISCOVRS DE L'EMP. BASILE A L'EMP. LEON.

CHAPITRE VII.

Des bonnes Compagnies.

CONVERSEZ ordinairement auec les Sages, qui sont les medecins des ames, afin que la vostre puisse iouyr d'vne parfaite santé. Vous apprendrez parmy eux la recherche des bonnes choses, & la fuite des mauuaises, le choix des bonnes & des mauuaises compagnies, & vne diete qui vous empeschera d'estre suiet aux maladies. Si vous suiuez cette voye, vous arriuerez au comble de la veritable vertu.

CHAPITRE VIII.

De la Vertu.

IL n'y a rien d'où le Prince puisse tirer plus de gloire que de la Vertu. Les maladies ou le temps emportent la bonne grace, & flestrissent la beauté. L'abondance des biens engendre vn certain esprit de paresse & de plaisir; & si la force du corps donne la gloire de quelques victoires, elle fait ombrage aux exercices de nostre ame. La seule possession

sesſion de la vertu paſſe l'opulence, & la noblesſe; puiſque auec l'aide de Dieu elle rend des choſes faiſables qui d'ailleurs ſeroient impoſſibles.

DISCOVRS DE L'EMP. BASILE A L'EMP. LEON.

CHAPITRE IX.

De la Concupiſcence.

QV'VNE paſſion dereglée pour la beauté du corps ne ſaiſiſſe point voſtre ame, car au bout du compte l'obiect de voſtre amour ne ſeroit autre choſe qu'vn peu de boüe, puiſque dans peu de temps vous deuez eſtre reduit en pouſſiere. Chaſſez donc les ſentiments de ſuperbe, que la nobleſſe de voſtre extraction pourroit vous faire naiſtre, & ne meſeſtimez point ceux qui ſont venus de bas lieu. Que la beauté ne vous mene point iuſques à la fureur; ne hayſſez perſonne à cauſe de ſa deformité: conſiderez pluſtoſt les beautez interieures, & apprenez à faire l'amour aux ames par les yeux de l'eſprit. Car il n'y a point d'amour veritable ny permanent, que celuy qui ne ſe perd point dans la iouïſſance, & qui prend au contraire de nouuelles & de plus grandes forces dans la poſſeſſion de ſon obiect.

DISCOVRS DE L'EMP. BASILE A L'EMP. LEON.

CHAPITRE X.

Des bonnes Mœurs.

DIEV vous a mis entre les mains vn Empire, conseruez le comme vn depost sacré, de peur qu'on ne vous considere comme vn homme, qui ne tient pas grand compte des presents dont on l'honore. Ne faites rien qui degenere de son éclat, ou qui obscurcisse sa gloire. Mais comme vous estes né pour commander au reste des hommes à cause de vostre dignité, faites en sorte que ceux qui respectent vostre sceptre adorent aussi vostre vertu. Car il n'y a rien qui égale son merite: partant si quelqu'vn vous auoit deuancé en ce point, vous seriez veritablement le premier dans vos Estats, mais non pas en ce qui est le plus considerable; & ceux qui auroient plus de vertu tiendroient les premiers rangs. Ne passez donc point pour vn Empereur titulaire, & inferieur à ceux qui sont nez pour vous obeir & viure sous vos loix, & taschez d'exceller en chaque vertu par dessus tous ceux qui vous reconnoissent pour leur souuerain.

DISCOVRS DE L'EMP. BASILE A L'EMP. LEON.

CHAPITRE XI.

De la Temperance.

LORS que vous aurez sousmis vos passions à vostre raison, Dieu vous fera la grace d'assuietir vos ennemis à vostre Empire. La victoire vous est infaillible dans les guerres ouuertes & exterieures, si vous la remportez dans celle-cy, qui est interieure & secrete ; au contraire Dieu ne mettra iamais dans la main d'vn homme esclaue de ses passions cette gloire, qui n'est deuë qu'aux esprits de franchise & de liberté : mais celuy qui aura volontairement pris les armes contre les déreglements de son ame, receura pour arres des recompenses que Dieu luy prepare, les triomphes dont le Ciel doit honorer sa vertu.

CHAPITRE XII.

Des Amis fideles.

CONSIDEREZ dans ceux qui vous font la cour, plustost l'amitié veritable qu'ils vous portent, que vostre alliance;

DISCOVRS DE L'EMP. BASILE A L'EMP. LEON.

car l'vnion qui est entre les proches est vn ouurage de la nature, auquel on ne peut dire que nos volontez contribuent, parce que c'est le commerce des corps qui en est le principe : mais le zele que les sinceres amis ont pour nostre seruice, prend son origine dans la vertu, & part d'vne bienueillance tres-singuliere ; parce que c'est Dieu mesme qui ioint les cœurs & qui fait naistre les amitiez. D'ailleurs tous les hommes estiment que dans la vie ciuile & commune, les mœurs sont bien plus considerables, que le sang ; & les actions volontaires, que celles qui ne dépendent point de nous : parce qu'il arriue souuent, que pour des petites successions les freres se dressent des embusches les vns aux autres : où au contraire, les veritables amis mesprisants le reste de l'Vniuers, ont tousiours fait plus d'estat de leurs amitiez, que de leur propre vie.

CHAPITRE XIII.

De la Force & de la Prudence.

FAITES estat de la force du corps, si elle se trouue auec la prudence. Car elle est aussi dommageable sans cette vertu, qu'vtile quand elle est en sa compagnie. L'vnion de la force auec la prudence est la marque d'vn homme, & celle de l'imprudence auec la force du corps, est la marque d'vn animal destitué de raison. Estimez donc ceux qui auront vne force prudente, non pas ceux qui en auront vne estourdie. La premiere s'appelle force, la seconde n'est que temerité.

DISCOVRS DE L'EMP. BASILE A L'EMP. LEON.

CHAPITRE XIV.

De l'Humilité.

VOVLEZ vous ressentir les effects de la diuine misericorde, faites ressentir les effects de la vostre à vos suiets. Car encore que vous soyez leur Prince, par vn choix tres-particulier de la prouidence: neantmoins puisque tous les hommes n'ont qu'vn maistre, vous estes auec eux dans vn mesme esclauage. La terre est la commune origine de nos familles & de nos maisons, bien que n'estant que petits grains de poussiere, nous nous esleuions orgueilleusement les vns contre les autres. Souuenez vous

DISCOVRS DE L'EMP. BASILE A L'EMP. LEON.

donc de vous mesme, boüe maiestueuse & royale, & sçachez que la mesme poussiere de laquelle vous auez esté esleué à vne si eminente dignité, vous doit reuoir encore vne fois dans son sein. Cette pensée vous empeschera d'insulter à la terre que la fortune a renduë plus obscure. Souuenez vous de vos offenses contre Dieu, & vous oublierez facilement celles des hommes contre vous.

CHAPITRE XV.

De la Prudence.

CONSIDEREZ dans vous mesme que chacun estime la prudence. Elle se trouue dans tous les hommes par desir. Chacun la loüe comme vne des meilleures choses; mais chacun ne s'efforce pas de l'acquerir: d'où vient aussi qu'il s'en trouue si peu qui en ayent suffisamment. Quant à vous, faites en non seulement vostre propre, mais encore l'obiect de vos respects. Si vous rencontrez quelque personnage qui possede cette vertu, recherchez sa conuersation, & ne vous separez de luy ny iour ny nuict.

Il n'y a que ceux de cette qualité qui vous puissent estre vtiles. Vous experimenterez souuent, que les choses qui paroissoient impossibles par les circonstances, deuiendront faisables par leurs auis & par l'assistance diuine. Outre qu'il faut, ou que vous soyez vous mesme prudent, ou que vous suiuiez le conseil de ceux qui le sont, puisque c'est dans eux principalement que l'esprit de Dieu se repose.

DISCOVRS DE L'EMP. BASILE A L'EMP. LEON.

CHAPITRE XVI.

Du Mensonge & de la Verité.

FAITES que ceux qui auront affaire à vous, s'asseurent plustost sur la connoissance qu'ils ont de vos bonnes mœurs, que sur vos paroles; afin qu'ils respectent aussi bien vostre silence, que vos discours. Fuyez ceux qui trompent les compagnies par leur eloquence, & qui ne confirment pas ce qu'ils disent par ce qu'ils font. Car veritablement leur entretien a quelque apparence, mais leur vie est vitieuse, & leur abord funeste. Ne soyez pas de ce nombre, & ne souffrez point dans vostre maison de per-

Discovrs de l'Emp. Basile a l'Emp. Leon.

sonnes qui soient entachées dece vice. Aymez & prenez pour vos domestiques ceux qui adioustent les grandes actions aux belles paroles; non pas ceux qui n'ont point d'autre gloire que la politesse du discours. Soyez aussi retenu à dire de certaines choses, qu'à les faire : & n'ayez pas seulement la pensée de commettre celles dont l'expression mesme est deshonneste.

Chapitre XVII.

De l'Affection à la parole de Dieu.

Comme les nouuelles plantes portent des fleurs & des fruits, par le bienfait des eaux dont on les arrose ; de mesme vôtre esprit, mon fils, se perfectionnera par la frequente meditation des saintes Escritures, & ce rafraischissement produira dans vous des habitudes vertueuses au lieu de fruits. Comme les bonnes viandes mettent le corps dans son embonpoint, de mesme les discours des gens d'esprit nourrissent l'ame. La premiere pasture ne donne du plaisir qu'à la langue, & se diminue soy-mesme, aydant à nostre corruption : Mais les ali-

aliments spirituels, nous donnent vne durable serenité, & nous deliurant de la mort, ils s'acquierent leur immortalité par la nostre. Recherchez donc soigneusement & auec curiosité ces vtiles & salutaires entretiens, afin de ioüir des fruits qu'ils apportent ; c'est le moyen de bien regner.

DISCOVRS DE L'EMP. BASILE A L'EMP. LEON.

CHAPITRE XVIII.

Du Conseil.

IL n'y a rien de meilleur pour les affaires que de prendre conseil, & rien de pire que de n'en prendre point. Si vous aimez donc voir vos desseins hors de danger, & vos affaires en asseurance, donnez vous la peine de les examiner auparauant dans vostre Conseil. On ne peut prendre de resolution aprés l'ouurage, mais on la peut changer quand elle est prise. Ayez donc tousiours deuant les yeux, ce qui peut arriuer de vostre entreprise, & donnez luy commencement par sa fin. Choisissez pour gens de vostre Conseil ceux qui ont reüssi dans le gouuernement de leurs familles particulieres, & non pas ceux qui les ont mal admi-

DISCOVRS DE L'EMP. BASILE A L'EMP. LEON.

nistrées. Car celuy qui ne sçaura pas l'œconomie sçaura beaucoup moins la politique, & celuy qui aura eu peu de prudence dans les affaires qui le touchent, en aura beaucoup moins dans celles qui luy feront étrangeres. Gardez vous aussi de communiquer les grands desseins aux gens de peu d'experience, ou de beaucoup de flaterie. Les vns vous donneront des conseils d'ignorants, les autres tascheront de preuenir par adresse vos sentiments, afin de meriter vostre affection par leur complaisance. Mais seruez vous de ceux qui ont acquis la capacité par le maniement, & sur tout de ceux qui ont coustume de trouuer à redire sur vos actions. Car il n'y a que ces gens là qui meritent d'estre creus lors quils nous donnent aduis, soit en qualité d'amis, soit en qualité de conseillers.

CHAPITRE XIX.

De la Chasteté.

QVE vostre corps, & vostre esprit soient également chastes. Comme la débauche nous esloigne de Dieu & nous attire sa haine, la chasteté nous en approche & nous met dans sa familiarité. Paroissez donc aux yeux de vos peuples aussi pur que remply de maiesté, afin que vos suiets trouuent en vous vn exemplaire de perfection, aussi bien qu'vn suiet de respect. Car quelle grace auriez vous, d'exiger d'eux la chasteté, si vous leur donniez des exemples contraires. Ils ne manqueront iamais de faire ce qu'ils verront que vous ferez : car le peuple se change ordinairement comme les Princes. Partant comme la deprauation de vos mœurs retomberoit sur vos suiets, de mesme l'integrité de vostre vie sera cause de leur salut ; & ce merite fera doubler vôtre recompense, veu que non seulement vous aurez gagné l'eternité pour vous ; mais encore que vous aurez mis vn si grand nombre d'autres personnes en chemin pour y arriuer.

Discovrs de l'Emp. Basile a l'Emp. Leon.

Chapitre XX.

De l'Honneur deu aux parents.

Vovs auez receu de Dieu la dignité Royale par mes mains, taschez d'éga-

Discovrs de l'Emp. Basile a l'Emp. Leon.

ler la magnificence de ce present par l'excés de vostre gratitude. Respectez la Diuinité qui vous honore d'vne si eminente charge, portant l'honneur que vous deuez à celuy qu'elle vous a donné pour pere. Mais que cet honneur ne ressemble pas à celuy que me porte le vulgaire, qui consiste principalement en reuerences profondes, ou en publiques acclamations, ou à porter les armes pour mon seruice: ces petits deuoirs sont au dessous de la Maiesté souueraine. Vous m'honorerez honorant la vertu, pratiquant la temperance, taschant d'acquerir toutes sortes de perfections, & recherchant les sages entretiens qui peuuent rendre les ieunes hommes plus accomplis; enfin vous efforçant d'amasser assez de merite pour regner dignement icy bas, & pour y estre la viuante image du Souuerain des Souuerains. Car il n'y a que le Prince parfait en toutes sortes de vertus, qui puisse nous representer auec éclat la Diuinité, dont il est cõme Lieutenant en terre. Le Roy qui se rendra plus illustre par sa vertu que par sa dignité, meritera les premieres affections des peuples aprés Dieu, & remportera le glorieux titre de pere commun & de bienfaicteur de tous les hommes : puiſque toutes ſes actions ſeront non ſeulement vtiles à ſa perſonne, mais encore à tout le reſte de ſon empire.

DISCOVRS DE L'EMP. BASILE A L'EMP. LEON.

CHAPITRE XXI.

De la Iuſtice.

AFIN que voſtre regne ſoit exempt de tout blaſme, gardez vous de commettre des actions qui pourroient vous déplaire, ſi d'autres les auoient faites ; car les ſuiets ſe portent auec paſſion à iuger des actions des Princes. Obſeruant cette regle deux choſes vous ſont infaillibles ; la premiere que vous ſerez irreprehenſible ; & la ſeconde que vous enſeignerez de bouche, & meſme ſans rien dire, l'exercice de la vertu. Que ſi vous faites des choſes contraires à vos diſcours ; vous ſerez touſiours ſuiuy de voſtre conſcience, qui eſt vn accuſateur auſſi ſeuere que domeſtique. Et au contraire ſi vos actions ſont d'accord auec vos paroles, ceux qui recherchent ou cenſurent les vnes ou les autres, deuiendront non ſeulement les témoins, mais encore les imitateurs de voſtre vertu.

DISCOVRS DE L'EMP. BASILE A L'EMP. LEON.

CHAPITRE XXII.

De la Liberalité.

SONDEZ iuſques au moindre de ceux qui eſperent de vous quelques faueurs ou quelques charges, & leur accordez benignement leurs demandes, lors que vous les aurez cognus pour gens de merite. C'eſt le moyen d'acquerir vne bienueillance qui ne ſoit point ſuiette au changement, parce que les biensfaits auantageuſement placez ſont des treſors, qui ſont dans les ames genereuſes comme en autant de lieux de ſeure garde, & ſont touſiours recompenſez de quelques remerciments. Mais faire plaiſir à vn meſchant homme c'eſt nourrir vn ſerpent dans ſon ſein, lequel aprés s'eſtre échauffé payera ſon bienfaicteur d'vne morſure enuenimée ; & comme les chiens étrangers aboyent meſme contre leurs hoſtes, lors qu'ils leur donnent du pain, de meſme les meſchans maltraictent ceux qui les honorent, & attaquent auſſi cruellement leurs bienfaicteurs, que ceux qui les ont offenſez. Si vous obligez des gens de merice, vous vous multiplierez vous mesme, & n'ayant qu'vne seule vie, vous verrez toutes celles de vos amis employées à la conseruer.

DISCOVRS DE L'EMP. BASILE A L'EMP. LEON.

CHAPITRE XXIII.

Des Amis.

CHOISISSEZ pour vos amis, & pour vos domestiques, ceux qui se sont bien comportez dans leurs anciennes amitiez, & dans leurs premiers seruices. Car sans doute ils vous traiteront de la mesme sorte. Tout le monde qui aura veu leurs bons deportements esperera la continuation de leur fidelité; mais ceux qui auront esté inutiles à leurs premiers amis, & negligens au seruice de leurs premiers maistres, seront toûiours recognus pour tels.

CHAPITRE XXIV.

Du Mépris des richesses.

L'AVTHORITE' des Princes, ny le poids de leur dignité, ne sont pas de si bonnes marques de leur grandeur, & de leur

Discovrs de l'Emp. Basile a l'Emp. Leon.

indépendance, que le mépris des richesses. Car c'est principalement en cette matiere, qu'ils peuuent faire paroistre la grandeur de leur courage. Cette vertu ne consiste pas à tenir des tresors inutilement cachez, & à se priuer de leur vsage ; mais plustost à faire d'honnestes profusions dans les necessitez, lesquelles à l'égard des Princes consistent particulieremẽt à entretenir les amitiez par bienfaits, & les armées contre les ennemis par soldes : qui sont les occasions veritables des legitimes dépenses. Détachez vous donc entierement de ces presens de la Fortune, si vous aspirez au souuerain degré de chaque vertu, principalement de la prudence. Defait ce que vous possedez, n'est pas affecté pour vous seul : ceux qui seruent le mesme Seigneur que vous, y ont part, & principalement les pauures & les estrangers. C'est donc aux hospitaux & aux autres lieux publics que vous deuez faire plus ordinairement vos charitez : & par ce moyen vôtre grandeur & vostre prudence meriteront le respect & l'admiration de tous les hommes.

Chap.

DISCOVRS DE L'EMP. BASILE A L'EMP. LEON.

CHAPITRE XXV.

De l'Iurognerie.

EVITEZ les compagnies où les excés de bouche sont ordinaires. L'iurognerie est ennemie du bon sens, & l'esprit troublé des fumées du vin est suiet aux accidens de ces cochers mal adroits, lesquels ignorants la conduite de leurs carrosses, vont deça delà, faisant des courses inutiles, & sont la risée des assistants ; car l'esprit de l'homme estant surpris par celuy du vin, ne peut manquer de commettre vne infinité de fautes.

CHAPITRE XXVI.

L'inuention pour s'acquerir des Amis.

VOVS gagnerez facilement les affections de qui que ce soit, disant du bien de luy pendant son absence, & en presence de ceux que vous iugerez luy deuoir rapporter. Car il me semble que les loüanges sont le fondement & l'origine des amitiez, comme le blasme de l'inimitié. La

DISCOVRS DE L'EMP. BASILE A L'EMP. LEON.

mesme industrie sert encore à conseruer ceux dont on a desia gagné les bonnes graces, parce que loüant les absens deuant les presens, on donne ocasion aux presens de croire qu'on leur donne de pareils eloges en leur absence. Faites l'espreuue de vos amis dans les vrgentes necessitez, & dans les fascheuses rencontres des affaires, car ceux qui sont fortunez en ont tousiours de reste ; & tenez ceux là pour veritables, qui recherchent l'amitié pour elle mesme, sans esperance de profit. Les autres amitiez sont esclaues du temps, & de l'occasion, & seront tousiours tenuës pour vn trafic honteux plustost que pour vn commerce legitime.

CHAPITRE XXVII.

Des Richesses & de l'Auarice.

SOYEZ diligent à faire les choses qui peuuent contribuer à la gloire & à l'accroissement de vostre Estat. Vous deliurerez vos suiets de leurs plus grandes pertes, si vous donnez bon ordre aux deniers publics. Deniers, dis-ie, legitimes & prouenants de vostre domaine, non pas ceux que l'iniustice a tirez de la main des particuliers, comme la tristesse tire les larmes des yeux. Car les richesses acquises par la voye des leuées ordinaires sont vtiles à ceux qui les possedent, & se peuuent dire les nerfs & l'appuy des Estats : mais celles qui viennent des concussions & de la foule du peuple font paroistre les autres iniustes, & attirent les vengeances de Dieu, qui est autheur des loix, sur les autheurs des cruels & impitoyables tresors. Le feu ne consume pas la paille auec tant de vistesse, que les iniustes amas destruisent & dissipent les iustes épargnes.

DISCOVRS DE L'EMP. BASILE A L'EMP. LEON.

CHAPITRE XXVIII.

De la Douceur.

SOYEZ ennemy des contestations ; car elles sont dangereuses entre le Prince & les suiets. Ne vous esleuez iamais de gayeté de cœur contre personne dans vos conuersations ; car il n'y a rien de plus odieux. Ne vous addonnez point à des ris immodestes ; car c'est le fait d'vn mal appris. Monstrez vostre clemence à ceux qui vous

DISCOVRS DE L'EMP. BASILE A L'EMP. LEON.

auront offensé, & vostre bonté dans vos seueritez. Soyez graue & serieux, doux en paroles, ciuil & facile dans vos entretiens; car toutes ces choses vous rendront aimable, & peuuent faire que vos suiets vous appellent plustost leur pere que leur Roy.

CHAPITRE XXIX.

Du Mensonge & de la Verité.

CHERISSEZ la verité dans toutes sortes de discours, obseruez la dans les vostres, & choisissez pour vos domestiques ceux qui hayssent le mẽsonge. Par ce moyen vous serez tenu pour vn homme d'asseurance, & sur les paroles duquel on peut prendre pied; & vous obligerez les hommes, par vos entretiens & par vos actions, à conceuoir pour vous des affections durables & deliurées de soupçon. Que si on croit vne fois que vous estes suiet au mensonge, bien que vous soyez reuestu de la dignité royale, vous ne laisserez pas, estant conuaincu d'auoir degeneré par de semblables laschetez, de rendre vos peuples timides, & de ietter le trouble dans leurs esprits. Car le mensonge rend aussi odieux celuy qui s'y addonne, que la verité rend aimable celuy qui la cherit.

DISCOVRS DE L'EMP. BASILE A L'EMP. LEON.

CHAPITRE XXX.

Des Magistrats.

LE plus excellent medecin est celuy qui accommode sagement les remedes aux maladies particulieres ; de mesme ce Prince là surpasse tous les autres, qui establit dans chaque Prouince les magistrats qui luy sont necessaires, pour bannir l'iniustice & subuenir à ceux dont les plaintes sont legitimes. Car de mesme qu'vn Escuier doit sçauoir la portée de chaque cheual, vn Veneur cognoistre les chiens de bonne race, & le Capitaine sçauoir la valeur & l'adresse de ses gens, afin de les placer à propos quand il faudra mettre l'armée en bataille ; de mesme c'est le fait d'vn bon Prince d'apprendre les mœurs, le genie, les vertus, & les capacitez de ceux à qui il communique son authorité ; afin de se comporter auec sagesse dans les occasions, de donner à chacun le rang qu'il merite, d'esloigner du Con-

DISCOVRS DE L'EMP. BASILE A L'EMP. LEON.

seil les personnes pernicieuses, & de confier iudicieusement l'administration dans de bonnes & de vertueuses mains.

CHAPITRE XXXI.

Du Conseil & de la Deliberation.

ESTRE d'accord auec soy-mesme, c'est la marque d'vn homme sage : au contraire auoir des démeslez contre ses proches soit de paroles ou d'effects, c'est vne chose indigne d'vn honneste homme, & bien esloignée de l'estime publique. N'executez donc les desseins que vous aurez de dire ou de faire quelque chose, qu'aprés vne meure deliberation, & prenez garde à ne faire point d'actions, & à ne tenir point de discours qui s'entre-destruisent. Cette maladie vient de l'inconsideration ; si vous vous gouuernez par conseil, vous en couperez la racine, & vous vous exempterez de ces contradictions & repugnances, qu'on pourroit à bon droit nommer des combats contre soy-mesme.

CHAPITRE XXXII.

Des bonnes Loix.

VOVS ferez en sorte que vos mœurs & vos exemples, soient des loix viuantes qui n'auront pas besoin d'estre écrites, & que la memoire de vostre regne dure à iamais, si vous gardez vous mesme les ordonnances de vos predecesseurs, & si vous vous obligez vous mesme de les obseruer comme vous y obligez vos suiets. Que si vous mesprisez les constitutions de ceux qui ont regné deuant vous, tous vos edicts seront traictez de la mesme sorte: & vne partie des loix estant abolie par l'autre, vostre Empire sera plein de confusions & de troubles, qui souuent causent la ruine des Estats.

CHAPITRE XXXIII.

Des Hommes pernicieux.

ESLOIGNEZ du gouuernement les meschans hommes, & ne les honorez d'aucune charge, de peur qu'on ne vous

Discovrs de l'Emp. Basile a l'Emp. Leon.

estime leur semblable, ou qu'on ne croye que toutes leurs iniustices & leurs cruautez se font sous vostre bon plaisir. Leurs fautes retomberoient sur vous, & on se persuaderoit facilement que vous trempez dans leurs meschantes entreprises. Enfin vous en seriez coupable deuant Dieu ; car l'aduancement de ces personnages est vn iuste & pressant reproche, & leurs crimes vn deshonneur perpetuel à ceux dont ils sont les creatures. Taschez donc à n'éleuer aux magistratures que des gens de probité, afin que la gloire qu'ils remporteront de leur administration serue d'accroissement à la vostre, & que le bien qu'ils auront fait dans les pays de vostre obeyssance, vous soit attribué par vos suiets. L'estime du peuple est preferable à toutes sortes de richesses.

CHAPITRE XXXIV.

De la Misericorde.

RECHERCHEZ les biens, non pour le plaisir qu'il y a de les posseder, mais pour le glorieux vsage qu'ils ont dans les belles necessitez : qui sont ou de secourir les

les miserables, ou de fournir les commoditez à ceux qui exposent leurs vies pour le salut des autres. Le desir des richesses conceu pour d'autres motifs nuit le plus souuent, au lieu d'estre vtile, parce que la superfluité fomente plustost les vices que la vertu : aû lieu que celles qui se recherchent auec vn esprit de generosité apportent de grandes vtilitez tant spirituelles, que temporelles, parce qu'elles donnent le moyen d'estre liberal & de faire des aumosnes aux pauures, & des presens à ses amis. Car l'vn & l'autre est vn effect de la liberalité, bien que les noms soient diuers à cause de la difference des personnes.

DISCOVRS DE L'EMP. BASILE A L'EMP. LEON.

CHAPITRE XXXV.

De l'Affection vers les amis.

IL n'y a rien de plus important que l'amitié, puisque la nature n'a rien qui puisse estre le prix d'vn veritable amy. Entretenez donc ceux qui tiennent ce rang auprés de vous, afin que reciproquement ils ayent pour vous vne affection constante & au dessus du soupçon. Fuyez l'ingratitude, car

Discovrs de l'Emp. Basile à l'Emp. Leon.

les remerciemens & les recognoissances font partie de la pieté. Les ingrats sont ennemis d'eux mesmes, car comme le bienfait se redouble par la reciprocation ; de mesme si vous manquez vne fois aux ciuilitez ordinaires, tout ce que vous aurez fait deuant sera entierement effacé. Les courtoisies que vous ferez aux occasions à ceux qui vous obligeront, vous attireront vne infinité d'amis & de presens; au contraire si vous y manquez, vous manquerez aussi de personnes affidées auec qui passer les heures les plus douces de vostre vie: bien que tous les hommes taschent à l'enuy de vous témoigner de l'affection.

Chapitre XXXVI.

De la Parole & du Silence.

APPLIQVEZ vous auec attention à recognoistre les moeurs de ceux à qui vous aurez affaire, à donner à propos vostre approbation aux sentimens des gens de bien, & à rebutter les aduis des méchans. Ne tenez aucuns discours sans vne meditation auantcouriere, de crainte que vostre langue ne vous fasse reprendre d'inconsideration, si elle deuance vostre raisonnement. La deliberation precedente vous rend maistre de vos paroles, auant que de les produire, & vous en pouuez substituer de secondes pour les premieres, si vous en trouuez de meilleures: Mais depuis que le discours est entamé, le moyen de se desdire, à moins que de s'exposer à la risée des compagnies ? Si vous estes obligé de parler, parlez des choses qui vous sont cogneuës, ou de celles que demandent les rencontres; dans toute autre occasion, il vaut mieux se taire que parler.

Discovrs de l'Emp. Basile a l'Emp. Leon.

Chapitre XXXVII.

De l'Aumosne.

Soyez fort misericordieux enuers les pauures, afin d'obliger la Diuinité de l'estre en vostre endroit, parce que à proprement parler la pieté est l'affection à soulager les miserables. Ne cõtez point le iour auquel vous n'aurez fait part à personne des biensfaits que vous auez receu des Cieux. Employez vne partie de vos thresors en au-

DISCOVRS DE L'EMP. BASILE A L'EMP. LEON.

mosnes, qui sont des liberalitez pitoyables & misericordieuses ; afin que Dieu en vse de mesme enuers vous. Prestez l'oreille aux supplications, & iettez des œillades attraiantes à ceux que le respect tient dans vne craintiue modestie. Que les larmes des veufues & les plaintes des orphelins fassent impression sur vostre esprit : car nous receurons pareil traitement que nous aurons fait à autruy, nous aurons autant d'audience que nous en aurons donné, & nous serons veus du mesme œil que nous aurons veu nos freres. Faites donc experimenter à vos suppliants les mesmes faueurs que vous demandez à Dieu ; puisque vous serez consideré de la mesme sorte que vous les aurez considerez.

CHAPITRE XXXVIII.

Que toutes les choses d'icy bas sont suiettes au changement.

SÇACHEZ mon fils, que cette vie n'a rien de ferme, rien de solide, rien qui ne soit suiet au changement. Les choses vont & reuiennent par vn mutuel reflus, & celles qui estoient au dessus des autres se trouuent par apres au dessous, & celles qui sont en bas remontent à leur tour, comme les diuerses parties d'vne roüe. Partant que vostre courage ne s'esleue point dans les bons succez, & ne s'abbaisse point dans les aduersitez. Tenez bon contre l'vne & l'autre fortune, & demeurez ferme & dans vne pareille force d'esprit : en sorte que ne conceuant que de iustes desseins, vous vous remettiez du reste à la Prouidence. En effect le bon-heur laisse tousiours place à la crainte, & le malheur à l'esperance, parce que le futur est esloigné de nostre veuë, & n'auoir aucune de ces passions dans les rencontres où elles sont naturelles, c'est vne insensibilité qui ne peut estre nommée vertu dans vne ame royale. Ne soyez iamais surpris dans vne tristesse morne & muette, ny dans vn ris insolent & temeraire; & vous aurez l'estime d'vn homme sage: outre que vous euiterez les maux que l'vn & l'autre fait naistre, & ferez que ceux qui parleront de vous n'auront iamais suiet de reietter sur vos fautes les disgraces qui vous arriueront.

Discovrs de l'Emp. Basile a l'Emp. Leon.

DISCOVRS DE L'EMP. BASILE A L'EMP. LEON.

CHAPITRE XXXIX.

Du Soin.

IMPOSEZ vous cette necessité volontaire, de voir toutes les affaires, & de ne rien passer sans en prendre connoissance. Ie vous donne cet aduis, parce que estant souuerain, vous ne pouuez estre contraint que par vous mesme. Quand toute la terre vous recognoistroit pour Monarque, vous deuez neantmoins en recognoistre vn autre au dessus de vous. Partant puisque le Roy des Roys prend vn soin general de tout ce qui est, il vous oblige par son exemple d'en prendre de tout ce qu'il vous a remis entre les mains; puisque vous estes son Lieutenant en terre, & que vous regnez sous son authorité. Les affaires que vous honorez de vostre vigilance, & dont vous entreprendrez vous mesme la conduite, ne peuuent manquer d'en receuoir vn grand aduantage : & celles que vous negligerez ne peuuent manquer d'en receuoir vn notable preiudice. Que si en toutes sortes d'occasions c'est tousiours beaucoup manquer, que de manquer tant soit peu; cela se peut encore mieux dire dans les affaires politiques & à l'égard des Roys.

DISCOVRS DE L'EMP. BASILE A L'EMP. LEON.

CHAPITRE XL.

Des Gardes.

QVE c'est vne bonne & seure garde pour les Roys, que la bienueillance des peuples, & la grace de Dieu! Bienueillance, dis-ie, gagnée par des bienfaits & par des liberalitez qui ne laissent point de place au soupçon d'aucune violence. Mais si vous deuez garantir vostre Estat des surprises de ses ennemis, vous deuez beaucoup plus garentir vostre esprit de celles des passions. Ces ennemis domestiques nous dressent aussi bien des embusches que les estrangers; & si le peril est grand d'vn costé, il ne l'est pas moins de l'autre. Car si les entreprises qui se font contre le corps nous peuuent apporter vne mort temporelle, nos passions peuuent par leur violence nous precipiter dans des peines, qui ne laisseront pas d'estre eternelles, bien que leur effect ne paroisse qu'aprés la mort.

DISCOVRS DE L'EMP. BASILE A L'EMP. LEON.

CHAPITRE XLI.

Du Royaume des Cieux.

BEAVCOVP d'Empereurs ont habité dans ce Palais, peu de ce Palais ont passé à celuy de la Gloire. Efforcez vous donc mon cher & bien aymé fils, non seulement de gouuerner sagement cet Empire, mais encore de paruenir à l'heritage du Royaume des Cieux, par l'exercice de la vertu. Le sceptre que vous portez auiourd'huy, ne sera plus à vous au premier iour; & aprés vostre successeur, quelque autre encore le possedera. Il n'est donc iamais à personne, car puisqu'il change si souuent de maistre, c'est signe qu'il n'en a point de veritable. Puis donc qu'il faut se dépoüiller des habits royaux, & quitter la couronne que nous portons à present, taschons par le moyen de la vertu d'acquerir vn autre Empire, qui seul est exempt de la vicissitude, & qui ne changera iamais, quoy que tous les autres soient passagers, & ne demeurent qu'vn moment entre nos mains.

CHAP.

CHAPITRE XLII.

De la pensée de Dieu.

SI vous prenez pour loy ce qui vous est dicté par vostre propre conscience, & si vous ne permettez pas qu'aucun souffre ce qui vous seroit fascheux à supporter, vous ne serez iamais blasmé d'aucune faute. Si vous pensez tousiours que Dieu surueille continuellemẽt à vos actions, & qu'il en doit estre le iuge, comme en effect il est vray, iamais vous ne commettrez aucun peché, ny public, ny secret. Car quand vous auriez esperance que vos fautes cachées pourroient euiter la cognoissance des hommes, vous auriez neantmoins crainte de vous mesme, & de celuy qui voit dans les replis de nos cœurs. L'œil des hommes ne voit que iusques à la surface exterieure des corps, mais celuy de Dieu, à qui rien n'est caché, perce mesme la profondeur de nos ames : & nos vies luy sont aussi descouuertes lors qu'il s'arreste sur nous, que la terre & la mer sont au soleil lors qu'il regne sur nostre horizon.

DISCOVRS DE L'EMP. BASILE A L'EMP. LEON.

CHAPITRE XLIII.

De la Reception des presens.

DONNEZ pour rien les dignitez & les charges, & n'en faites pas marchandise, les vendant pour des presents. Celuy qui achepte quelque office, s'achepte par mesme voye des suiets, desquels il puisse receuoir des presents sans crainte, s'asseurant sur ce qu'il a donné. Faites donc vne exacte recherche de ceux qui aspirent à vos liberalitez sans en faire, pour les esleuer aux honneurs, si vous auez dessein d'arrester le commerce de ces dons iniustes & pernicieux. Car il est certain que celuy qui aura vuidé sa bourse pour vne charge, voudra se recompenser des emoluments qui s'en peuuent tirer, & croira s'estre acheté la puissance de vendre la iustice, & de faire des concussions. Celuy qui se verra possesseur d'vne charge sans main mettre, ne sera point suiet à cette lascheté; mais celuy à qui son office aura cousté, ne se laissera iamais persuader de trauailler sans gain; & ayant appris de vous, qui deuiez estre le plus esloigné de ce vice, à receuoir des recompenses; non seulement il en prendra, mais encore il induira par son exemple les autres Officiers qui luy seront subalternes à faire le mesme.

DISCOVRS DE L'EMP. BASILE A L'EMP. LEON.

CHAPITRE XLIV.

De l'Iniustice.

CELVY qui commet les iniustices, ne fait pas vn si grand crime que celuy qui les permet. Partant si ceux qui ont receu quelque iniure se viennent ietter entre vos bras, ne méprisez pas leur affliction, de peur que ce procedé ne donne occasion aux méchans hommes d'executer leurs pernicieux desseins. Les affligez mettent leur esperance en vostre support, & n'entreprennent la poursuite de leurs ennemis que sur la croyance que vostre iustice vangera le tort qu'ils ont receu. Escoutez donc benignement les requestes des supplians quelque chose qui arriue, puisque c'est vne action de Iustice de bannir les vexations de vos Estats. Que si vous pardonnez legerement les oppressions, & si vous ne tenez conte du

Discovrs de l'Emp. Basile a l'Emp. Leon.

tort dont l'offensé vous a rendu sa plainte, bien que vous sçachiez qu'aucun ne puisse en tirer la raison que vous; où desormais se refugiera le miserable? quelle main vengera ses iniures, sinon celle du Toutpuissant? Dieu punira sans doute vostre negligence à secourir les affligez qui implorent vostre assistance, comme vne des plus importantes iniures qu'ils ayent receuë. Faites donc iustice aux offensez, & arrestez la violence de ceux qui font gloire d'opprimer les foibles, & de leur faire voir leur puissance par leurs cruautez, de peur de paroistre complice des iniustices impunies, & que l'opinion des peuples ne vous charge des crimes d'autruy.

Chapitre XLV.

De la subiection à la mort, & de l'immortalité.

VOSTRE corps est perissable, & vostre ame immortelle : n'occupez donc que vostre corps vers les choses mortelles, & que vostre ame aspire à l'immortalité. Considerez les ornements que vous employerez autour de vous, comme des choses tres-viles, que vous adioustez à vn corps qui n'est gueres plus pretieux : mais recherchez pour vostre ame l'eternelle felicité ; puisque vous cognoissez qu'elle est exempte de la mort. Car si vous estes placé dans le Throsne, c'est pour en descendre bien tost, & quand vous seriez souuerain de tout le monde, vostre mort ne laisseroit pas de reduire toutes vos possessions à l'espace d'vn tombeau. Prenez donc le soin du royaume d'icy bas, puisque vous y estes aussi : mais gagnez celuy d'en haut par la vertu, puisque vous estes né pour l'acquerir : car la Prouidence vous donne cette puissance temporelle, afin que par son moyen vous puissiez meriter l'eternelle.

DISCOVRS DE L'EMP. BASILE A L'EMP. LEON.

CHAPITRE XLVI.

Des Magistrats.

FAITES autant d'estat de vos suiets, que de vous mesme : & sur tout faites en sorte qu'ils cherissent vostre gouuernement ; ceux là regnent doucement & auec plaisir, qui ont l'œil sur leurs vassaux, qui

DISCOVRS DE L'EMP. BASILE A L'EMP. LEON.

employent pour eux leurs ſoins & leurs veilles, & qui recognoiſſent les gens de merite par des charges, ou par des recompenſes, ſans faire tort à ceux qui ne ſont pas ſi eſleuez en vertu. Mais ſur tout, vous meriterez d'eſtre mis au nombre des meilleurs Princes, ſi vous donnez à chacun le rang qu'il merite, ſi vous mettez en bonne main les charges, la puiſſance & l'authorité, & ſi vous donnez ordre à ce que les Officiers ne ſoient point offenſez par la multitude, ny le peuple par les Magiſtrats. Cognoiſſez donc la portée d'vn chacun, & vous en informez ſous main ; & prénez garde à ne mettre pas de Cerfs au deſſus des Lions, mais que les Lions commandent aux Cerfs.

CHAPITRE XLVII.

De la Paix.

VOVS ferez paroiſtre voſtre ſainteté ſans beaucoup de peine, ſi vous taſchez de pacifier les differends, ſi vous banniſſez de voſtre Eſtat les factions & les inimitiez, ſi vous enſeignez à vos peuples à cherir la douceur de la paix, ſi vous reiettez bien loin de vostre Cour les boutefeux & les artisans des querelles, & si vous ne souffrez auprés de vous que ceux qui ont vne humeur douce & temperée. Veritablement vous auez pris naissance de moy qui suis vn Empereur terrestre ; mais si vous suiuez ces enseignements, vous adiousterez à la qualité de mon fils, celle de fils du Roy des Cieux : & Iesus-Christ plein de paix & de bonté, vous mettra dans l'alliance de son pere, si vous luy estes fidele disciple, & si vous obseruez sa doctrine. Car, dit-il, *heureux les hommes pacifiques, ils seront mis au nombre des enfans de Dieu.*

CHAPITRE XLVIII.

Des Loüanges.

ENTRE vos domestiques estimez particulierement ceux qui reprennent vos vices, non pas ceux qui trouuent bonnes toutes vos actions. Car ie n'experimentay iamais des personnes qui eussent plus de zele, ou plus de moderation. Gratifiez les sages d'vne honneste liberté de parler, afin de trouuer des gens de conseil dans les af-

Discovrs de l'Emp. Basile a l'Emp. Leon.

faires qui vous passent. Vous verrez que ce n'est pas ceux qui composent leurs discours d'vn artifice flateur, & qui le tournent à des loüanges ou empruntées ou lasches, qui doiuent posseder vostre oreille, mais ceux qui accompagnent leur Cour d'vne fidelité sincere; & selon que vous cognoistrez l'vtilité des vns, & l'incapacité des autres, vous les esloignerez de vous, ou les attirerez à vostre suite.

Chapitre XLIX.

Du Soin de soy-mesme.

RENDEZ vous recommandable pendant vostre ieunesse plustost par l'exercice des actions vertueuses, que par les combats; & ne soyez pas negligent iusques à ce point de vous laisser perir tout entier en vn moment. Vostre corps est veritablement perissable, mais vostre ame n'est pas de cette condition: exemptez la de la mort, laissant aprés vous vne heureuse memoire à la posterité. Ce qui ne vous peut manquer, si vous imitez les belles actions de ceux qui ioüissent de cette seconde vie dans la

me-

memoire des peuples, & si vous taschez à n'auoir que de bons discours, & de ne faire point d'actions qui les dementent, & si vous mettez en pratique les bons propos, qui auront seruy de matiere à vos entretiens.

DISCOVRS DE L'EMP. BASILE A L'EMP. LEON.

CHAPITRE L.

De la Commiseration.

COMME nous ne voyons point de corps qui n'ait ses ombres, nous ne voyons point d'homme qui n'ait ses defauts : car nostre nature est fragile & tres-suiecte aux cheutes, c'est pourquoy vous deuez auoir de la clemence & de la bonté, pour ceux qui auront commis quelques fautes : que vostre iustice reçoiue donc quelque temperament d'humanité. Que si vous estes rigoureux & seuere dans les chastiments, Dieu qui sera vostre iuge vous traitera de la mesme façon. Tous les iours vostre bouche se prononce cet Arrest, que vous ne deuez esperer de remission de vos fautes qu'à proportion que vous aurez pardonné celles qu'on aura commises contre vous. Oubliez donc la poursuite de vos deb-

DISCOVRS DE L'EMP. BASILE A L'EMP. LEON.

tes, & vostre misericorde attirera celle de Dieu sur vous. Enfin vous receurez le mesme traitement du Souuerain, que vous aurez fait à ceux qui sont vos compagnons d'esclauage, & vous serez iugé comme vous les aurez iugez.

CHAPITRE LI.

De l'Equité.

ENTENDEZ aux supplications de celuy qui a besoin de vostre assistance, répondez luy auec douceur & en termes de paix. La puissance mondaine qui vous enuironne rend veritablement vostre abord difficile, mais vous le deuez faciliter en consideration de celle qui est au dessus de vous. Que les affligez soient consolez, si non par la satisfaction qu'ils auront en leurs affaires, au moins par vos paroles. L'experience m'a fait voir qu'vn seul mot de la bouche du Prince, est beaucoup plus estimé que toutes sortes de presens; & que le moindre discours a beaucoup plus de force pour remettre les esprits accablez de misere ou de tristesse, qu'vne infinité d'autres choses. En effect que peuuent les grandes sommes d'argent pour la consolation des ames abbatuës, à l'égard d'vne parole fauorable d'vn Empereur? Par ce moyen vous serez aymé des vostres, & sans aucune dépense vous gagnerez si bien le cœur des hommes, qu'ils vous recognoistront plustost pour leur Pere, que pour leur Empereur.

DISCOVRS DE L'EMP. BASILE A L'EMP. LEON.

CHAPITRE LII.

Du Remerciement.

SÇACHEZ que les dons immenses que Dieu vous fait, vous obligent à des remerciements d'autant plus grands à proportion; principalement parce qu'il ne considere pas les deuoirs que nous luy rendons comme des choses qui luy sont deuës, & que receuant nos actions de grace comme de nouueaux merites, il redouble ses faueurs à cause de nostre gratitude. Remerciez donc de bonne grace l'autheur de tant de graces, employez la puissance qu'il vous a donnée, à bien faire à vostre prochain, & croyez que tous ceux qui sont au dessous de vous à cause de vostre dignité, vous surpassent en richesses s'ils vous surpassent en

Discovrs de l'Emp. Basile a l'Emp. Leon.

liberalité. De fait vous n'auez pas receu tant de biens de la main liberale de Dieu, pour les posseder auec auarice, mais pour les administrer auec sagesse; & afin que vous puissiez meriter de sa bonté l'Empire du Ciel au lieu de celuy de la terre, & pour la recompense de vostre legitime œconomie.

Chapitre LIII.

De la Beauté.

La beauté du corps rend les hommes bien faits dignes de la familiarité des Princes d'icy bas, mais celle de l'ame les rend agreables au Souuerain de l'vniuers: l'vne tire de la main des Rois quelques presens terrestres & quelques fragiles honneurs; l'autre merite de Dieu des faueurs eternelles, & vne affection qui n'aura iamais de fin. Pour vous, mon fils, veritablement vous n'auez en ce monde personne au dessus de vous à qui il vous importe de plaire; mais au lieu, vous auez vn Dieu qui considere la bonté de l'ame, & non pas la beauté du corps: affectez donc de luy plaire en toutes vos actions, & taschez de conseruer par la moderation & l'integrité de vostre vie, l'image viuante de sa maiesté qui est en vous.

DISCOVRS DE L'EMP. BASILE A L'EMP. LEON.

CHAPITRE LIV.

De la Medecine.

LE trauail du Medecin & celuy du Philosophe sont également inutiles, si la medecine de l'vn n'apporte la guerison à son malade, & le discours de l'autre n'appaise le trouble de nos passions : car ils recherchent tous deux les remedes pour les infirmitez, l'vn de nos corps & l'autre de nos ames. Estimez donc ceux là pour medecins veritables, qui par la puissance de leur art donnent la chasse aux indispositions corporelles ; & tenez pour philosophes non contrefaits, ceux qui par leurs discours sçauent regler les passions, lors qu'ils trouuent des esprits obeïssans, & disposez à receuoir leurs preceptes.

Discovrs de l'Emp. Basile a l'Emp. Leon.

Chapitre LV.

Des Calomniateurs.

NE ſouffrez point les entretiens inutiles, ne ſupportez point les calomnies, ny leurs autheurs, & ne croyez pas legerement les meſchans hommes. Car il eſt ſouuent arriué, que des gens de neant ont perdu de grands perſonnages, attirant ſur eux le ſoupçon des Princes, par des ſuppoſitions & de faux rapports. De ſorte que ſi vous en auez auprés de vous, ils vous rendront ſans doute coupable de quelques iniuſtes ſupplices, ne ceſſant de vomir à vos oreilles le venin de leur pernicieuſe cholere ; ou ils feront croire par l'accez qu'ils auront auprés de vous, que vous mettez voſtre plaiſir dans le vice : car chacun ſe perſuadera, comme il doit, que vous menez la meſme vie que ceux dont vous cherirez la conuerſation, & qui ſeront honorez de voſtre confidence.

CHAPITRE LVI.

De la Lecture.

Discovrs de l'Emp. Basile a l'Emp. Leon.

NE vous espargnez point à lire les anciennes histoires, vous y trouuerez sans trauail les laborieuses recherches des autres, vous y apprendrez les belles actions des grands hommes, & les mauuaises des meschans; les changemens incertains des affaires humaines, & les vicissitudes qui s'y rencontrent; l'inconstance des choses du monde, & l'instabilité des Empires; enfin pour dire en vn mot vous y descouurirez les peines des crimes, & la recompense de la vertu. Vous euiterez le crime pour euiter la iustice diuine, & vous rechercherez la vertu, pour ioüir de la couronne qui luy est preparée dans les Cieux.

CHAPITRE LVII.

De la beneficence.

MON fils, ie veux adiouster vn aduertissement tres-salutaire à tant d'autres que ie vous ay donnez, & le grauer

DISCOVRS DE L'EMP BASILE A L'EMP. LEON.

bien auant dedans vostre memoire : bien qu'il ne se rencontre point dans les conseils que les anciens ont donnez à la posterité ; ie le iuge neantmoins tres-digne de l'affection d'vn pere & d'vn Empereur soigneux de son fils & de son successeur. Admettez plustost au secret des affaires ceux qui vous demandent quelques presens, que ceux qui s'empressent à vous en faire. Car dans ceux là vous aurez autant de debiteurs & de personnes qui prient pour vostre prosperité, que vous aurez distribué de biensfaits, & mesme vous ferez Dieu vostre obligé, car sa bonté va iusques à cet excés, qu'elle donne les recompenses comme si elle payoit quelque debte ; au contraire vous seriez le redeuable des autres, & leurs presens vous obligeroient à des respects indignes d'vn bon courage, & de la maiesté d'vn grand Prince. Recherchez donc l'occasion de faire le plus de monde que vous pourrez participant de vos liberalitez, mais n'ayez obligation à personne qu'à Dieu seul, & vous ferez vne action digne d'vn Empereur & d'vn homme bien né. Donnez, & de bon cœur à ceux qui vous demandent. Mais pour ceux

qui

qui vous donnent, traictez les auec plus de froideur: car ceux cy ne sont que des vsuriers qui demandent le profit de leurs presents en des faueurs extraordinaires & quelquefois iniustes; au contraire les autres ne pensent qu'à vous faire leurs remerciements, taschant de vous rendre grace de leur propre bouche, & par des seruices humains, ou priant Dieu de les recognoistre par sa bonté, lors que vos biensfaits surpassent leurs forces.

Discovrs de l'Emp. Basile a l'Emp. Leon.

Chapitre LVIII.

De la Noblesse.

CELVY là traite tres-mal la noblesse de l'extraction, qui ne luy donne pas pour compagne celle de l'esprit. C'est pourquoy vous qui estes né du sang le plus illustre de la terre, portez vostre esprit aussi haut que vostre naissance, & souuenez vous tousiours, que la noblesse nous vient de nos ancestres, & que nous en naissons tous reuestus, sans qu'elle apporte à la personne ou du merite ou des recompẽses: mais que nous ennoblissons nos ames par vn choix delibe-

Discovrs de l'Emp. Basile a l'Emp. Leon.

ré de nos volontez, qui nous attire en mesme temps les bonnes graces de Dieu. Mesurez donc les grands hommes par l'esprit & non par le corps: car il ne suffit pas à l'homme comme au reste des animaux, d'auoir seulement cette gloire inutile qui se tire de la terre. le cheual tire son estime de son humeur guerriere & de sa force: le chien de sa fidelité & de son odorat, & ainsi des autres animaux; mais l'excellence & la noblesse de l'homme consiste dans l'amas de toutes les perfections: qui sont pour le corps, la santé, la force, & la beauté; & pour l'ame, l'eloquence, les bonnes mœurs, & les vertus.

CHAPITRE LIX.

De la Patience.

NE vous emportez point contre la Diuinité, mon fils. Il n'y a que des esprits bas & raualez qui soient capables de ces foiblesses; mais agréez tout ce qui vient de sa main, & suiuez sans relasche les traces de sa conduite. S'il vous donne des suiets de ioye, resiouïssez vous; s'il vous en donne de tristesse, attristez vous; si quelque dessein vous reüssit, possedez vostre bonne fortune; sinon, supportez patiemment cette disgrace. Rendez vous complaisant à tous les euenements, & fleschissez sous la main souueraine qui vous les enuoye. Il n'y a que le seul peché qui vous doiue causer de l'auersion, c'est la seule chose que vous deuez reietter loin de vous; parce que c'est l'effet du peu de reflexion que nous faisons sur nostre vie, non pas vn don de la main de Dieu. Que la prosperité n'esleue donc point vostre orgueil, que vostre courage ne se refroidisse point de telle sorte par la mauuaise fortune, que vous tombiez en des tristesses extraordinaires: car si vous estes égal en l'vne & l'autre rencontre, remerciant Dieu des visites fascheuses dont il vous espreuue, la recompense deuë à vostre patience ne vous manquera pas; au lieu que si vous alliez à l'encontre des decrets que la Prouidence a faits pour vostre conduite, vous ne laisseriez pas de souffrir le mal qu'elle vous a destiné, outre que vous perdriez le fruit que la perseuerance merite, sans auancer aucune chose pour vostre profit.

DISCOVRS DE L'EMP. BASILE A L'EMP. LEON.

Discovrs de l'Emp. Basile a l'Emp. Leon.

Chapitre LX.

De l'Institution.

C'Est vne chose digne d'vn grand Prince, de songer autant à ses suiets qu'à soy-mesme : par exemple il ne suffit pas de paroistre bon pendant le temps de son regne, il faut encore laisser l'image de sa vertu viuante dans ses successeurs. Le bien qu'vn Roy fait à son Estat luy nourrissant de ieunes Princes bien nez, est égal au mal qu'vn autre feroit au sien, luy laissant des enfans indignes du sceptre & incapables d'instruction. Suiuez donc les enseignements que vostre pere vous donne, afin de iouïr du profit que vous doit apporter cette obeïssance, & que vos vassaux ayent en vous vn exemple de vertu ; & remerciez moy par vn souuenir recognoissant des soins paternels que i'ay eus de vostre education.

Chapitre LXI.

Du mal que causent les mauuaises langues.

TENEZ les oreilles ouuertes à toutes sortes de discours, & vostre esprit à toutes ſortes de cognoiſſances; mais n'approuuez que ce qui vous eſt vtile ſans eſtre nuiſible à vos ſuiets, ou ce qui vous eſt honorable ſans leur eſtre deſauantageux; & reiettez ce qui pourroit tourner à leur preiudice ſans tourner à voſtre profit. Vne langue malitieuſe & ſubtile, ſi elle eſt eſcoutée de quelque puiſſant complice, cauſera ſans doute de grands malheurs à elle meſme & à ceux qui fomenteront ſa meſchanceté; mais celuy dont la bouche eſt touſiours veritable & ſincere, fait honneur aux compagnies & à ſoy-meſme. Ne prenez donc iamais plaiſir aux entretiens des meſchans, aymez ceux des gens de bien & de probité, & maintenez la paix dans voſtre Empire au lieu de ſemer des querelles entre les particuliers. Dieu s'eſloigne touſiours des lieux où regnent les diſſenſions & la diſcorde, & au contraire ſon eſprit ſe trouue par tout où regne la paix, l'affection & la concorde; fauoriſant touſiours ceux qui fauoriſent le repos, & les adoptant pour ſes enfans.

Discovrs de l'Emp. Basile a l'Emp. Leon.

DISCOVRS DE L'EMP. BASILE A L'EMP. LEON.

CHAPITRE LXII.

Des bonnes Mœurs.

LA bonne conſcience doit eſtre l'ornement de voſtre vie, comme la couronne eſt celuy de voſtre teſte. Elle vous apportera plus d'éclat qu'vne infinité d'ornements exterieurs. Les biens ſe dérobent de nos mains auec infidelité, la gloire paſſe, les forces diminuent, les plaiſirs s'écoulent: Il n'y a que les bonnes mœurs & la vertu qui durent autant que les ſiecles. Vous gagnerez donc l'immortalité ſi vous laiſſez à vos deſcendants l'idée de voſtre vertu, pour leur ſeruir de preſeruatif contre le vice, des exemples pour imiter, & de la matiere pour vous faire des panegyriques.

CHAPITRE LXIII.

De la Moderation dans les plaiſirs.

SÇACHEZ mon fils, que vous ne ſerez tenu pour veritable Prince, que lors que vous aurez de la puiſſance, non pas ſur vos ſuiets mais ſur vos paſſions. Que la couronne imperiale ſoit donc le ſymbole de voſtre ſouueraineté, mais que voſtre adminiſtration ſoit la iuſtice meſme. La pourpre vous donnera de l'eſclat, lors que voſtre temperance luy en communiquera, & cette auguſte chauſſure qui eſt ordinaire aux Empereurs vous rendra maieſtueux, ſi vous vous en ſeruez à fouler genereuſement la ſuperbe, & à reprimer ſon inſolence. Le diademe & le ſceptre ſont les marques d'vn Empire temporel & terreſtre, mais la continence & la moderation des plaiſirs deliure l'homme de l'eternité malheureuſe, & le met en poſſeſſion d'vn royaume qui n'aura iamais de fin.

DISCOVRS DE L'EMP. BASILE A L'EMP. LEON.

CHAPITRE LXIV.

De l'Eloquence.

QVE pas vn de vos ſuiets ne vous ſurpaſſe dans le ſoin de deuenir parfaictement eloquent; car c'eſt par cette diuine faculté que la puiſſance des Princes ſur leurs ſuiets repreſente celle des Cieux ſur les choſes inferieures: elle gouuerne les affaires humaines; & l'oſter du monde, c'eſt oſter ce que l'homme a de plus merueilleux & de plus particulier. Donnez donc de la force à voſtre diſcours, & taſchez de

DISCOVRS DE L'EMP. BASILE A L'EMP. LEON.

le rendre nerueux & d'égaler la gloire des plus grands orateurs. Car la faute seroit égale de mettre l'administration d'vn Estat entre les mains d'vn Prince peu versé dans l'eloquence politique, que de fier le gouuernail d'vn vaisseau à vn pilote ignorant de la marine. On donne ordinairement au Lion le premier rang entre les bestes farouches à cause de sa force, & à l'Aigle entre les oiseaux à cause de la hauteur & de la vistesse de son vol; mais l'homme regne sur toutes les choses d'icy bas, par le pouuoir que l'eloquence luy donne.

CHAPITRE LXV.

De la Moderation d'esprit dans la prosperité.

QVE les victoires ne vous esleuent point au delà des bornes de la raison, lors que le Ciel vous les aura mises entre les mains. Que la mauuaise fortune de vos ennemis ne cause dans vostre ame ny vanité ny ioye. N'augmentez point la misere d'autruy par la raillerie. N'applaudissez iamais à la perte des hommes. Car les secrets de la Prouidence nous sont incogneus, & les choses futures inuisibles. Considerez les choses qui

se

se sont passées deuant vous, & vous apprendrez celles qui viendront aprés. Car les hommes pendant leur vie voyent & experimentent eux mesmes les vicissitudes continuelles des choses mondaines, & les inconuenients arriuez à nos deuanciers doiuent seruir d'enseignement à leur posterité. Ne vous esleuez donc point si haut, dis-ie, de peur que vostre cheute ne soit d'autant plus dangereuse qu'elle sera d'vn lieu plus eminent. Ne vous attribuez point auec arrogance les trophées qui vous seront erigez de la défaite de vos ennemis; & iamais vous n'experimenterez les disgraces de la fortune. Pleurez plustost de leurs calamitez, & compatissez aux douleurs de ceux qui sont hommes aussi bien que vous. Rapportez à Dieu seul les glorieux eloges que les peuples donneront à vos victoires, par vn esprit de remerciement & de recognoissance, comme à celuy qui en est l'autheur : afin que pensant aux aduersitez au milieu du bonheur, & aux prosperitez au milieu de vos disgraces, vous puissiez en toute rencontre vous souuenir de vostre condition.

CHAPITRE LXVI.

DISCOVRS DE L'EMP. BASILE A L'EMP. LEON.

De la lecture des Saintes Lettres.

POVR vous rendre accomply, parcourez auec estude les autheurs anciens : vous y trouuerez quantité de choses tres-vtiles. Mais sur tout lisez les ouurages de Salomon, d'Isocrate, & les conseils de Iesus fils de Sirach. Car vous pouuez apprendre par la meditation de ces liures toutes les vertus politiques & royales. Cette partie de l'Escriture & toutes les autres ne peuuent manquer de cōbler vostre ame des lumieres dont elles ont esté remplies par l'inspiratiō du S. Esprit. En fin lors que vous aurez acquis le souuerain degré de la sagesse humaine, vous donnerez à vostre Seigneur, à vostre Pere, & à vostre Precepteur, la ioye & le profit qu'il espere de vostre instruction ; vous serez capable d'enseigner les autres, & vous cōnoistrez, qu'aucun n'est exempt de fautes ny de la recherche de ses actions, & que pas vn ne peut auoir connoissance de la fin qui doit terminer sa vie.

L'ACADEMIE DES PRINCES

LIVRE SECOND.

INSTRVCTION ROYALE de l'Empereur Manuel Paleologue, à l'Empereur Iean Paleologue son fils.

I.

LES genres de vie sont differents parmy les hommes, & prennent leur naissance & leur distinction, partie de la prudence, de l'instruction & des bonnes mœurs: partie de la stupidité, de l'ignorance, & du mauuais naturel. Nous les pouuons encore diuiser & subdiuiser de telle sorte que leur nombre passe le raison-

Instrvction Royale de l'Emp. Manvel Pal. a l'Emp. Iean son Fils.

nement humain. Il me semble que l'vn ne peut estre plus excellent que l'autre, sinon par deux raisons : qui sont le plaisir, & la vertu. Il est vray que ces deux choses concourent quelquefois ensemble, toutefois il est difficile que l'ame ait vne égale inclination vers tous les deux, si elle recherche la perfection dans l'vn & l'autre. Que si on nous accorde que cela se peut, celuy qui sera partagé de cette sorte sera en partie bon & en partie meschant, celuy qui ne pensera qu'au plaisir, sera meschant tout à fait, & celuy qui recherchera la vertu sera bon par cela mesme.

II.

DE ces manieres de viure desquelles nous auons parlé, la derniere est la meilleure. Il est vray qu'elle semble tres-aspre & tres-difficile, parce qu'elle fait la guerre à la volupté ; mais ce n'est qu'en apparence. Car elle a coustume d'apporter du contentement à ceux qui la suiuent ; & nous ne pouuons dire qu'elle nous laisse sans plaisir, puisqu'elle nous entretient de l'esperance d'vne autre vie si heureuse & si agreable.

INSTRVCTION ROYALE DE L'EMP. MANVEL PAL. A L'EMP. IEAN SON FILS.

Au contraire elle est tousiours accompagnée d'vne grauité maiestueuse & d'vne fermeté durable, qui contente celuy qui se gouuerne selon ses regles : & ces biens veritables & non falsifiez ayant vne fois imprimé dans vne ame leur affection & leur amour, ils la conduisent comme par la main, & ne souffrent pas que ses desirs s'égarent à la poursuite des choses vaines. Mais la seconde qui recherche le plaisir comme sa fin, est dés à present & sera tousiours mal-heureuse. L'homme ne peut pas continuellemēt prendre son plaisir à vne mesme chose ; il desire tantost l'vne, tantost l'autre, & de toutes il n'y en a pas vne qui soit veritablement bonne, puisque chacune laisse toûiours place à de nouueaux desirs. Pour le troisiéme genre de vie, nous sommes contraints de luy accorder le milieu, de peur que d'abord nous ne rendions nos preceptes trop rudes & trop austeres, sans estre d'ailleurs nous mesmes trop gens de bien ; & pour le present nous ne reietterons pas tout à fait le plaisir, pourueu que le mal ne l'accompagne point.

INSTRVCTION ROYALE DE L'EMP. MANVEL PAL. A L'EMP. IEAN SON FILS.

III.

CONCEVEZ nettement que le choix de l'vne ou de l'autre de ces manieres de viure dépend de nostre deliberation particuliere, non pas de la nature: Laquelle est vne pour les Ethiopiens & pour les Scythes, pour les François & pour le reste des hommes, & ne fait differer les nations que par quelques petites particularitez. Au lieu que s'il s'agit de choisir, il est tres-difficile que la diuision ne se trouue mesme entre les freres. Donc la vie n'est pas suiette à tant de varietez à cause de la nature, qui ne souffre point de partage; mais à cause de nostre goust qui ne se trouue pas le mesme en tous, ainsi que nous auons dit. Or i'estime que la douceur & le contentement que nous trouuons en chaque estat, vient de l'accoustumance; non pas entierement de la nature. Vous trouuerez mesme que la vie penible & laborieuse, se fait aymer de celuy qui la mene, & que les gens de trauail ne la changeroient pas pour vne autre, quãd elle regorgeroit de plaisirs & qu'elle seroit sans reproche. Il faut donc embrasser la meilleure maniere de viure, puiſque l'habitude & l'vſage nous la rendront infalliblement agreable.

Instrvction Royale de l'Emp. Manvel Pal. a l'Emp. Iean son Fils.

IV.

SÇACHEZ que voicy la veritabe ſaiſon dans la fleur de voſtre âge, de vous choiſir vous meſme l'eſtat le meilleur de cette vie, pour commencer à le ſuiure exactemẽt & à vous en imprimer le regime ſi auant dans l'eſprit, que vous puiſſiez aller iuſques au bout de la carriere ſans changement. Vous n'eſtes point encore preuenu d'aucun empeſchement à la vertu; deuant que d'eſtre infecté du vice, il vous ſera facile de vous diriger au bien; mais en eſtant preoccupé vous experimenterez vne double difficulté. Vous trauaillerez beaucoup, & la peine ſera de vous tirer de cette ſeruitude, vous lauant meſme comme on dit les deux mains, & de vous rendre le bien familier par vne habitude eſtroite, qui ne ſe peut contracter qu'auec le temps & beaucoup de peine.

Instrvction Royale de l'Emp. Manvel Pal a l'Emp. Iean son Fils.

V.

IE tiens pour tres-certain que le bon-heur des Rois, leur est distribué par la Prouidence : puisque on dit, que Dieu tient mesme leurs cœurs entre ses mains. Il vous faut donc chercher la felicité au lieu de sa demeure si vous la voulez trouuer : C'est à dire entre les mains de Dieu, ne vous rendant pas indigne de la posseder. Celuy de qui la vie ne s'accorde pas auec ses desirs, ne fera iamais l'acquisition de ce dont il est en queste, bien qu'il le recherche tres-ardemment ; ou bien il le perdra mal à propos aprés l'auoir acquis : ce qui est plus fascheux que s'il ne l'auoit iamais possedé.

VI.

C'EST vne chose à bon droit estimée tres-vtile, de faire tout en sa propre saison, principalement quand il est question de faire vne demande à quelque puissance releuée. Il seroit bien plus expedient de n'en faire iamais aucune, que d'en faire qui ne se puissent octroyer à cause de leur iniustice. De fait ces prieres excitent plustost la

INSTRVCTION ROYALE DE L'EMP. MANVEL PAL. A L'EMP. IEAN SON FILS.

la colere que la liberalité. Dieu obserue la bienseance dans ses biensfaits, & n'en fait point qui conuiennent mal à sa bonté. D'où vient qu'il se plaist à nous entendre & à nous estre propice; non pas lors que par des cris, par des larmes, par des gemissements & par des sollicitations empressées & assiduës, nous luy demandons quelque chose qui puisse nuire, bien que nous la croyons profitable, car il nous arriue souuent de faire telles demandes par vn grand excez d'ignorance; mais lors que priant pour le bien public ou pour le nostre, nous faisons les choses par lesquelles nous pouuons meriter d'estre exaucez. Ce qui est à proprement parler rendre les supplications efficaces. Car celuy qui fait des actions qui contredisent à ses prieres, ne peut estre d'accord auec Dieu, n'estant pas d'accord auec soy-mesme.

VII.

DIEV fera pleuuoir sur vous l'abondance de ses biens, si vous recognoissez tenir vostre sceptre de sa liberalité, si vous confessez que vous estes son esclaue,

INSTRVCTION ROYALE DE L'EMP. MANVEL PAL. A L'EMP. IEAN SON FILS.

& si vous prenez plus de plaisir à seruir sous luy qu'à regner sur les autres. Sçachez aussi que vous estes à luy à bien plus iuste titre, que vos esclaues ne sont à vous : & la difference de ces deux seruitudes est d'autant plus grande, que le sang de Iesus Christ est plus precieux que l'argent. Celuy que vous acquerez est vostre compagnon d'esclauage, il est vostre frere & d'aussi bonne condition que vous, horsmis l'éclat de l'Empire. Car la nature est vne en tous, & Dieu forma de sa propre main nostre pere commun. Nous auons tous vn mesme Baptesme, *Iesus-Christ est mort également pour tout le genre humain*, & nous ne deuons point éleuer vne bouë plus que l'autre, pour quelque petite sureminence de qualitez, ny estimer quelque bien que la Diuinité fait à vn particulier, plus qu'vn autre qu'elle fait generalement à tous les hommes.

VIII.

SI vous desirez que vos suiets vous honorent d'vn respect meslé d'amour & de crainte, & qu'ils prennent vos moindres signes pour des loix ; il vous est sur tout necessaire de seruir Dieu de cette mesme sorte: car vos deportements enuers le Souuerain de cet vniuers doiuent estre les mesmes que vous exigez de vos suiets. Sinon, vous aurez beaucoup de peine, peu de profit, & les affaires vous reüssiront au contraire de vos desseins. Les submissions volontairement renduës à celuy que toute la Nature cognoist pour son Seigneur, font que ceux qui sont au dessous de nous subissent aussi volontairement nos loix; au contraire n'obeir pas aux volontez diuines, c'est iustement esmouuoir toute la Nature contre soy, & mesme ce qui est insensible, comme il paroist par l'histoire de Ionas, de Dathan & Abiron, & d'autres qu'il seroit inutile de raconter.

IX.

VOVLEZ vous que Dieu vous conserue en son entier, ce qu'il vous a donné gratuitement, & qu'il y adiouste encore du surcroist, rendez luy selon vos forces tout ce que vous luy deuez. Il est veritablement impossible, que nos actions de grace respondent à la grandeur de ses bien-

Instrvction Royale de l'Emp. Manvel P. a l'Emp. Iean son Fils.

faits, mais la bonne volonté, comme disoit vn ancien, bien qu'elle ne soit pas accompagnée de l'œuure, merite tousiours quelque chose. Ne deuenez donc pas mauuais payeur de si belles & de si agreables debtes, manquant à faire ce que vous pouuez, ou à recompenser au moins de desir ce que vous ne pouuez pas. Or Dieu reçoit de nous ce que nous luy deuons par les mains des pauures, ou de ceux qui ont besoin de nostre secours, & non point par les siennes propres. Car il est raisonnable qu'il donne & prenne en cette maniere. Que si pouuant luy faire present de quelque petite chose, & mesme de celles qu'il nous a si largement données, nous negligeons de le faire par la grande paresse qui nous est ordinaire; comment pourrons nous meriter en suite de receuoir d'autres liberalitez? Comment ne perdrons nous pas entierement celles qu'il nous aura desia faictes? & ne serons nous pas punis inexorablement de nostre ingratitude & de nostre mauuais naturel?

INSTRVCTION ROYALE DE L'EMP. MANVEL PAL. A L'EMP. IEAN SON FILS.

X.

CE que ie dois dire est assez clair de soy-mesme, neantmoins il n'est pas mal à propos de vous en rafraischir la memoire. Celuy qui refuse d'aymer Dieu, s'attire la haine de tous les ouurages de ses mains, celuy qui ne le craint pas apprehende mesme les ombres, celuy qui n'obserue pas ses loix, encore qu'il soit grand, illustre & remply de toute la sagesse humaine, ne verra iamais ses suiets dans l'obeissance ; au contraire il deuiendra luy mesme l'esclaue de gens qui ne valent pas mieux que des esclaues. Partant celuy qui souhaite d'auoir l'affection de ses peuples, qu'il se conserue la bienueillance de celuy qui gouuerne iusques aux moindres souffles, qui nous fait viure de ses biensfaits, & qui donne à toutes les ames les inclinations qu'elles peuuent auoir au bien. Car c'est en luy que nous viuons, que nous agissons, & que nous sommes. C'est luy, comme dit le grand Apostre, qui opere en nous les volontez & les actions qui sont conformes aux decrets fauorables qu'il a faits pour nostre salut.

Instrvction Royale de l'Emp. Manvel Pal. a l'Emp. Iean son Fils.

XI.

L'Eglise à qui vous estes plus considerable que tout autre, vous doit aussi estre plus considerable que toute autre chose, puisque elle est vostre tout aprés Dieu : c'est vostre mere & vostre nourrice ; c'est la maistresse qui vous esleue, qui vous forme, & qui vous enseigne ; c'est vostre chemin, vostre guide, & vostre ayde : enfin c'est elle qui vous appelle par ses aduertissements à la ioüissance des plus grands biens que vous puissiez desirer. De toutes les choses qui luy sont tombées en partage, il n'y en a point qui soient mortelles ou perissables, au contraire elles sont toutes eternelles, immortelles & incorruptibles, comme faites pour des possesseurs eternels, immortels, & incorruptibles. La raison est, que tout est spirituel dans les cieux ; par consequent eternel, bon & immuable : qualitez sans doute preferables à toutes les choses corporelles, qui aprés auoir eu quelque petit vsage en cette vie, ne sont plus rien du tout aprés.

INSTRVCTION ROYALE DE L'EMP. MANVEL PAL. A L'EMP. IEAN SON FILS

XII.

DISPVTER contre les enſeignements de l'Egliſe, c'eſt le meſme que preſſer la iambe contre ſon eſperon. Donnant donc le bon iour à ceux qui ſeront de cette humeur, s'ils ſont incorrigibles, conſiderez la fureur qui les poſſede, & le malheur dans lequel ils ſont par elle precipitez. Car voulant donner vn coup à l'Egliſe que Dieu s'eſt acquiſe de ſon ſang, rien ne leur reſte de leur inſolence, ſinon que leur pied demeure couuert de leur propre ſang. Pour vous, mon fils, ſçachez que les dogmes de l'Egliſe ſont vn port, vne forteresſe, & vn bouclier de defenſe ; car lors que nous ſommes aſſaillis d'vne infinité de raiſonnements contraires, ſi nous abordons à cette coſte, nous trouuons incontinent le calme de noſtre ame, & la tranquillité de noſtre eſprit ; & par leur moyen nous pouuons repouſſer les aſſauts d'vne langue ſuperbe, qui nous attaque par le menſonge. Qui eſt-ce donc qui pourroit égaler les bienfaits dont l'Egliſe nous oblige, par vn amour aſſez grand, par des ſeruices aſſez

INSTRVCTION ROYALE DE L'EMP. MANVEL PAL. A L'EMP. IEAN SON FILS.

importants pour sa conseruation, & par des charitez assez grandes enuers ceux qui luy appartiennent, puisqu'elle est la source de tant de biens que les hommes en tirent?

XIII.

IL est bon de se retirer du mal; car c'est comme vn degré de vertu que d'auoir coupé les racines du vice. Il est encore plus glorieux de faire le bien, car la fin suit le commencement. Mais rapporter à Dieu, l'autheur & la source de tous les biens, toutes les bonnes actions de nostre vie, c'est le comble de la perfection. Celuy-là rend ses vertus plus illustres, qui les possede auec modestie; Mais il est à craindre, que ceux qui s'enorgueillissent de leurs propres merites, quand ils seroient admirez de tout le monde, ne s'abaissent dauantage par leur arrogance qu'ils ne s'estoient éleuez par leurs belles actions. Dieu se declarera contre eux, & comment subsisteront-ils? pour parler auec le Prophete.

INSTRVCTION ROYALE DE L'EMP. MANVEL PAL. A L'EMP. IEAN SON FILS.

XIV.

C'EST mal faire que de ne pas faire le bien que nous pouuons, puisque nous ne sommes pas en ce monde pour passer nostre vie dans l'oisiueté, ny pour tenir inutilement, comme les pierres qui sont cachées au fond des eaux, ce que la Prouidence a destiné pour l'vsage des creatures. Le crime est encore plus grand de faire mal, parce que Dieu nous a formé de ses propres mains pour bien faire: mais charger l'innocent de ses propres fautes, c'est le plus grand des crimes, & ce peché fit plus de tort à nos premiers peres, que la transgression du commandement. Ne faisons donc pas le mal plus grand, comme si nous auions vn dessein formé de rendre tousiours nos fautes plus griefues; mais faisons bien, ou si nous faisons mal, ne faisons point tomber le crime sur autre que sur son autheur. Car nous ne sommes bons ou meschants que par les inclinations de nostre propre volonté.

INSTRVCTION ROYALE DE L'EMP. MANVEL PAL. A L'EMP. IEAN SON FILS.

XV.

ISOCRATE nous donne aduis de traiter auec douceur & auec ciuilité toute sorte de personnes, & de n'employer que les gens de bien à nostre seruice. Mais il faut que ie vous découure quelque sage methode pour l'accomplissement de ce precepte, qui est aussi difficile que loüable. Car de ceux qui vous approchent il n'y en a point qui ne s'estime le plus parfait de la Cour, & qui ne croye meriter les charges les plus honorables & les plus grandes liberalitez; & d'autre part il est tres-difficile de plaire à tout le monde. Il faut donc s'assuietir à des peines continuelles, faire de grandes profusions, & auoir de la dexterité pour reüssir en ce point. Celuy qui desire de paruenir à quelque chose de grand, ne doit pas s'arrester à la seule admiration des moyens qui y conduisent; mais il doit employer toute son industrie pour en faire l'acquisition.

XVI.

IL est temps que ie vous donne vn enseignement, lequel outre qu'il est beau de ſoy, peut encore ſouſtenir celuy de l'Orateur. N'oſtez à perſonne ce qu'il merite: rendez vous communicable & de facile accés. N'eſpargnez point l'honneur ny la courtoiſie; ſecourez tout le monde ſelon vôtre pouuoir; que voſtre viſage ſoit ioyeux lors que voſtre main eſt ouuerte pour ſecourir les miſerables; afin que voſtre action ſoit attribuée pluſtoſt à voſtre magnanimité, qu'à la contrainte. Faites pour les autres ce qui vous feroit agreable, ſi quelqu'vn le faiſoit en voſtre conſideration: Par ce moyen, vous gagnerez l'affection des peuples, laquelle ne ſera pas moins glorieuſe pour vous que generale.

XVII.

CECY me ſemble encore appartenir à ce precepte. Ie penſe qu'il eſt bon d'embraſſer & de cherir tous ceux qui vous donnent quelque aduis ſalutaire, bien qu'ils ne ſoient pas ſi auant dans la fortune, ou dans voſtre cognoiſſance. Que ſi quelqu'vn vous donne vn conſeil dont l'execution ſeroit pernicieuſe à deſſein de vous tromper, il fait vne action d'ennemy; s'il le fait

INSTRVCTION ROYALE DE L'EMP. MANVEL PAL. A L'EMP. IEAN SON FILS.

par ignorance estant d'ailleurs cogneu pour affectionné, sa bonne volonté doit estre loüée; puisque c'est par là mesme que Dieu iuge nos actions: mais son imbecillité ne doit estre ny reprise, ny méprisée; puisque Dieu ne tiendra pas ses assises pour iuger les pauures d'esprit, ou ceux qui ont l'imagination blessée.

XVIII.

MAINTENANT par cette methode vous découurirez facilement quels sont les gens de bien & de mise, & leurs contraires: cognoissance tres-vtile aux personnes de commandement. Car si vous examinez leurs deportements à l'égard de Dieu, d'eux mesmes, de leurs parents, de leurs amis, de leurs concitoiens, & des estrangers, comment ils gouuernent leurs familles, & quelles choses les resioüissent ou les faschent; vous trouuerez sans peine le secret de leur naturel, sans haïr personne vous aymerez ceux qui meriteront vos bonnes graces, & vous seruant de ceux qu'il sera plus à propos d'employer, vous ne mépriserez point ceux qui vous seront inutiles : par ce moyen, vous aymerez bien à propos, & vous conseruerez pendant toute vostre vie l'affection reciproque qui doit estre entre vous & ceux de vostre suite. Celuy qui contracte facilement vne amitié la rompt aussi facilement ; mais vn homme sage taschera tousiours d'euiter ce malheur

XIX.

CELVY qui ne se fie à personne, se perdra facilement par cette voye. Nous auons besoin les vns des autres, si Dieu nous conserue la vie quelque temps. De mesme c'est vne simplicité pernicieuse de se fier indifferemment à toute sorte de personnes, puisque l'infidelité ne se peut bannir de ce monde : l'vn & l'autre est donc également dangereux. Que si nous sommes contraints de choisir l'vn des deux, il vaut mieux souffrir à cause de nostre temerité, que d'auoir tous les hommes l'vn aprés l'autre pour suspects ; puisque l'vn est le signe d'vne bonté sans limites, l'autre la marque d'vne extraordinaire meschanceté. D'ailleurs la moindre teinture de mauuais naturel, est pire que la plus grande simplicité, puisque les meschantes ames ne s'efforcent qu'à nuire & à mal faire. Enfin s'il y a quelque chose de mauuais dans la simplicité, cela vient de son excés, & non pas de sa nature: mais le mal qui se trouue dans la peruersité, vient de l'vn & de l'autre principe.

XX.

PVISQVE nous auons monstré que ces extremitez sont blasmables dans les negotiations, dans les traitez & dans les diuerses rencontres de cette vie, il faut tenir vne moyenne voye: de sorte que celuy qui voudra n'estre point corrompu de leur poison, se fie à quelques vns, & se défie des autres. Pour vous agissez librement auec les bons, & gardez vous des meschants. Autrement vous défiant des bons, il faudroit vous fier aux meschants, puisqu'il est necessaire de se fier à quelqu'vn, & vous fiant & défiant mal à propos & contre la raison, vous tomberiez facilement en des malheurs ausquels vous ne pensez pas. Le bled ne deuient point farine, s'il n'est brisé entre deux meules; mais l'homme peut souffrir de grands inconuenients de ces deux choses, quand elles seroient separées.

XXI.

CELVY qui dans la communication que nous luy donnons de nos affaires prefere ce qui nous est vtile à ce qui nous est agreable, doit passer pour vn fidele & veritable amy; mais celuy qui accompagne sa cour d'vne complaisance pernicieuse, ne differe point de nos ennemis ou de nos malueillants; si ce n'est peut-estre qu'il soit pire que l'vn & l'autre, parce qu'il iette nostre esprit dans l'erreur, & presque dans la corruption par sa flaterie. Defait il surpasse en ce point la malignité de nos aduersaires, qu'il plaist en blessant; ce qui fait que nous l'estimons tousiours plustost digne d'amour que de haine; où ceux-là se font sentir par l'incommodité qu'ils nous donnent, d'où vient que nous sommes tousiours assez portez à nous en défaire. D'ailleurs il est facile de se reconcilier à nostre ennemy, & mesme il n'est pas impossible de l'abatre: mais le flateur qui a l'industrie de se cacher, se tient à couuert des coups, il s'adon-

Instrvction Royale de l'Emp. Manvel Pal. a l'Emp. Iean son Fils.

ne tout à fait aux fourbes, il deuore ceux qui le nourrissent, & il se comporte vers eux comme vne beste farouche. Ce qu'il y a de plus mauuais en cecy, c'est que comme il s'enrichit par ses subtilitez, & par des artifices criminels, il inuite les autres par son auancement à suiure le mesme train de vie, de sorte que c'est merueille si le mal ne croist iusques à l'infiny.

XXII.

Les fleurs sont l'ornement des prez, les estoiles celuy des Cieux, & l'amour de la verité, celuy du Prince. La carene est la force du vaisseau, le fondement celle de la maison, & la fidelité, mesme vers les ennemis & dãs les choses approuuées par le moindre signe, celle des Roys soigneux du bien public, qui s'estiment indignes de viure aprés vne fausseté. Mais celuy là ne doit pas estre tenu pour fidele, qui trafique de sa bonne foy pour le soustien de sa vie, ou pour l'accroissement de ses biens. Car puisqu'il ne considere pas la verité mais l'argent, lors qu'elle ne luy sera pas fauorable, il foulera incontinent aux pieds toutes sortes de trai-

tez,

INSTRVCTION ROYALE DE L'EMP. MANVEL PAL. A L'EMP. IEAN SON FILS.

tez, de paroles, & de contracts, & se moquera des serments, & de leur religion pour euiter la moindre perte. Donc celuy qui ne tourne pas sa fidelité à son profit, mais qui hait le mensonge, les meschancetez & les fourbes, comme choses de soy dignes de haine, est à proprement parler celuy qui merite le nom d'amateur de la verité. Le mensonge prend vne infinité de formes, il faut pour ne tomber point en ses labyrinthes, que celuy qui cherit la verité, fasse paroistre que ses pensées & ses moindres signes ne sont point démentis par ses actions, & pour obeyr plus exactement à la defense qui nous est faite de iurer, qu'il se surpasse tousiours luy mesme en matiere de fidelité.

XXIII.

COMME le fer engendre la roüille, de mesme l'ame troublée d'enuie ou d'vne emulation ialouse, produit la haine, les fourbes, & choses semblables, qui se trouuant dans vne personne, causent hors d'elle de grands inconuenients à ceux qu'elles attaquent, & ne manquent iamais auec le temps de la consumer elle mesme entiere-

M

Instrvction Royale de l'Emp. Manvel Pal. a l'Emp. Iean son Fils.

ment, si elles ont bien auant penetré dans son ame, & si elles y agissent conformement à leur naturel. La difference qu'il y a, c'est que le fer, qui ne cognoist pas sa corruption ne s'en peut defendre & est contraint de la souffrir, au lieu que la nostre est volontaire, puisqu'elle nous est cognuë. D'où vient qu'elle est beaucoup pire à nostre égard, & qu'à peine se peut elle pardonner. En effect c'est le mesme, que si quelqu'vn desiroit voir son ennemy dans le feu, & ne refusoit pas mesme d'estre le bois de son bucher. L'enuie est donc euidemment diabolique, puisque Satan n'est damné que pour faire damner les autres, par la ialousie qu'il a de leur bonheur ; & l'enuieux est insensé, puisque sa perte est ineuitable, au lieu que celle de son aduersaire est incertaine ; car souuent nous voyons qu'vne grande quantité de bois est reduite en cendres sans auoir consumé ce qu'on auoit ietté dedans. L'enuie qui recognoist l'emulation pour sa mere, fait naistre la fourbe, la haine, & la calomnie. Toutefois les grands ne portent point d'enuie aux petits, en ce en quoy ils leur sont inferieurs, ny les petits aux grands ; l'enuie ne touche point aussi les gens de profession differente : mais ceux qui peuuent auoir debat les vns contre les autres, & qui semblent perdre quelque chose de leur estime par le renom des autres qui tendent à mesmes fins.

XXIV.

QVE i'admire celuy qui fuit toute sorte d'excés ! & les discours des sages m'entretiennent dans l'estime que i'ay de ce personnage, lors qu'ils disent, *que la moderation est tres-bonne*, *rien de trop*, & d'autres paroles semblables. De sorte que les choses temperées & qui tiennent le milieu, deuiennent en vn autre sens des biens extremes. La chose s'accorde auec ce discours, & l'exemple l'esclaircit euidemment. Car le meschant & l'insensé qui sont extremement opposez, sont neantmoins tous deux vicieux, & leur contrarieté n'empesche pas qu'ils ne soient également indignes de loüange. Que si quelqu'vn euite les deux extremitez, on trouuera que son esprit est dans vne iuste & parfaite constitution, & qu'il est accomply de tous points ; si bien

INSTRVCTION ROYALE DE L'EMP. MANVEL PAL. A L'EMP. IEAN SON FILS.

que le mal eſt dans l'excés, & le bien au contraire dans la mediocrité. De meſme porter enuie aux belles actions des grands hommes, ou n'eſtre point piqué par leur exemple, ſont choſes auſſi blaſmables qu'oppoſées: l'vn eſt vn mal tres-ancien, l'autre vient d'vne certaine laſcheté d'eſprit & de la baſſeſſe de courage; & l'vn & l'autre eſt mauuais pour cela ſeulement, comme ie penſe, qu'ils vont trop auant dans l'excés. L'emulation legere que la Nature nous donne pour nous faire naiſtre le deſir des loüanges, ſi elle ne paſſe point iuſques à l'enuie, ny iuſques à l'inſenſibilité dans les rencontres où elle ſeroit mal honneſte, pourra tenir à mon ſens le milieu de ces deux maux; & ſi vous la mettez pareille à celle de Themiſtocle, lequel ne pouuoit dormir parce qu'il eſtoit piqué des beaux faits & des victoires de Miltiade, elle ſera tres-vtile, puiſqu'elle viendra du mouuement genereux d'vn bon cœur & d'vn braue courage qui s'anime ſoy-meſme à la vertu.

INSTRVCTION ROYALE DE L'EMP. MANVEL PAL. A L'EMP. IEAN SON FILS.

XXV.

TENEZ pour inuolontaire, tout ce que nous commettons par ignorance pensant bien faire, & que les actions que la honte, la sollicitation d'autruy, ou la violence nous obligent de faire ne sont pas de cette qualité. Car bien que celuy qui agit par ces principes, ait vne legere connoissance qu'vn mal est moindre qu'vn autre; neantmoins cela ne suffit pas pour dire qu'il pense bien faire. De sorte que si nous ne prenons point le mal pour le bien lors que nous agissons, nostre faute ne vient point d'ignorance. Or ce qui n'est point fait par ignorance n'est point inuolontaire, comme nous auons dit au commencement; mesme ce qui n'est pas fait par le motif d'vne bonne conscience, bien qu'il ne passe pas iusques au crime, ne laisse pas d'estre pire que les actions les plus meschantes, & les plus insupportables, si nous les commettons inuolontairement. Ne faisons donc point de mal pour euiter vn plus grand mal: mais taschons à faire ce qui peut estre fait par les hommes; de telle sorte que nous n'atti-

INSTRVCTION ROYALE DE L'EMP. MANVEL PAL. A L'EMP. IEAN SON FILS.

rions volontairement aucune tempeſte ſur nous. Pour les choſes qui ſont reſeruées à Dieu, remettons nous en à ſa Prouidence, eſperons touſiours bon ſuccez, & receuons auec ſouſmiſſion & auec remerciement ce qu'il luy plaira de nous enuoyer.

XXVI.

CROYEZ que les plus puiſſants ne peuuent nuire aux plus petits, ſans que le Tout-Puiſſant leur donne main leuée, ſoit qu'il ne puiſſe plus ſupporter leurs crimes, ou qu'il procure leur bien par des voyes cachées; puiſqu'il tient compte des cheueux de noſtre teſte, & qu'il a ſoin des paſſereaux & des moindres choſes. Que s'il eſt ainſi, qui pourroit faire impreſſion ſur vne ame, ou ſur la moindre de ſes facultez, ou de ſes bonnes inclinations, quand il agiroit par menaces, par promeſſes, & par contrainte, ſi elle ne donne ſon conſentement, & ne ſe porte d'elle meſme à la deprauation? Mais que dis-ie de l'homme? les demons qui ſont ſi adroits à mal faire ne peuuent meſme rien en ce rencontre. Si vous faites donc ce qui eſt à faire, & ſi vous mettez vostre confiance en Dieu, ne vous laissez point détourner de vostre chemin par la peur, ny par les allechements, ny par la violence. Que si nous semblons quelquefois succomber aux vices, puisqu'à peine les Anges sont ils impeccables, reiettons en la faute sur nous. Car il n'y a point d'excuse pour ceux qui cognoissant que leur action est mauuaise, n'ont pas laissé de la faire, pour quelque raison que ce soit.

XXVII.

PENSEZ que vostre cœur est comme vne terre dont le fond est bon de soy, mais qui ne produit rien de bon à cause de la secheresse generale qui tient toute la nature en langueur, c'est à dire du peché de nostre premier Pere, par lequel nous sommes décheus de la grace. Qu'en suite il a esté nettoyé par le Baptesme, comme vn champ inculte est desfrisché par le soin du laboureur; que de rude qu'il estoit, vne trempe de pretieuses liqueurs l'a rendu plus facile & plus maniable; qu'il a maintenant vne odeur qu'il n'auoit point auparauant; qu'il a receu les commandements de son

INSTRVCTION ROYALE DE L'EMP. MANVEL PAL. A L'EMP. IEAN SON FILS.

Dieu comme vne ſemence; qu'il nourrit & qu'il fait croiſtre le grain, qu'il le meurit & qu'il le conſerue par la force & par la vertu du ſacré calice & de la ſainte table. La zizanie, c'eſt ce que nos ennemis ſurſement, c'eſt à dire les tentations artificieuſes des demons & des meſchants hommes; leur ſaiſon pour ſemer, c'eſt lors que nos ames ne ſont pas bien ſur leurs gardes, & le pouuoir de faire croiſtre leur moiſſon, vient de ce que nous ſommes negligents à l'obſeruation de ce qui nous eſt commandé. Partant c'eſt pluſtoſt à nous que le mal doit eſtre attribué, puiſque nous ſommes dans la diſſolution, qu'à nos ennemis exterieurs, qui prennent la force qu'ils ont de nous nuire, de la pareſſe de ceux qui les reçoiuent chez eux.

XXVIII.

IL eſt également en noſtre puiſſance de ſuiure le mouuement du demon & celuy des hommes corrompus, & de rebuter leurs conſeils lors qu'ils nous pouſſent à quelque meſchante action. Mais accuſer l'vn d'enuie, & les autres de peruerſité, pour nous

nous excuser lors que nous faisons quelque faute ; c'est vn pretexte vain & vne extreme folie ; puisque iamais aucun ne persuada personne, qui ne voulust bien estre persuadée. De sorte que nous nous portons nous mesmes aux choses, sans qu'vne main estrangere nous y pousse. Que si la violence auoit le pouuoir de fleschir nos volontez, il est vray qu'il faudroit tenir vn autre discours ; mais puisque les resolutions dépendent seulement de ceux qui les forment, les choses que nous auons auancées doiuent estre suiuies : puisqu'elles prouuent suffisamment qu'vn homme est bon s'il luy plaist, & qu'il deuient meschant parce qu'il le veut. Par consequent il se faut rire de ce qui a coustume de tromper & d'espouuanter le vulgaire, & croire qu'il n'y a que les choses qui nous peuuent reünir à nostre principe, qui meritent nostre recherche, & que de celles qui nous troublent il n'y a que celles qui peuuent esmouuoir contre nous celuy qui seul est terrible, qui soient dignes de nostre auersion & de nostre crainte.

Instrvction Royale de l'Emp. Manvel Pal. a l'Emp. Iean son Fils.

XXIX.

C'EST vne chose estrange, que pouuans deuenir les enfans de Dieu nous abandonnions volontairement cette pretension, & que nous aymions mieux tomber dans l'esclauage du diable, que de monter à vne dignité si eminente. Qu'ayant tant d'assistance contre les Passions & contre l'Enfer, nous demeurions neantmoins vaincus sans auoir employé nostre secours; que nous retirions nostre main, lors que Dieu nous tend la sienne; & que sa bonté pouuant & voulant nous donner les moyens de nous releuer de nostre perte, peu s'en faut que nous ne reiettions sa faueur auec mespris. Quand nous manquerions de cette aide extraordinaire & surnaturelle, si nous pouuons estre bons sans cela pourueu que nous le voulions, c'est vne chose bien sale de manquer de volonté, puisque c'est principalement ce defaut qui d'innocents nous rend coupables. Dieu nous donna l'innocence & les moyens de la conseruer, en mesme temps qu'il nous donna l'estre; par consequent si nous imputons à nostre volonté l'inclination que nous auons au mal, nous deuons croire qu'elle a pareille puissance pour nous porter au bien. Il ne faut donc au reste que vouloir & faire ce que nous deuons, puisqu'il nous est si facile de venir à bout de nos ennemis, quand mesme ils auroient desia quelque aduantage sur nous.

XXX.

TOVTES choses tiennent de leurs principes, sans excepter mesme ce qui touche les hommes: s'il est foible, ce qui est estably dessus ne peut subsister. Le principe, le fondement, & la source de nostre vertu doit estre la premiere victoire de nostre ame sur le peché, & les mouuements interieurs de la grace. Ces deux choses doiuent estre attentiuement considerées par celuy qui veut deuenir honneste homme. N'entreprenez rien legerement ou mal à propos. Il faut agir en toutes choses auec iugement & auec consideration, auec cognoissance de cause & en conscience, & faire en sorte qu'en toute sorte d'occasions le bien predomine tousiours; il faut aller pas à

INSTRVCTION ROYALE DE L'EMP. MANVEL PAL. A L'EMP. IEAN SON FILS.

pas en matiere de resolution, & courir aprés l'auoir prise. Il faut faire les choses non pas confusément, & comme elles se rencontrent, mais commençant tousiours par les premieres, car l'ordre est vn grãd point pour les affaires, & ne differant point à plaisir celles qui sont les plus pressées. Beaucoup de Princes, d'ailleurs grands personnages, se sont perdus pratiquant le contraire de ces enseignements.

XXXI.

IL n'appartient qu'à la sagesse eternelle, & à ceux qu'elle fait participants de cette discretion, de choisir tousiours le meilleur & laisser le pire: neantmoins il faut que nous taschions par tous moyens de recognoistre quelles actions sont les meilleures, & qu'aprés les auoir recogneuës, nous les mettions en pratique sans remise & sans épargner nos forces: comme Dieu peut le premier, l'hõme peut le second, & veritablement il est necessaire que ceux là surpassent tous les autres en vertu, & qu'ils approchent bien prés de la perfection, lesquels ayant tousiours l'honnesteté deuant les yeux, considerent incesſamment les actions & les deſſeins des plus grãds perſonnages & obſeruent leurs ſuccez, afin que l'euenemẽt faiſant voir ce qu'ils ont de bon ou de mauuais, ils ſe ſeruent des vns comme d'vne adreſſe pour ſe conduire, & des autres comme d'vne leçon pour ne tomber point en de pareils inconuenients.

INSTRVCTION ROYALE DE L'EMP. MANVEL PAL. A L'EMP. IEAN SON FILS

XXXII.

IL y a du plaiſir à deuenir ſçauants ſans que nos fautes y contribuent, & de nous tirer des mauuais paſſages par vne experience acquiſe au dépens d'autruy. La plus grãde partie des hommes ſemblent meſpriſer ce point, & attendre leur propre malheur, pour s'inſtruire par vne leçon domeſtique & interieure, mais ils payent ſouuent cette inſtruction par quelque perte qu'ils ne reparent pas facilement. Auſſi diſent ils que celuy qui n'eſt medecin que par regles, n'eſt pas comparable à celuy qui eſt tombé en diuerſes maladies. Pour vous, mon bien aymé, ſans experimenter aucune diſgrace, vous pouuez, ſi vous voulez, deuenir tres ſçauant, vous appropriant & vous appliquant à vous meſme le mal-heur des autres, & vous

INSTRVCTION ROYALE DE L'EMP. MANVEL PAL. A L'EMP. IEAN SON FILS.

gardant aussi exactement des fautes qui en sont cause, comme si vous y estiez vous mesme tombé.

XXXIII.

CE n'est pas vne chose nouuelle, que les hommes qui sont composez d'esprit & de corps, se portent quelquefois en haut, & quelquefois en bas. Mais l'homme genereux doit prendre garde à ne se rendre pas en vn instant aux premieres attaques de la volupté, de la colere, ou de la crainte, comme nous voyons que font ces effeminez, qui se trahissent eux mesmes, & se liurent au premier ennemy qui les poursuit. Il faut demeurer toûiours constant & ferme sans s'ébransler, afin de pouuoir découurir à quoy aboutissent les choses. Car s'auancer incontinent sur la premiere monstre des affaires, qui souuent nous attirent par d'agreables commencements dont la suite est incogneuë, c'est vne faute que les moins aduisez ne commettroient qu'à peine. Taschez donc à vous acquerir la force d'esprit, & mettez la main à l'œuure, lors que vous aurez veu quelle en doit estre la fin. Deuant cela n'entreprenez aucune chose, afin que

Les ieunes & les vieux,

comme parle Homere, vous honorent : i'adiousterois volontiers, afin que vos ennemis vous craignent, que vos suiets vous ayment, que vos parents & vos amis vous admirent, & que tous les hommes demeurent estonnez de la grandeur de vos actions.

XXXIV.

S'ESMOVVOIR au premier bruit de quelque accident ou de quelque discours, ce n'est pas vne chose fort releuée, ny la marque d'vne grande prudence ou d'vne generosité digne de vostre rang : si ce n'est qu'il vous semble plus à propos de vous troubler pour les moindres difficultez si tost qu'elles commencent à paroistre. Puisque les animaux ont naturellement la faculté de discerner ce qui leur est bon de ce qui leur est contraire, ne seroit-ce pas vne chose indigne de nous & pleine d'ignominie, si la raison qui nous est propre nous abandonnoit en ce point?

INSTRVCTION ROYALE DE L'EMP. MANVEL PAL. A L'EMP. IEAN SON FILS.

XXXV.

L'ESPERVIER, le Poisson & le Cheual sont portez à ce qui leur est vtile par vn instinct conforme à la raison, & non pas raisonnable ; mais la Nature nous a plus étroitement obligez de faire toutes nos actions par raison, puisque outre l'instinct qu'elle nous donne de fuir le mal & ce qui nous peut nuire, elle nous en donne encore des preceptes particuliers. Ces animaux ne sont point reprehensibles, parce qu'ils sont esclaues de la chair & du sang, & qu'ils n'ont point d'ame raisonnable qui les gouuerne : mais puisque nous sommes éclairez de ce flambeau, nous deuons donner ordre que nostre esprit regle nos passions, & que ce rayon de la Diuinité qui nous distingue des bestes, ne soit troublé d'aucun nuage ; car il vaudroit mieux n'auoir point cette prerogatiue, que d'employer mal vn si rare present du Ciel.

XXXVI.

LES actions raisonnables dans l'homme, & celles qui sont conformes à la raison

ſon dans les eſtres irraiſonnables ont quelque rapport entre elles. Mais les premieres qui nous ſont propres ſont bien plus conſiderables, que les ſecondes qui appartiennent aux animaux. Tout ce qu'ils ont c'eſt ſeulement de pouuoir ſe porter naturellement aux choſes qui peuuent conſeruer leur vie ou leur eſpece, choſes qui ſont auſſi de noſtre partage; mais ce qui eſt en nous, ne ſe trouue point en eux, car bien que les actions raiſonnables ſoient touſiours conformes à la raiſon, toutefois il n'eſt pas neceſſaire que ce qui eſt conforme à la raiſon ſoit raiſonnable, ces choſes n'eſtant point abſolument reciproques. Les actions raiſonnables ſont données à l'ame priuatiuement à tout autre, les actions conformes à la raiſon conuiennent meſme aux eſtres inſenſibles. Puis donc que c'eſt vne choſe tres-honteuſe & tres-ſale à ceux qui ne doiuent faire que des actions raiſonnables, de n'en faire pas meſme qui ſoient conformes à la raiſon, nous ne ſerons point iniuſtes à ceux qui choiſiront la vie des beſtes brutes, ſi nous les eſtimons encore moins que des beſtes brutes; car puiſqu'ils ont volontaire-

Instrvction Royale de l'Emp. Manvel Pal. a l'Emp. Iean son Fils.

ment negligé ce qu'ils auoient de plus excellent, & qu'ils se sont escartez du grand chemin, ce n'est pas merueille qu'ils soient deuancez par ces animaux qui suiuent toûiours leur route, qui demeurent dans l'ordre que la nature leur a prescrit, & qui viuent conformement à la raison.

XXXVII.

LES veritables actions d'vne ame née pour vn empire, sont se porter au bien s'éloigner du mal, & auoir tousiours l'œil sur les choses qui peuuent seruir au public: La plus genereuse passion que nous puissions auoir pour la gloire, est celle qui nous pousse à souhaiter la bienueillance des hommes, & à chercher les moyens de l'acquerir, à pretendre aux choses eternelles & à mespriser les temporelles, à fuir le vice & à cherir la vertu, à desirer de nous mesmes la cognoissance des belles choses, & à conceuoir de l'auersion ou mesme de la haine contre les mauuaises. Mais ayez principalement soin de vous éloigner des sciences qui corrompent l'esprit, & d'apprendre celles qui le perfectionnent; & ne laissez pas vn moment auquel vous ne taſchiez de vous rendre plus habile, auec autant d'ardeur que ſi vous n'auiez pas encore la moindre teinture des lettres. Il faut que l'ennemy declaré des vices, par les exemples duquel les peuples doiuent ſe gouuerner, ait vne affection inſatiable pour la vertu.

INSTRVCTION ROYALE DE L'EMP. MANVEL PAL. A L'EMP. IEAN SON FILS.

XXXVIII.

BIEN que la calomnie vous attaque iniuſtement lors que vous eſtes ſur le point de faire quelque belle action, neantmoins cela ne vous doit point empeſcher de pourſuiure, ny vous diuertir de vos bons deſſeins. Il eſt impoſſible d'euiter ſes atteintes par nos ſoins, & ſi nous pouuions auoir le priuilege de n'eſtre point fauſſement accuſez, nous deurions l'acheter au prix de l'or. Car puiſque le menſonge ruine beaucoup de Rois, & qu'il incommode touſiours ceux qui luy eſchapent, le Prince ne doit pas abſolument negliger les cenſures qui ſe font de ſa vie ou de ſon gouuernement. Si vous ne pouuez euiter ce malheur, tenez vous fermement & conſtamment à la vertu, & mettez vous plus en peine d'eſtre homme de bien, que

INSTRVCTION ROYALE DE L'EMP. MANVEL PAL. A L'EMP. IEAN SON FILS.

d'en auoir l'eſtime. Contentez vous que vôtre innocence ſoit cogneuë de Dieu, de vous meſme, & de ceux qui viuent comme vous; conceuez meſme que dans toutes les choſes qui ſemblent bonnes, il y a toûiours quelque meſlange de mal, & que les Princes qui ſont d'ordinaire ouuertement entourez de flateurs, ſont auſſi touſiours attaquez comme par neceſſité de quelque ſecrete calomnie; enfin ſi l'accuſation eſt veritable, portez la patiemment, corrigez vous à l'aduenir, & prenez l'occaſion qui vous eſt preſentée de vous amander, pour vn bienfait que vous receuez de vos ennemis contre leur gré: ſi elle eſt fauſſe, que voſtre conſolation ſoit en voſtre Sauueur, lequel en a beaucoup ſouffert de pareilles, & qui n'en eſt pas encore exempt. Vous pouuez auſſi conſiderer que toutes vos actions ne ſont peut-eſtre pas ſi parfaites qu'elles deuroient, bien que les defauts en ſoient cachez ou cogneus à peu de perſonnes. Car ſi vous mettez les veritables pechez en la place de ceux qui vous ſeront imputez, vous ſupporterez plus facilement les attaques de la médiſance.

XXXIX.

INSTRVCTION ROYALE DE L'EMP. MANVEL PAL. A L'EMP. IEAN SON FILS.

LES nouueaux doiuent prendre les enseignements des anciens pour le fondement de leur doctrine, & s'efforcer en suite de bastir dessus, & de les enrichir de leurs propres inuentions : de sorte que si nous taschons de rendre nostre morale plus parfaicte que celle des Philosophes, prenans leurs preceptes pour nos principes, & suiuant les ouuertures qu'ils nous ont données, ie pense que nous ne pourrons pas en estre iustemẽt repris. Pythagore disoit donc, *Sois ioyeux de tes biens & triste de tes maux*, & son ouurage merita le nom de doré pour son excellence. Mais il me semble qu'il meriteroit mieux ce titre, s'il nous exhortoit à nous separer du vice, à nous attacher à la vertu, à ne nous glorifier point dauantage pour nous abstenir simplement du mal ; de fait vn homme qui vit dans la paresse, & qui ne fait aucunes bonnes actions, doit-il auoir quelque estime de soy mesme ? à nous resioüir si nous sommes vertueux, & à recognoistre à cette marque l'excellence de la vertu, qu'elle ne rassasie iamais ceux qui la

INSTRVCTION ROYALE DE L'EMP. MANVEL PAL. A L'EMP. IEAN SON FILS.

possedent : car en effect les veritables biens ne rassasient iamais.

XL.

LA Nature a donné des bornes à tous les estres, & à soy-mesme. Ceux qui veulent mener vne vie parfaicte, doiuent s'instruire de ses ordres, se plaire à les rechercher, se resoudre à les suiure, & croire que ce n'est pas viure que de prendre vne autre voye. Comment celuy qui ne sçait pas son deuoir, s'y porteroit-il auec affection? s'il manque d'affection, comment le pourroit-il faire? ne le faisant pas, comment s'y pourroit-il habituer? & comment seroit-il bon ou tenu pour tel parmy les bons sans la cognoissance du bien? Quelle esperance d'amendement en celuy qui ne sent pas son mal, qui ne conçoit aucune douleur de ses fautes, & qui ne cherche aucunement la correction de sa vie?

XLI.

FAITES souuent l'examen de vos actions, pour vous seruir des bonnes comme de regles tout le reste de vos iours, & pour vous exhorter vous mesme à fuir celles qui ont eu mauuais succez. Le sage marchand, & tout homme qui trauaille pour gagner, le pratique ainsi. Tenez donc compte chaque iour de vos pertes & de vos auantages, resioüissez vous si vous prosperez, & taschez de remedier aux coups de la Fortune, si elle vous a donné quelque reuers. Persuadez vous que rien n'approche plus de la Diuinité que la Vertu, afin que l'estime que vous en aurez vous la fasse rechercher, & que vous passiez doucement vostre vie dans la ioüissance des plaisirs qu'elle apporte: & tenez le vice pour ce qu'il est, c'est à dire pour vne chose mauuaise, afin que vous reiettiez bien loin de vous l'infection qui le suit, & que vous l'euitiez auec soin. Chacun se plaist en ce qu'il admire, & se retire de ce qui l'offense.

INSTRVCTION ROYALE DE L'EMP. MANVEL PAL. A L'EMP. IEAN SON FILS.

XLII.

C'EST en vain qu'vn homme se couure de fer, qu'il veille, & qu'il se laisse consumer aux soins, s'il manque du secours d'en haut. Si la diuine Prouidence nous abandonne, les gardes, les forteresses, les

Instrvction Royale de l'Emp. Manvel Pal. a l'Emp. Iean son Fils.

armées & la ſubtilité des ſtratagemes, ſont inutiles : que ſi Dieu vous fait bonne part de ſes graces, mon fils bien aymé, les affaires pleines de difficulté vous paroiſtront faciles. Vous ne manquerez pas de cette aſſiſtance à qui rien ne reſiſte, ſi vous donnez commencement à vos entrepriſes par des actions de iuſtice, & ſi vous les terminez par des actions d'humanité ; ſi vous prenez garde au bien public auant que de ſonger au voſtre, à l'exemple de noſtre Createur, & ſi vous donnez à vos peuples des exemples de vertu.

XLIII.

NOvs diſons en prouerbe, qu'vn homme coupe l'hydre, quand il entreprend des choſes qui nous ſemblent impoſſibles. Nous le pouuons donc dire de celuy qui prefere ſon vtilité particuliere à celle du public. Puiſque le bien d'vn chacun eſt contenu dans celuy de l'Eſtat, le particulier ny le Prince ne peut faire aucune action dont le profit ſoit particulierement affecté pour l'vn d'eux : il faut que le chef ſoit en bonne intelligence auec les membres, & les mem-

membres auec le chef, pour que l'animal soit sain & entier : dés l'heure mesme que la partie est separée de son tout, elle a desia souffert la mort. La vie ne se trouue ny dans la teste, ny dans les membres s'ils sont desunis & disioincts.

XLIV.

IL est difficile aprés vn petit peché d'en euiter vn plus grand, comme aprés vne bonne action de n'en faire pas de meilleures. Vn mal est suiuy d'vn autre mal, qui le rend pire, & les vertus semblent s'entretenir l'vne l'autre comme les cordons d'vne tresse. Nous ne pouuons prendre l'vne & laisser sa voisine, celle-cy en donne vne troisiéme, & chacune les attire toutes. Vous addonnant donc au bien & aux actions qui vous peuuent apporter de la gloire, prenez garde à ne vous laisser point aller à aucun vice pour peu considerable qu'il soit. L'habitude commence par les moindres actes, & les plus petites choses iointes & adioûtées l'vne à l'autre iusques à l'infiny, passeront infalliblement les plus grandes, s'il ne suruient empeschement.

INSTRVCTION ROYALE DE L'EMP. MANVEL PAL. A L'EMP. IEAN SON FILS.

XLV.

SI vous aſpirez à la perfection, & ſi vous deſirez poſſeder les plus grandes vertus, commandez à voſtre ame de faire eſtat des moindres choſes qui peuuent ſeruir à vôtre deſſein, d'accepter auec plaiſir ce qui peut vous rendre meilleur, & de reietter d'abord ce qui relaſche tant ſoit peu l'effort & la contention de voſtre eſprit, & qui s'oppoſe à voſtre auancement. Le mal & le bien qui nous tombent en la penſée paſſent ordinairement iuſques à l'action, en ſuite ils pouſſent plus outre, & forment vne habitude qui prend ſon accroiſſement auec les facultez de l'ame, & qui s'efforce de paroiſtre auſſi puiſſante qu'elles.

XLVI.

SI nous ne pouuons auoir tout enſemble le plaiſir & la vertu, c'eſt vne choſe loüable de preferer celle cy à celuy-là. L'Orateur l'enſeigne, Dieu le commande, & les grands hommes l'ont ainſi pratiqué. Si donc vous cognoiſſez qu'vne affaire doiue aboutir à quelque choſe de mauuais, retirez vous en dés le commencement, bien qu'elle vous paroisse agreable, & attrayãte, & qu'elle vous promette beaucoup de satisfaction. Il est dangereux & hors de raison de cõmencer ce qu'on ne veut pas acheuer, ou de deuorer l'hameçon que nous auons découuert & l'appas qui le cache, à l'appetit de l'vn ou de l'autre : & generalement celuy qui n'est point aueuglé par ses passions n'aymera iamais vne chose, qui pour le plaisir d'vne heure, laisse vn repentir eternel.

XLVII.

C'EST vn malheur commun à tous les hommes de souffrir quelque chose contre leur gré : mais c'est vne extreme folie de se presenter au malheur, & les bestes mesme se gardent bien de tomber en cette faute. Si vous auez esté pris vne fois, euitez d'estre pris pour la seconde, crainte que la frequente surprise passant en coustume, vous n'alliez iusques à l'infiny par vne suite continuelle de crimes cachez, & que si vous estes remply de saletez & d'ordures, vous ne demeuriez dans l'incapacité de retourner au bien. Il est difficile qu'vn homme de

Instrvction Royale de l'Emp. Manvel Pal. a l'Emp. Iean son Fils.

l'extremité du vice dans lequel il est abismé, puisse par vne bonne conuersion redonner iusques à la vertu. Le Prince doit croire que sa vie ne peut estre cachée, s'il est meschant, & que tous les peuples ont les yeux sur luy, comme sur vn homme qui est plus veritablemẽt exposé pour eux, que les combatans des Panathenaïques n'estoient armez pour la gloire. Ce n'est pas merueille qu'vn homme vaillant tombe, mais il seroit estrange qu'il se pleust en sa cheute. S'il fait vn faux pas, on peut en accuser beaucoup d'accidents; & mesme il peut remporter de la gloire au lieu de blasme parmy des iuges sçauants, puisque l'entreprise est de l'homme & la cheute du hazard : mais s'il prend plaisir de se voir à terre, on ne peut reietter la faute que sur luy mesme.

XLVIII.

NOSTRE vie s'écoule, & n'a rien de durable que son mouuement, lequel aprés ce monde se termine en vn estat immobile de bien ou de mal. Les occasions d'estre vertueux ou meschant s'offrent de toutes parts deuant nous, & nous tenons en nos mains vne coupe auec pouuoir d'en boire par où nous voudrons. Les affaires des hommes ressemblent encore à vn marché. Chacun peut s'il a de l'esprit & de l'intelligence negotier, vendre, changer, achepter de tout à son profit. C'est donc vn mesconte grossier de changer de l'or pour du cuiure. C'est vne honte de vendre la part qu'on pretend à la gloire pour de l'argent; c'est vne grande indignité de trahir sa liberté pour toutes les choses du monde. Mais sur tout c'est vne extreme folie, qui nous amene les maux que nous auons rapportez & tous autres possibles, que d'achepter les choses temporelles pour les eternelles.

XLIX.

C'EST vne opinion tres-ancienne & qui a duré iusques à nous, que la plus mauuaise fortune aprés auoir frapé son coup & s'estre dissipée, laisse en recompense vne ioye sans repentir : & le plaisir, au contraire. Mais il me vient en pensée de proposer vne doctrine plus estrange, sans toutefois improuuer celle-cy, que les plaisirs & les déplaisirs se trouuent tousiours meslez ensemble lors que l'ame regarde quelle doit estre la fin des vns & des autres. D'vn costé quand elle est dans le plaisir, elle est tourmentée par la consideration de la peine qui suit ineuitablement le crime: de l'autre elle est soulagée dans l'affliction par l'esperance du bien que Dieu propose à ceux qui souffrent. Cette vie n'a donc rien qui soit exactement pur, principalement si nous considerons que nôtre corps est composé de choses contraires, lesquelles recherchent par necessité de se ioindre à leurs semblables, & qui sont toûiours en guerre ciuile qu'elles entretiennent par leurs continuels sousleuements.

L.

LA veritable definition du peché, c'est de prendre les choses qui ne sont pour ainsi dire que subalternes, pour la fin derniere & la plus parfaite des actions humaines. D'où vient que si quelqu'vn sçait comme il faut distinguer (ce que ie dis par supposition, sçachant bien qu'il est impossible d'arriuer à ce haut degré de cognoissance sans estre diuinement assisté) & discerner exactement l'intention, les moyens, & la veritable fin qui est au dessus de tous les estres, & vers laquelle toutes chose se portent naturellement, & veut mettre en pratique ce qu'il cognoist estre bon, il ne pechera iamais ny par parole, ny par ses actions, ny par pensée, ny par la moindre passion, mouuement, ou disposition de son ame.

INSTRVCTION ROYALE DE L'EMP. MANVEL PAL. A L'EMP. IEAN SON FILS.

LI.

IL est certain que le Prince est Legislateur & Iuge dans les terres de son obeissance, bien qu'il soit homme parmy des hommes, & mortel parmy des mortels, & qu'il n'ait rien au dessus des autres que l'apparence & la dignité: mais il sera bon Roy, sage Legislateur, & Iuge tres-equitable, s'il se fait soy-mesme son Iuge, son Legislateur, & son Roy, & s'il imite selon ses forces le Roy des Roys, qui luy a mis le sceptre en main, qui a donné à tous les hommes, & principalement aux Roys ses actions pour exemple, & ses enseignements pour regle & pour Loy, & qui gouuerne tout ce grand vniuers par le seul mouuement de sa volonté. Comme au contraire celuy qui secouë son ioug, & qui marche par d'autres sentiers,

Instrvction Royale de l'Emp. Manvel Pal. a l'Emp. Iean son Fils.

que ceux qu'il a frayez, ou qui luy plaisent, passera sa vie dans l'esclauage & dans la seruitude, & iamais il ne fera chose qui vaille.

LII.

Les vns se menent par la raison, les autres par l'exemple: ceux là demandent l'esperon; ceux-cy le frein, comme dit saint Gregoire. Soyez tout à tous autant que vous pourrez pour le bien d'vn chacun, afin que vous en gagniez au moins quelques-vns, comme dit l'Apostre, puisqu'il est impossible de gagner tous les hommes, & que Dieu mesme ne l'a pû faire, bien qu'il se fust incarné pour cet effet. Toutefois n'affectez pas de plaire à toute sorte de personnes indifferemment. Car si ie plaisois à tout le monde ie ne serois pas seruiteur de Iesus-Christ, comme dit l'Apostre: mais euitez tres-soigneusement l'insolente estime de vous mesme, laquelle vous faisant mépriser les autres, & vous donnant de trop hauts sentiments, vous feroit enfin abandonner, & vous reduiroit à la solitude, comme l'enseigne Platon. Nostre Sauueur mesme n'estoit pas content & satisfait en

soy

ſoy ſeul, il taſchoit continuellement à perfectionner les bons, à corriger les méchants & à leur faire changer de vie. Puiſque la familiarité s'engendre naturellement par la reſſemblance, & l'auerſion par la diuerſité, le Seigneur ne deuoit pas embraſſer leur mauuaiſe vie, au lieu de la ſienne pour les auoir de ſon party, car vn homme ne le feroit pas, beaucoup moins vn Dieu; il falloit donc qu'il ſe reſoluſt de les reduire à ſa façon de viure pour les mettre dans le chemin de ſalut, & c'eſt là pour vous vne methode tres-vtile pour corriger les gens qui viuent mal quand vous en aurez le deſſein.

LIII.

LA force du corps eſt vne belle marque dans vne perſonne royale, quand elle ſe trouue auec la ſageſſe; mais ſi l'inſtruction manque à l'authorité, la bonne conſtitution & les autres dons corporels ne ſont iamais vtiles, & meſme ils ſont quelquefois pernicieux, comme vn cheual plein de courage entre les mains d'vn mauuais eſcuyer. Puis donc que le bien donné par la nature ſe conuertit en mal, s'il n'eſt cultiué par l'in-

Instrvction Royale de l'Emp. Manvel Pal. a l'Emp. Iean son Fils.

struction & par la discipline, par combien de trauaux se doit-elle acheter ? c'est veritablement vn spectacle tres-agreable de voir vn ieune Prince qui desire sçauoir & qui se porte à mettre en pratique ce qu'il apprend; car la prudence n'est à estimer que dans ceux qui se gouuernent par sa conduite. Puis donc qu'il se trouue deux estats differents, l'vn d'Empereur & l'autre d'homme priué, desquels chacun est encore distingué par la bonne ou mauuaise vie qu'on y mene; ce seroit vn bel assemblage, si vous pouuiez reünir en vostre personne la couronne & la vertu. L'homme priué qui vit content dans sa condition, & en bon citoyen, merite aussi quelque loüange. Il reste donc à conter parmy les choses tres-mauuaises ce que nous commettons contre Dieu & contre nostre propre conscience par vn gouuernement impie & meschant, pour acquerir quelque vaine gloire, des thresors superflus, & vn lasche repos.

LIV.

RIEN ne cause en nous de plus sensibles douleurs, que de s'abandonner aux passions & aux appetits déreglez. La raison est, que celuy qui desire se met consequemment en deuoir de chercher; or il manque souuent d'arriuer à son but, & bien qu'il soit remply d'esperance, neantmoins à peine peut-il reussir en quelque petite chose : de là naist la racine du regret & de la douleur. Donc le plus souuent celuy qui s'afflige souffre par la precipitation de ses desirs, & de là suit que l'homme sage les doit retenir en leurs bornes, afin qu'il sente moins de remords par la rareté des mauuais succez. D'autre part quelques inconuenients assiegent & tourmentent la vie de l'homme de telle sorte, qu'il voleroit plustost par l'air comme vn oiseau, qu'il ne se deliureroit des incommoditez qui le suiuent. Sçachez toutefois que lors qu'ils arriuent, ils sont plus supportables à celuy qui s'arme de patience, parce qu'il ne peut y remedier d'ailleurs, & qu'il cognoist que la douleur ne se peut chasser par la douleur.

LV.

QVELQVE Poëte voulant honorer la Philosophie de ses loüanges dit,

Instrvction Royale de l'Emp. Manvel Pal. a l'Emp. Iean son Fils.

Chaque genre de vie est suiet aux douleurs, & tout le monde sera de son aduis, parce que l'experience enseigne cette verité. Pour moy i'estime que cét homme a nettement decidé ce point, car chacun s'instruit dans les miseres de la vie par les siennes propres, & deuient mesme capable d'en instruire les autres. Nous deuons donc tenir pour veritable Philosophe celuy qui paroist sage par ses actions, non pas celuy qui fait monstre de ses discours. Or le sage est celuy qui choisit la meilleure des choses qui sont à son choix, qui prend le moindre mal de ceux qui le menacent, qui fait les bonnes actions en homme de bien, & qui tasche de supporter l'affliction sans douleur.

LVI.

IL n'y a rien de plus doux que la paix, non seulement entre les familles, mais encore entre les estats, & i'estime bien plus la derniere que la premiere, parce que son vtilité s'estend plus loin & qu'elle apporte les moyẽs de conseruer & entretenir l'autre: suiuant donc les preceptes du diuin Apostre, soyez si vous pouuez en paix auec tout le monde: ne commencez iamais a mal faire; taschez plustost à reprimer ceux qui s'y preparent: ne faites point la guerre à vos freres, ny contre qui que ce soit des barbares, s'ils veulent obseruer les traictez; mais souuenez vous aussi qu'il faut par toutes les voyes legitimes faire paroistre que vous estes homme à ceux qui oseront vous offenser iniustement; car la bonté ne consiste pas à se tenir immobile aprés vne offense receuë, mais à ne s'emporter pas incontinent de colere contre celuy qui nous attaque.

INSTRVCTION ROYALE DE L'EMP. MANVEL PAL. A L'EMP. IEAN SON FILS.

LVII.

IE pense que tous les hommes estimeront fol celuy qui tient quelqu'vn pour estranger, nous descendons tous d'vne mesme souche, bien que nous soions differents les vns des autres par la parole ou par quelque autre particularité, ou mesme par la religion. Il faut donc que celuy qui est homme ait le reste des hommes en quelque consideration, & qu'il desire du bien generalement à tout le monde, autant qu'il est possible, qu'il est iuste & qu'il est permis. La Nature est la mesme pour tous, la terre qui

INSTRVCTION ROYALE DE L'EMP. MANVEL PAL. A L'EMP. IEAN SON FILS.

nous porte, & le Ciel qui nous couure sont vniques, l'Architecte souuerain de l'Vniuers n'a pas formé plus d'vn air ou plus d'vne lumiere, & pour dire en vn mot toutes les œuures de ses mains sont à nous en commun. Neantmoins il faut mettre quelque distinction entre ceux qui nous sont plus proches & ceux qui nous sont plus éloignez, puisque dans les familles il y a plusieurs degrez de proximité; de sorte que viuants bien auec vn chacun & nous rendans bons à tous, nous ayons neantmoins plus de franchise & d'affection pour nos proches, selon qu'ils nous touchent de plus prés.

LVIII.

LE Pilote qui ioüit d'vn air temperé, & qui voit qu'vn vent salutaire enfle doucement ses voiles, ne se resioüit pas neantmoins entierement de son bonheur, encore que rien ne le menace de mauuaise fortune, s'il n'a donné vn tel ordre au vaisseau qu'il n'ait plus à craindre aucune tempeste. Quãd mesme il a pourueu aux choses necessaires, bien qu'il voye que son nauire s'affermit par l'agitation plustost que d'en estre offensé, neantmoins il n'est ny temeraire ny paresseux; il veille, il craint, il desire le port parce qu'il ne sçait pas quelle chanse le dé de la Fortune luy doit liurer. Ainsi quand les affaires prendront heureusement vn cours fauorable, & que vous ioüirez des biens de la paix, pensez aux choses de la guerre, exercez vous comme pour la faire, & preparez y vos suiets. Fortifiez vous aussi de bonnes esperances, de peur que vostre courage ne deuienne pesant. Apprenez à ne vous esleuer pas temerairement quand vos ennemis tomberoient en vostre puissance, craignez les reuers de la Fortune qui vous sont incogneus, & croyez tousiours que vous pouuez tomber. Il est difficile à ceux qui ne peuuent se tenir dans la mediocrité, de supporter la bonne fortune, & impossible de digerer les disgraces impreueuës.

LIX.

CROYEZ que c'est vne chose assez considerable pour bien regner, que de preparer son esprit à la douceur, & de s'habituer à la clemence. Les nuages causent les tempeſtes, & la temperature de l'air fait le beau temps : les paſſions, les plaiſirs, la baſſeſſe de courage, & la temerité iettent ſouuent la raiſon dans l'aueuglement ; & les ſoins employez ſans trouble quand il eſt temps peuuent mieux que tout autre choſe nous tirer de la difficulté, quand il y a iour pour accroiſtre ſelon nos conditions la gloire que deſia nous auons acquiſe, & les biens que nous poſſedons ; partant ne vous abbatez iamais dans les aduerſitez, ne vous eſleuez point dans les ſuccez fauorables, n'amolliſſez point voſtre courage par la diſſolution, ne faictes point voſtre principal de la pareſſe & des paſſetemps inutiles ; afin que vous deliurant par voſtre generoſité des dangers qui paroiſſent ineuitables, & dans leſquels l'homme ne peut manquer de ſe rencontrer, nous faſſiez paroiſtre que voſtre empire fleurit par voſtre conduite.

LX.

BIEN que vous ſaſſiez aſſez de vous meſme ce que ie me prepare de vous dire, ie ne laiſſeray pas de vous y animer encore par mes aduertiſſements. Comme Platon dit

que

que font ceux qui animent les coureurs. Ne dites mal de personne à l'appetit de vostre colere ou de l'affection que vous portez à quelqu'vn, & ne chargez point d'iniures le pauure malheureux, qui merite bien plustost nostre pitié si nous auons encore quelque souuenir qu'il est homme comme nous. Vn sage Payen disoit que l'iniure deshonore & accuse plustost celuy de qui elle part, que celuy qu'elle attaque. Bien loin de vous adonner à ce vice inhumain, taschez ou de persuader ceux qui se plaisent à railler & se rire de leurs propres freres, de remedier à leur maladie, ou de les empescher de puissance absoluë d'vser de ce passetemps criminel. C'est vn crime pour celuy qui a l'authorité en main de laisser croistre le mal, puis qu'il a la puissance d'en arrester le progrez.

INSTRVCTION ROYALE DE L'EMP. MANVEL PAL. A L'EMP. IEAN SON FILS.

LXI.

VOVS deuez aussi comme doiuent tous ceux qui aspirent à la Couronne, faire que vos presents soient assaisonnez d'vne liberale courtoisie, & que les choses que vous aurez promises reüssissent aussi tost

Instrvction Royale de l'Emp. Manvel Pal. a l'Emp. Ican son Fils.

que vous pourrez. Mais il y faut de la mesure, selon vostre pouuoir & la profession ou la qualité de ceux que vous obligez. Si la bienseance n'est obseruée en toute rencontre, & si quelqu'vn donne de mauuaise grace, ou prolonge le temps à dessein quand il peut expedier, ou fait present d'vn chien à vn homme de marine, & d'vne rame à vn chasseur, de dix cheuaux à vn soldat, & d'vne meschante mazette à vn Capitaine; c'est vn bien fait de mauuaise grace & qui peut nuire pour beaucoup de considerations.

LXII.

Le temps qui se diuise en trois, auiourd'huy, demain, & hier, n'est à nous pour aucune partie, si nous considerons exactement la verité. Le passé n'est plus, le futur n'est pas encore, le present sur lequel nous semblons fonder nostre possession surpasse en tromperies pour s'échaper, les adresses & les artifices du miraculeux Dedale. Il ne dure pas plus d'vn moment, il s'écoule quand nous pensons le tenir, il se perd auant que nous l'ayons apperceu. Delà vient que nous ioüissons quelquefois plus veritablement des choses que nous esperons, que de celles qui nous sont presentes, puisqu'elles se dérobent à nos sens auant que nous en ayons fait ce que nous esperions, & qu'elles laissent plus de regret à leur depart qu'elles n'auoient apporté de plaisir à leur arriuée : ou plustost les choses mondaines si nous y regardons de prés, nous passent comme les oiseaux qui s'enuolent, & nous les passons de mesme qu'elles nous passent continuellement. Ce que i'y trouue de pire c'est qu'il n'y a point de remede, car c'est par loy expresse de la Nature, que toutes les choses d'icy bas sont ombre, fumée, songe, & mensonge.

INSTRVCTION ROYALE DE L'EMP. MANVEL PAL. A L'EMP. IEAN SON FILS.

LXIII.

LES choses passageres courent à la fin qui leur est destinée. Celles mesme qui nous touchent les suiuent pas à pas : elles n'ont point de fermeté, point de bien qui subsiste, point de perseuerance. La plus grande partie donne du trouble à nos esprits & les remplit de dégoust. Que si l'vn de nous a fait rencontre de quelque chose te-

INSTRVCTION ROYALE DE L'EMP. MANVEL PAL. A L'EMP. IEAN SON FILS.

nuë pour bonne, le change luy est incontinent donné, sans qu'il ait eu le temps pour ainsi dire de la saluër : comme il arriue lors que deux postillons qui portent quelques nouuelles se rencontrent sans retarder leur course; tant la possession des choses qui sont estimées biens est peu considerable; d'où quelqu'vn pourra coniecturer auec quelle passiõ les choses qui naissent & qui perissent, taschent de se deliurer des tromperies & des impostures d'icy bas; parce qu'elles desirent de posseder la veritable vie qui ne change point, & qu'elles ne peuuent pas supporter d'estre continuellement abusées.

LXIV.

VERITABLEMENT il n'y a point de perte que l'homme doiue espargner comme celle du temps. L'argent, la gloire, le trosne se peuuent remettre estant perdus, & retourner en nostre possession en meilleur estat que deuant, bien que cela ne soit pas si facile: mais il est impossible de retrouuer le temps perdu, il coule tousiours comme l'eau d'vn fleuue rapide, & depuis qu'il nous a passez, il pousse tousiours plus auant au delà de nous. La vie des hommes va de mesme, & ces deux choses representent le nauire qui court à voile dessus les eaux, & les ondes qui roulent tousiours sur le penchant de leur lict. Leur rencontre se fait promptement, la separation est encore plus prompte : mais il est impossible qu'elles se reioignent ou qu'elles se retrouuent deux fois en vn mesme point. Que s'il est ainsi, nous deuons détourner le temps de sa course pour l'occuper à la direction de nos mœurs & de nostre vie, de peur que s'il s'est vne fois entierement escoulé, il ne puisse plus retourner en nostre possession ny estre à nostre seruice.

LXV.

IMAGINEZ vous que c'est principalement à nous de ne perdre point le temps en choses vaines & superfluës, puisque l'argent ne le peut acheter, que le trauail ne le gagne point, & que nos amis ne peuuent nous en faire present : & de le donner aux affaires publiques aprés le sommeil, le repas & les choses sans lesquelles nous ne pouuons subsister, & sur tout aprés auoir

INSTRVCTION ROYALE DE L'EMP. MANVEL PAL. A L'EMP. IEAN SON FILS.

rendu nos deuoirs à la Diuinité. Que si quelque expedition presse, nous deuons mesme negliger ce qui touche le corps. Tout vous reüssira, si vous auez soin nuit & iour de ce qui touche vostre charge, & si vous donnez aux gens de bien autant de hardiesse auprés de vous, que le respect qu'on vous doit en peut souffrir. C'est encore vne chose tres-bonne pour vous, pour vostre ame, & pour les affaires publiques & particulieres, que le pauure opprimé ne soit point empesché de vous aborder.

LXVI.

CELVY qui gouuerne quelque nation doit procurer l'accroissement des choses qu'il a en main, puisque cela se peut faire legitimement & sans reproche : mais il faut premierement qu'il se contente de l'estat present des affaires, & qu'en suite il fasse tout son possible pour le rendre meilleur. Que s'il reussit, il ne doit point deuenir plus superbe. Si la Fortune est contraire à son entreprise, qu'il s'efforce de bannir la douleur & la tristesse, & qu'il rapporte le tout à la Prouidence dont tous les ouurages sont parfaictement bons. Qu'est-ce qu'vn homme de bien auroit à dire contre ce discours? Puisque les Grecs qui viuoient dans le Paganisme & sous l'esclauage de la Fortune & du Destin, pensoient deuoir rapporter à ces deux principes tout ce qui leur pouuoit arriuer, pouuons nous refuser d'embrasser ce qui nous est enuoyé par la Prouidence? Les lis ont leurs couleurs & cette beauté qui est inimitable, de la main de Dieu, & les oiseaux qui ne font point d'amas & qui n'ont point de greniers tirent leur nourriture de ses liberalitez: se pourroit-il faire que sa bonté ne songeast point à l'homme? Que si le Createur dont les misericordes sont infinies a soin de nous, quelle raison pouuons nous auoir de mescontentement & de tristesse, ou de ne luy sçauoir point de gré de ce qu'il dispose les choses de telle façon pour nostre bien. Si cette pensée tombe dans vne ame Chrestienne, sans doute cela vient d'vn estrange endurcissement.

LXVII.

Les vns ayment les richesses, non pas qu'ils soient touchez d'auarice, mais

INSTRVCTION ROYALE DE L'EMP. MANVEL PAL. A L'EMP. IEAN SON FILS.

parce qu'ils en peuuent faire du bien ; les autres qui ſont inſatiables & qui nont point d'autre fin que d'amaſſer de grãds biens, ſont encore tourmentez quand ils en ont au delà de leurs ſouhaits. Ils pleurent comme ce riche inſenſé, & crient que feray-ie ? de quel coſté me tourneray-ie. La dépoüille de mes terres eſt heureuſe cette année, mes preſſoirs ſont trop petits pour mes vendanges, tous mes vergers rompent de fruits, ie n'ay point de lieu vuide chez moy. D'autre part celuy qui n'a pas encore acquis beaucoup de gloire, & qui par conſequẽt n'a point encore ſenty les traicts de l'enuie, bien que ſon ambitiõ luy faſſe croire que ſa vie n'eſt qu'vne mort, parce qu'il n'a point encore d'adorateurs, ne ſe reſiouit pas neantmoins de la poſſeder quand il en eſt remply, & qu'il cõmence d'eſtre exercé par la ialouſie, au contraire il déſire la mort à cauſe de l'enuie qu'on luy porte. Quelque autre fera peut eſtre le contraire, parce que toutes les choſes mondaines paroiſſent telles à celuy cy, autres à celuy là, tantoſt bonnes, tantoſt mauuaiſes : ce qui ne vient pas de la nature, mais de l'eſtime que nous en faiſons, & de l'inclination qui

nous

nous y porte. De ſorte que viure en repos, prendre ſon plaiſir, n'auoir ny trouble ny affliction, ce ſont choſes qui dépendent plûtoſt du raiſonnement humain que de la Nature.

LXVIII.

IL n'y a point de calamité ſi grande que nous ne la puiſſions ſupporter, comme dit quelque Poëte, non ſeulement parce que la Nature nous a donné des forces contre la douleur, & pour reſiſter aux attaques de la Fortune; mais encore parce que nous auons le raiſonnement & noſtre volonté, qui ſont les principes des reſolutions genereuſes. Noſtre malice ou noſtre bonté vient de nous meſmes. La Nature eſt commune aux eſclaues & à leurs maiſtres, & de ſuite à tous les hommes. Elle eſt vnique & ne ſe change point. Nous ſommes tous enfans d'Adam qui tira ſon eſtre du limon, & ſa forme de la main de ſon Createur; mais nous ſommes genereux & conſtants, ou laſches & inconſtants par noſtre propre choix. Celuy qui ſe donne tout entier aux affaires de ce monde, s'il apperçoit qu'elles n'auan-

INSTRVCTION ROYALE DE L'EMP. MANVEL PAL. A L'EMP. IEAN SON FILS.

cent point, comment peut-il attendre ſans peur & ſans triſteſſe aprés leur ſuccez ? Celuy qui employe ſon raiſonnement, qui ne fait aucun eſtat des choſes paſſageres, qui meſpriſe la bouë dont il eſt enuironné, qui deſire l'immortalité, & qui recognoiſt qu'il voyage en ce monde pour arriuer en ſon pays qui eſt le Ciel, ſupporte les diſgraces genereuſement & auec courage, parce qu'il voit qu'elles s'en vont & qu'elles ſont comme le purgatoire de l'ame, lors qu'elle eſt tombée dans quelques pechez ; & pour les plaiſirs de cette vie, parce qu'il n'y prend part que comme vn homme ſuiet à la mort à des choſes qui n'en ſont pas exemptes ; il en trouue la perte bien plus legere & moins rigoureuſe.

LXIX.

NOVS eſtimons Iob plus heureux à cauſe des maux qu'il a ſoufferts, qu'à cauſe des actions qu'il a faites, bien qu'elles ayent merité des loüanges de Dieu meſme. Que ſi le pere de tant de bonnes œuures eſclate encore dauantage par les ſouffrances, comment ce remede ne ſeruiroit-il point à ceux qui ſont autheurs de tant de crimes? Au moins remettons nous à la Prouidence du gouuernement de noſtre vie, rapportons à Dieu le bonheur de noſtre courſe, lors que la nauigation nous eſt fauorable, ſçachons luy gré de ſes faueurs, & nous en réioüiſſons auec moderation; que ſi quelque vague nous couure, ne nous laiſſons point enfoncer dans l'abyſme. Celuy qui n'vſe pas raiſonnablement de ſon bonheur, ſera ſans doute accablé de la diſgrace, car l'vn eſt vne dépendance de l'autre. Que ſi nous ne pouuons ſupporter ny l'vne ny l'autre fortune, la honte que nous en receurons ſera grande en ce monde & infinie dans l'autre.

LXX.

MESVREZ les braues gens à leurs mœurs, non pas à leur fortune. L'homme de bien n'eſt pas celuy qui peut beaucoup, mais celuy qui rend la charge qu'il tient recommandable: ny celuy qui recache de l'or dans le ſein de la terre, mais celuy qui ſe fait paroiſtre par les preſents dont il honore ſes amis; ny celuy qui ſe

Instrvction Royale de l'Emp. Manvel Pal. a l'Emp. Iean son Fils.

voit tousiours entouré d'vne troupe infinie d'esclaues; mais celuy qui n'ayant rien de seruile se gouuerne soy-mesme de telle sorte qu'il ne tombe point dans la captiuité du peché. Il croit que l'arrogance & la colere, vices des personnes iniurieuses, & qui tiennent pour ainsi dire tousiours l'esperon dans le flanc du cheual, la demarche insolente & les regards méprisants, la posture seuere d'vne teste qui ne branle pour quoy que ce soit, & les actions, les gestes & les affectations lasciues sont esloignées d'vn honneste homme. Mettez vous celuy qui tourmente les autres par sa prosperité du nombre des grands personnages? ou plustost n'y mettez vous pas celuy de qui tous les gens de bien souhaitent l'auancement & la prosperité, comme s'ils prenoient part tous ensemble à sa bonne ou mauuaise fortune; & ne voulez vous pas que tous les suiets de vostre Empire, sur l'opinion que vous leur donnerez de vostre probité, vous ayment & vous affectionnent de cette sorte? Veritablement ie me le persuade. Si vous taschez auec emulation d'atteindre à la perfection des gens vertueux, il faut que vous embrassiez leur maniere de viure, que vous imitiez leurs actions, & que vous euitiez la conuersation des meschants.

LXXI.

NE vous estonnez point de voir la prosperité des meschants, & ne les prenez point pour vostre modele quand ils seroient des Alexandres, des Cyrus, ou des Cesars, & qu'ils surpasseroient en gloire & en richesses les hommes les plus heureux qui furent iamais. Que la puissance des sacrileges, des voleurs, des tyrans, & des personnes qui violent toutes les loix, & se moquent de la Diuinité, ny le grand poids de l'authorité qui les accompagne n'attire point vostre admiration, quand quelqu'vn de cette trempe commanderoit aux Scythes, & qu'il tiendroit en son pouuoir les extremitez de la terre habitable & inhabitable. Car cet homme ne seroit pas heureux, il ne seroit pas Roy, ny Souuerain, il ne seroit pas mesme veritablement homme; quand toutes les pierres, tous les animaux, tous les hommes, & toutes les choses animées & inanimées le diroient. Au

INSTRVCTION ROYALE DE L'EMP. MANVEL PAL. A L'EMP. IEAN SON FILS.

contraire à l'égard de la puissance il seroit plus ridicule que ceux qui font le personnage d'vn Roy sur le theatre ; & pour la vie il seroit plus miserable que ceux qui sont entrepris de lepre : car vn malade est plûtost pleuré que repris, mais les meschants sont iustement l'obiect de la haine & de la moquerie de tous les hommes.

LXXII.

CELVY qui conuerse auec les bons aprend de bonnes choses, celuy qui se mesle parmy les meschants corrompt & perd son esprit, comme dit quelque Poëte. Parce que dans les compagnies nous paroissons tels que nous sommes, & que nous ne pouuons tirer d'vne fontaine autre chose que l'eau qui en coule tousiours. Conuersez donc auec les gens de bien pour deuenir homme de bien, monstrez tousiours quelque chose de graue & de Royal dans vostre maintien quand vous serez auec eux, & chassez bien loin de vous les mauuaises langues, comme des abeilles qui blessent. Si vous obseruez inuiolablement ces regles vous serez estimé bon Prince, non seulement de vos bons ſuiets, mais de tous les hommes : car on iuge des mœurs des Roys par ceux qui poſſedent leur oreille, & comme dit vn Poëte,

INSTRVCTION ROYALE DE L'EMP. MANVEL PAL. A L'EMP. IEAN SON FILS.

Chacun reſſemble à ceux qu'il hante auec plaiſir.

Au reſte il ne ſert de rien de paroiſtre bon & ne l'eſtre pas. L'oiſeau qui n'a qu'vne aile ne fuira iamais ſon malheur, & ne paruiendra iamais où il aſpire.

LXXIII.

DE toute antiquité la Force, la Temperance, la Prudence & la Iuſtice ont eſté eſtimées par deſſus toutes les vertus ; mais ie voudrois bien qu'on n'en euſt point ſeparé la Charité ny la Moderation. Soit qu'il falluſt faire le dénombrement des plus excellentes vertus, ou donner vn eſſay des bonnes mœurs par ces nobles parties, cette couple ne deuoit pas eſtre paſſée ſous ſilence. Si la charité ne m'accompagne ie ſuis inutile, & tout n'eſt que vanité ſans la moderation. Embraſſez donc toutes les vertus, mais principalement les ſix que ie vous ay nommées.

INSTRVCTION ROYALE DE L'EMP. MANVEL PAL. A L'EMP. IEAN SON FILS.

LXXIV.

C'EST vne belle chose que la temperance. L'intemperance au contraire est vn vice deshonneste. Beaucoup de personnes qui ont pris vn mal pour vn bien, plustost sans prendre garde que par ignorance, se sont iettez en des affaires tres-mauuaises : parce que les vices, comme on dit, ont leurs tentes auprés des vertus, & sont pour ainsi dire logez porte à porte, de sorte qu'il n'est pas difficile d'y estre trompé quand on n'y pense pas. Aussi trouuerez vous des gens pleins de bonne opinion d'eux mesmes, qui au lieu d'vne vertu pratiquent le vice qui luy est proche. I'ay veu souuent nommer preuoyance, le soin indigne des choses les plus basses, & courage vn excés de colere, & beaucoup d'autres semblables. C'est pourquoy nous deuons soigneusement veiller afin de n'estre point abusez en cette matiere. Il n'y a rien de plus vtile pour la ieunesse que l'application aux bonnes choses : au contraire la paresse est tres dangereuse; car celuy qui s'abandonne au sommeil, & à la faineantise, ne gagnera iamais les biens qu'il

n'a

n'a pas, au contraire il perdra facilement & en mille manieres les biens qui luy viennent de ses ancestres, ou de quelque present de la Fortune.

LXXV.

LE pain est la nourriture du corps, l'instruction est celle de l'ame; nous ne rougissons point pour manger, de mesme ne deuons nous point auoir honte d'apprendre; & celuy qui se rebute pour voir que dans les exercices il se trouue quelquefois inferieur à ceux de son aage, ne deuiendra iamais habile homme: la necessité mesure nos repas, mais pour l'instruction nous auons tousiours besoin d'en prendre de plus en plus; le meilleur pour la santé c'est de ne manger que des viandes faciles à digerer & d'vne mesme espece, mais pour nostre esprit le meilleur est de l'exercer à toute sorte de bonnes choses; le moins de temps que nous pouuons estre à table c'est le plus seant, mais le temps d'apprendre, c'est toute la vie si nous pouuons; & mesme à l'article de la mort il est bon de remplir nostre ame de quelque bonne cognoissance.

LXXVI.

INSTRVCTION ROYALE DE L'EMP. MANVEL PAL. A L'EMP. IEAN SON FILS.

C'EST vne belle chose quand vn homme qui peut beaucoup n'abuse point de sa puissance pour tromper ou offenser autruy, & quand il ne s'esleue point orgueilleusement contre personne, si ce n'est quelque ennemy opiniastre à sa ruine, & qui l'irrite par des continuelles attaques. C'est vn excez de bonté en celuy qui est né pour de grandes choses, de se tenir content de ce qui se presente, quand il n'a point d'occasion d'accroistre glorieusement sa fortune: & pour moy i'estime que de conseruer le nostre sans aucune perte dans les occasions dangereuses, ce n'est pas moins que de l'accroistre. Ie ne dois pas encore oublier ce precepte: Sçachez que ceux qui souffriront quelque tort de vos ministres, ne manqueront point de vous l'imputer, si pouuant employer d'autres personnes, ou pour le moins corriger les fautes de ceux à qui vous communiquez vostre authorité, vous negligez l'vn & ne voulez pas faire l'autre; & si vous iugez à propos que les meschants ayent plus de credit auprés de vous que les bons.

LXXVII.

INSTRVCTION ROYALE DE L'EMP. MANVEL PAL. A L'EMP. IEAN SON FILS.

NE cherchez point vne dissimulation affectée dans vostre conuersation, & bannissez bien loin de vous les presomptueux sentiments de vous mesme. Car il est mal seant de se tenir si caché, & la vaine gloire est insupportable, puisque ceux qui s'y laissent emporter choquent ordinairement tous ceux qu'ils hantent. Suffit de ne croire pas plustost les loüanges que nous donnent les autres, quand elles ne sont pas veritables, que le témoignage de nostre propre conscience; de n'vser point de paroles rudes ou qui ressentent l'homme bouffi d'orgueil, de n'affecter point d'aller toûiours par haut, & de ne leuer point le sourcil, quand mesme ceux qui nous applaudissent diroient la verité. D'autre costé prendre plaisir & se laisser aller aux loüanges dont on nous flatte, faisant semblant de les refuser, & auoir de grandes idées de soy mesme, bien qu'on en dise fort peu de choses; c'est vn déguisement & vne illusion de theatre qui a besoin de masque pour se cacher, & qui vous seroit mal seante. Vne belle

Instrvction Royale de l'Emp. Manvel Pal. a l'Emp. Iean son Fils.

actiõ est d'elle mesme vn beau panegyrique. C'est remporter vn double triomphe que d'estre dans la retenuë aprés vn grãd succez, le premier d'auoir bien fait, le second de n'en deuenir pas plus superbe. Celuy qui aprés auoir fait de grandes choses parle superbement de soy, & qui pense quasi que la gloire de ses beaux faits vole iusques dans les Cieux, deuient enfin importun à ceux mesme qui ioüissent de ses liberalitez, parce que la superbe est ennemie de Dieu. Par consequent il faut que celuy qui ayme la gloire la recherche par ses actions, sans se la donner luy mesme dans ses entretiens : elle fuit celuy qui l'appelle, & elle s'approche de bon cœur de celuy qui luy presente la main, c'est à dire sa vertu, pour l'attirer en sa compagnie.

LXXVIII.

Les hommes ne peuuent iuger sainement d'aucune chose d'icy bas, nous estimons le mal que nous sentons plus fascheux que tout autre, la mesme calamité, si nous la considerons comme presente, nous paroist plus difficile à supporter, que si nous la considerions comme passée, & ce qui nous tourmente actuellement fait tousiours paroistre ce qui nous a desia tourmenté plus leger & moins rigoureux: quelques vns mesme aymeroient peut-estre mieux vn mal à venir bien que plus rude, que celuy qui les presse maintenant ; & de là vient que nous courons au deuant du malheur, & que si nous y tombons, nous recommençons à loüer l'estat des choses passées. Nous le voyons en ceux qui fuient le fer & se precipitent dans l'eau, ou qui ayans fait naufrage & se trouuans dans le peril d'estre submergez se iettent à pleines mains sur vne espée à deux tranchants. Il y en a d'autres qui se bruslent de peur d'estre enfumez, d'autres qui courent au precipice pour euiter le feu ; de sorte que quand nostre ame est entreprise & percluse par la force du mal, nous voyons d'ordinaire bien ce que nous fuyons, mais nous ne voyons pas, comme il semble, où nous fuyons. Les mesmes choses nous arriuent dans les succez qui nous réioüissent, car aucune des choses que nous recherchons ne peut arrester sur elle nostre desir; nous l'experimentons dans les plaisirs qui

Instrvction Royale de l'Emp. Manvel Pal. a l'Emp. Iean son Fils.

nous touchent plus ſenſiblement; car ioüiſſant pleinement des choſes les plus agreables, nous les eſtimons beaucoup moins que celles qui ſont ſeparées de nous; & quand la choſe que nous attendons deuroit nous apporter moins de contentement, neantmoins elle nous reſiouit naturellement par l'eſperance que nous en auons conceüe. Souuent vn homme riche deſire des choſes qu'vn eſclaue meſme tient indignes de ſoy. Nous auons donc veritablement beſoin de prudence, afin que nous puiſſions porter vn bon iugement, faiſant dans noſtre eſprit la comparaiſon des choſes preſentes auec celles qui ne ſont plus deuant nos yeux.

LXXIX.

LA trop grande relaſche que les Princes donnent à leur eſprit nuit beaucoup aux affaires. Mais quand il eſt impoſſible de ſuffire à de ſi grands trauaux, ils peuuent ſe retirer du tracas autant qu'il eſt neceſſaire pour preuenir & chaſſer le dégouſt & ne faire point naufrage dans la mer orageuſe de cette vie. Car comme il ſe rencontre grand nombre de choſes differentes qui nous contraignent de veiller nuit & iour, le Prince mettroit en hazard sa vie & sa santé, s'il s'opiniâtroit au trauail, & s'il ne donnoit point de treues à ses soins. On dit mesme qu'vn des plus grands personnages de l'antiquité, disoit à ses amis dans vn festin, qu'il faut relascher son esprit, comme nous débandons les cordes d'vn arc, afin d'estre plus frais & de recommencer auec plus de vigueur quand nous aurons repris nos forces. Que si nous vsons de cette indulgence quant à present, c'est pour n'oster pas tout à fait les remedes qui sont necessaires au contrecœur que les affaires apportent; car sans cette consideration nous la reietterions absolument, de peur que ceux qui sont trop adonnez à leurs plaisirs, ne prennent quelque train de vie contraire à nos intentions. Les recreations extraordinaires & trop longues sont ordinairement suiuies de quelque déplaisir.

LXXX.

IL n'y a point d'homme qui subsiste longtemps s'il trauaille d'vne attention continuë, d'autant que la nature de celuy qui

INSTRVCTION ROYALE DE L'EMP. MANVEL PAL. A L'EMP. IEAN SON FILS.

s'attache fortement aux choses, veut du soulagement, & c'est là le pretexte sur lequel on a trouué les diuers passetemps qui seruent à entretenir nostre paresse. Pour vous, aprés les trauaux qui sont du deuoir des Roys, contentez vous pour vos diuertissements des liures, de la campagne selon le temps; ou de quelque ombre naturelle trouuée par hazard dans vn bocage, sous vn berceau, ou dans vne grotte; ou du chant du rossignol s'il se rencontre; ou d'vn iet d'eau; ou des fleurs qui enuironnent quelque fontaine. Vn petit repas sans artifice & trouué sur le champ, donne aussi quelquefois plus de plaisir à ceux qui ont appetit, qu'vn festin par ordre dans leur maison. Ie laisse à part le nectar & l'ambrosie qui ne sont que par les fables. Adioustez y les plaisirs des cheuaux, des chiens, des oiseaux de proye, de tirer contre des bestes farouches, soit que vous les surpreniez à l'affust, ou que vous les tiriez en courant. Neantmoins ne faites point de cecy vostre but principal : mais faites le tousiours pour quelque autre meilleur dessein, par exemple pour vous rendre communicable à ceux de vostre suite, pour

conſeruer voſtre ſanté, & pour vous rendre plus adroit & plus experimenté aux exercices militaires. Par ce moyen quand vous feriez mauuaiſe chaſſe, car il eſt impoſſible de la faire touſiours bonne, vous ne laiſſeriez pas de receuoir du contentement. Puiſque vous ne pouuez manquer d'arriuer aux fins qui vous font aymer ce diuertiſſement.

LXXXI.

HAYSSEZ l'hypocriſie & chaſſez loin de vous celuy qui la met en œuure, de peur que faute de le cognoiſtre, vous ne commettiez voſtre authorité entre les mains d'vn pirate, & d'vn loup rauiſſant, au lieu d'vn paſteur & d'vn pilote. Reprenez paternellement ceux qui ſe plaiſent à reprendre les autres, ſans deſſein de rendre leurs corrections profitables, afin de deliurer les vns de honte, & de rendre les autres plus modeſtes. Gardez le ſecret qui vous eſt confié, comme ſi quelqu'vn auoit deposé quelque treſor entre vos mains. Faites que vos mœurs ſoient les cautions de voſtre fidelité, & que vous n'ayez point beſoin de iurement pour aſſeurer l'eſprit de ceux qui

INSTRVCTION ROYALE DE L'EMP. MANVEL PAL. A L'EMP. IEAN SON FILS.

negotient auec vous. Conceuez que c'est vne chose épouuentable, que de faire des vœux, & sans en faire accomplissez exactement ce que vous auez promis soit à Dieu soit aux hommes. Souuenez vous des bienfaits que vous auez receus, & oubliez ceux que vous faites. Plaisez vous à surmonter par vostre recognoissance la liberalité de celuy qui vous fait des presents, & de n'estre iamais vaincu dans cet agreable combat. Si vous obseruez ces preceptes pendant vostre vie, & si vous fuyez les finesses honteuses; car le masque & le déguisement ne se doiuent permettre qu'à ceux qui font rire les autres sur les theatres; ie pense qu'vne seule parole de vostre bouche pourra valoir autant parmy les hommes, que si vous iuriez par tout ce qu'il y a de plus sainct.

LXXXII.

VN port graue, magnifique, & maiestueux n'est pas mal seant à vn Prince. Mais il faut tousiours mesler à la froideur qui semble accompagner la grauité, quelque iuste & legitime douceur, & à la maiesté qui paroist seuere, quelque agreable familiarité, afin que mesme par ces qualitez exterieures on vous iuge digne de l'Empire, & que cette opinion rende vos suiets plus souples à vous obeir. Vous arriuerez facilement à ce point, si vous employez bien à propos la douceur & la seuerité de vos regards, si dans les affaires vous ne prenez point de trop prés garde à ce qui vous touche, si vous vsez de clemence vers quelques vns: mais principalement si vous persuadez à vos peuples par vos actions & par vos discours, que vous sçauez mieux ce qui leur est conuenable qu'eux mesmes. Parce que s'ils ont vne fois euidemment cogneu que leur obeissance leur sera profitable, s'ils se laissent gouuerner par vos ordres, & s'ils s'abandonnent à vostre conduite, ils preuiendront vos commandements s'ils peuuent, ou ils les executeront si tost qu'ils seront donnez. C'est par là que les medecins, les pilotes & les pasteurs sont obeïs au moindre signe.

LXXXIII.

SI vous auez de l'auersion contre quelque personne peu vertueuse, n'imitez pas

Instrvction Royale de l'Emp. Manvel Pal. a l'Emp. Iean son Fils.

ses actions, & si vous cognoissez quelque homme de bien, taschez de vous regler sur sa vie & de pratiquer les vertus dont il vous donne l'exemple. Il ne se trouue point d'hôme qui possede toutes les vertus, ou qui n'en ait au moins quelqu'vne. Souuent il arriue qu'vn méchant homme donne vn bon aduis, & qu'vn hôme de bien en donne vn meschãt & pernicieux: il vaut mieux suiure celuy qui conseille bien, encore qu'il viue mal, que celuy qui conseille mal, encore qu'il viue bien. Les contestations & les disputes sont tres-mauuaises dans les deliberations: mais il n'est gueres meilleur de suiure l'aduis de toute sorte de personnes sans consideration, ou de fleschir facilement & se laisser emporter par legereté d'esprit: le milieu de ces deux extremitez est de se laisser gagner par la raison, & de ceder quand elle est proposée. C'est le moyen d'euiter la censure des plus difficiles esprits, & de ne rien faire qui ne soit loüable, d'autant que ceux qui fuyent les extremitez vitieuses sont hors de blasme, & que ceux qui tiennent le milieu sans decliner à droit ou à gauche sont necessairement vertueux, puisque la vertu n'est rien autre chose qu'vn milieu.

INSTRVCTION ROYALE DE L'EMP. MANVEL PAL. A L'EMP. IEAN SON FILS.

LXXXIV.

IL n'eſt pas bien ſeant à vn Souuerain de s'aſſuiettir à l'aduis de ſon conſeil, comme s'il ſe ſoûmettoit luy meſme à quelques directeurs; ou d'entreprendre quelque choſe de grand ſans vne meure deliberation, & ſans conſulter ſes amis. On ne met pas en deliberation l'impoſſible, quoy que bon; ny le mal, quoy que facile; ny ce qui doit neceſſairement arriuer, quoy qu'important: mais ce que nous pouuons conduire par prudence & auec induſtrie, & ce qui peut nous apporter quelque vtilité ſi nous le faiſons, ou quelque dommage ſi nous ne le faiſons pas; quand la reſolution eſt priſe, tout ce que nous faiſons en ſuite eſt touſiours bien fait, ſi les regles des ſix vertus que nous auons nommées parfaites, ou la plus grande partie, ou les plus importantes, y ſont tant que nous pouuons obſeruées. Remarquez encore que la deliberation doit preuenir la neceſſité, parce que ſi nous prenons conſeil à la haſte, le beſoin & l'empreſſement rempliſſent l'eſprit de trouble, & empeſchent qu'il ne donne bon ordre aux affaires.

INSTRVCTION ROYALE DE L'EMP. MANVEL PAL. A L'EMP. IEAN SON FILS.

LXXXV.

VN Roy qui regle ſa politique & ſa vie ſur les loix, fait directement le contraire des Tyrans qui ſuiuent leurs plaiſirs cõme des loix inuiolables. Il eſt vray qu'il y a du rapport entre la tyrannie & la royauté : mais leur difference eſt neantmoins ſi grande, qu'il eſt difficile de l'exprimer. Le Tyran croit que ſa puiſſance conſiſte dans l'affoibliſſement de ſon peuple, & ſi les affaires publiques prennent quelque accroiſſement ou quelque renfort, il ſonge incontinent à ſa perte : mais celuy qui gouuerne en Roy veritable & legitime tient à ſes peuples lieu de pere, de paſteur, de medecin, de precepteur, & de tout ce qui luy eſt poſſible. Il penſe que le bien public eſt le ſien, & ſeruant religieuſement ſon Redempteur & l'imitant plûtoſt en ſon humilité qu'en ſa gloire, il ſe reſioüit quand il peut mettre ſon Royaume en meilleur eſtat, que ne feroient ceux meſme qui profitent de ſes ſoins. Soyez de ce genre, mon bien aymé.

INSTRVCTION ROYALE DE L'EMP. MANVEL PAL. A L'EMP. IEAN SON FILS.

LXXXVI.

ASPIREZ tousiours au plus haut degré de perfection, mais recognoissez que vous n'y pouuez pas atteindre ; & ne perdez point courage, bien que vous cognoissiez vostre foiblesse. Car il ne faut pas considérer que l'excellence du souuerain bien, passe de bien loin le merite de nostre vertu, mais que celuy qui tasche d'y arriuer s'en approche tousiours de plus en plus, & que ceux qui ne çessent de tirer à ce but le frapent souuent, ou que du moins ils ont toûiours quelque auantage sur les autres. Ceux qui vont sans conduite comme des vaisseaux mal equipez, & qui prennent plaisir à passer pour honnestes gens, bien qu'ils menent vne vie débordée, sont du nombre de ceux dont l'amendement ne se peut esperer : au contraire celuy qui se reglera par la raison, recognoistra ses fautes, & les ayant apperceuës il pourra les corriger, puisque le premier degré pour passer à vne meilleure vie, c'est de ressentir nos maux.

INSTRVCTION ROYALE DE L'EMP. MANVEL PAL. A L'EMP. IEAN SON FILS.

LXXXVII.

CEVX qui craignent la mort dans vne bataille prennent ordinairement la fuite, & fuyans ils sont tuez plustost que ceux qui soustiennent l'effort sans apprehension de la mort. Le combat n'est pas aduantageux pour le dos contre les mains, & ceux qui paslissent à la veuë du tranchant de l'espée, meurent souuent de sa pointe, sans estre honorez d'aucune sepulture : les autres qui durent dans la meslée remportent souuent la victoire, & aprés auoir fait de belles actions, non seulement ils reschapent du peril, mais encore ils sont recompensez des couronnes qu'ils ont meritées : car ces choses s'entresuiuent. S'ils ont combatu de pied ferme, c'est l'effect de leur courage; s'ils ont remporté la victoire, c'est le fruict de leur perseuerance; s'ils ont de l'honneur & de la gloire, c'est la recompense de leur generosité; & puisque toutes ces choses arriuent ordinairement aux gens de cœur, il est euident que le contraire doit arriuer aux lasches: quād mesme quelque homme courageux mourroit les armes à la main, ou qu'vn

autre

autre se sauueroit à la fuite, l'vn seroit toûiours miserable de mener vne vie honteuse, & l'autre heureux par la gloire de sa mort. Ce qui m'estonne, c'est que tout le monde cognoist la verité de ces propositions, & neantmoins le mal ne laisse pas d'arriuer, parce que l'ame se trouue subitement changée par la rencontre de ce qu'elle craint. Pour vous mon fils, lors que vos armes ne seront ny iniustes ny temeraires; choisissez plustost de mourir glorieusement que de laisser aller la victoire à vos ennemis.

LXXXVIII.

VOVS ne deuez pas tant prendre garde à n'estre pas vaincu par la force de vos ennemis, comme à n'estre point surpassé par la liberalité, les presents, & les seruices de ceux qui debatent de l'affection auec vous. Quand vn ennemy vous porteroit par terre, beaucoup de monde rapporteroit cette cheute à quelque mauuaise rencontre; mais de ceux qui sçauent aimer, pas vn ne vous pardonnera, si vous cedez à ceux qui vous attaquent par biens faits : de sorte que s'il est honteux d'estre vaincu par nos ennemis, beaucoup plus par ceux qui nous ayment; mais ie pense que de toutes les occasions où nous pouuons demeurer vaincus, celle qui nous est la plus ignominieuse, c'est d'estre inferieur à nos peres en vertu, & de ne se mettre pas en peine d'approcher de leur merite. Defait qui ne condamneroit cette bassesse & cette lascheté dans les enfans, d'euiter les occasions où leurs ancestres ont acquis de la gloire, puisqu'ils ne peuuent souffrir d'estre priuez de la moindre partie de leurs biens? Vous auez beaucoup de grands personnages dans les familles de vostre pere & de vostre mere, & Dieu vous a donné vn bon naturel; prenez donc garde à ne diminuer pas la gloire d'vne si bonne & d'vne si haute naissance, & ne manquez pas de suiure l'exemple des hommes illustres desquels vous descendez.

LXXXIX.

LA marque d'vne armée peu courageuse & qui ne tarderoit gueres à fuir, c'est quand les soldats aprés s'estre cachez tout le iour, attaquent l'ennemy de nuit. N'attendez donc point la faueur des tenebres pour combatre, si le temps ne vous y contraint, ou si la victoire n'est asseurée, ou si vous ne desesperez de gagner en plein iour, ou si la chaleur d'vne bataille rangée ne menace vostre armée de perte. Ne craignez point aussi les alarmes de nuit; car ceux qui pensent ietter la confusion dans vn camp plustost par l'horreur de l'obscurité, que par vn courageux effort, s'enfuyent d'eux mesmes sans qu'on les poursuiue, si tost qu'ils voyent que l'entreprise ne va pas comme ils auoient proietté. Representez clairement à vostre armée tout ce qui peut faire esperer la victoire, afin qu'estant d'aduis de donner aussi bien que vous, elle vous suiue au combat plus courageusement & auec moins de crainte. Les choses qui paroissent terribles & dangereuses nous donnent aussi bien l'espouuante que celles qui le sont en effet, parce que la multitude prend plustost garde à l'apparence qu'à la verité.

XC.

BIEN que vous sçachiez ce que ie veux dire, ie ne laisseray pas de vous en aduertir encore vne fois, afin de vous en raf-

INSTRVCTION ROYALE DE L'EMP. MANVEL PAL. A L'EMP. IEAN SON FILS.

fraiſchir la memoire. Le chaſſeur prend l'aigle à la glu, mais c'eſt quand il deſcend inconſiderément & qu'il ſe poſe ſur les branches trompeuſes; de meſme on embaraſſe vn lyon dans des filets, mais c'eſt lors qu'il marche ſans prendre garde à ſoy : au contraire l'aloüete s'échape ordinairement de la tiraſſe, parce qu'elle ne ſe iette pas auidement ſur les choſes qui l'inuitent à manger; la chevre ne tombe pas facilement dans les lacs, parce qu'elle eſt clairuoyante, comme ſon nom le porte chez les Grecs, & beaucoup d'autres animaux plus petits & plus foibles ſe tirent des embuſches qu'on leur dreſſe, & nous font voir des traits d'vne ſageſſe tres-ſubtile. De ſorte que les hommes peuuent bien à plus forte raiſon ſe tirer du piege qui leur eſt tendu. Il eſt donc bien veritable que les particuliers meſme ont beſoin d'vne grande prudence dans la conduite de leur vie priuée s'ils ne veulent tomber en de grands inconueniens; mais pour ceux à qui le ſoin des autres eſt tombé en partage, leur principal conſiſte à veiller & à penſer continuellement aux affaires publiques, à pouruoir à tout, à conſeruer curieu-

Instrvction Royale de l'Emp. Manvel Pal. à l'Emp. Iean son Fils.

sement ce qu'ils ont en main, à faire venir des pays estrangers ce qui manque à leurs peuples, par l'entremise du commerce, à maintenir leur Estat & à ranger ses ennemis à la raison. La paresse & la negligence sont la source de tous les maux : & si ceux qui n'ont que des chevres ou des cheuaux à gouuerner, se perdent s'ils ne se rendent assidus au trauail, que deuons nous dire de ceux qui commandent les armées ? car ie passe maintenant les Roys qui sont commis par la Prouidence à vne charge si onereuse; parce que ce qui est necessaire à ceux qui gouuernent des petites choses l'est bien dauantage à ceux qui en gouuernent de plus grandes.

XCI.

VOICY encore vn point que vous deuez sçauoir, si quelqu'vn vse des choses qui sont entre ses mains auec art, rien n'empeschera que les plus contraires ne luy apportent du profit, & prenez garde ie vous prie à ce discours. S'oublier & se ressouuenir sont deux choses fort contraires, toutesfois chacune est tres-bonne en son

Instrvction Royale de l'Emp. Manvel Pal. a l'Emp. Iean son Fils.

temps & tres-mauuaiſe hors delà. Ce que i'ay deſſein de vous expliquer de telle ſorte, qu'il reſte touſiours quelque obſcurité, afin de vous obliger à penetrer le fond des choſes, & à ne pas vous contenter de ietter legerement les yeux ſur leur ſurface. Si vous oubliez les choſes paſſées, & ſi vous pourſuiuez chaudement celles qui peuuent arriuer; ſi vous vous ſouuenez des choſes paſſées, & ſi vous fuyez celles qui peuuent arriuer; vous paruiendrez à ce que vous deſirez, ſans rien perdre du paſſé : & vous euiterez facilement les malheurs que vous fuyez, eſtant deliuré de ceux qui vous auoient ſurpris.

XCII.

Le ſilence nous fait eſtimer, & nous met à couuert comme vne bonne forteresſe. Mais il eſt plus ſeant aux ieunes gens, qu'à ceux qui ſont en la fleur de leur age; & à ceux qui ſont dans l'age viril, qu'à ceux qui le paſſent. D'autant que la vieilleſſe a plus d'experience, & qu'il eſt plus ſeant que les moins experimentez entendent ceux qui ſont plus verſez dans les affaires. Ie pense que le temps de parler, c'est lors qu'il faut répondre, quand il faut defendre quelqu'vn contre la calomnie, ou quand il faut enseigner à vn autre quelque chose qu'on sçait fort bien, & qui peut seruir à celuy qui la dit, ou nuire à celuy qui la tiendroit cachée; en toute autre rencontre il vaut mieux se reposer, comme dit le Sage de la medecine.

XCIII.

C'EST vn grand aduantage de cognoistre en quoy consiste la perfection de chaque chose, & de le pouuoir exprimer eloquemment quand nous l'auons nettement conceu; afin de gagner par ce moyen l'estime des peuples, & de faire naistre dans les ames le desir des belles choses. Mais ie ne puis ny dire ny penser combien il est honteux de cognoistre la vertu, & de faire neantmoins de propos deliberé les actions les plus mauuaises. Le crime est tousiours honteux en quelque façon qu'il se commette, mais il est plus honteux si nous le cognoissons quand nous le commettons; & encore infiniment plus, si pouuans monstrer

Instrvction Royale de l'Emp. Manvel Pal. a l'Emp. Iean son Fils.

aux autres le bon chemin & leur faire des remonſtrances lors qu'ils faillent, nous ne corrigeons pas meſme nos propres defauts. Cela eſt veritablement ſans excuſe.

XCIV.

RIEN ne ſe peut comparer à la ſcience, quand elle ſe rencontre dans vn eſprit bien fait. Il n'y a rien de meilleur qu'vn eſprit bien fait quand il eſt éclairé des lumieres de la ſcience. L'vn & l'autre eſt excellent & digne de nos affections & de nos deſirs. Que ſi ces deux choſes ſe rencontrent dans vn homme, bon Dieu que cette vnion eſt admirable! qu'elle eſt bonne! & qu'elle eſt excellente! ſi elle ſe trouue dans vne ame pure, elle la rend encore plus pure; ſi dans vne ame ſoüillée de quelque peché, elle la nettoye & la rend plus diſpoſée à receuoir la grace, & à ſuiure ſes mouuements. Nous pouuons donc dire que l'ame & cette couple ſont comme le corps & les deux mains. La gauche ayde la droicte, quand elle a beſoin d'eau, de ſeruiete, & de ſauon; mais le reſte du corps eſt nettoyé par les deux mains: de meſme le bon natu-

rel

rel & la cognoissance seruent à remettre l'ame dans sa pureté, parce que de ces principes vient que nous sommes disposez à bien faire, & que nous deuenons assidus à estudier & pratiquer les vertus.

XCV.

CONIECTVREZ le futur par le present, & par le passé, & dans l'esperance que vous aurez d'auoir le temps fauorable, prenez garde plus soigneusement que iamais à ne pas deuenir negligent à cause d'vne si bonne attente. Au contraire si vous preuoyez que les affaires ne seront pas si faciles, taschez par l'assistance de celuy qui est plus puissant que vous, de les mettre en meilleur estat, & trauaillez constamment suiuant les moyens qui vous seront suggerez par la prudence. Reiettez bien loin de vous ceux qui changent comme les cameleons & les poulpes; taschez de paroistre égal à vous mesme en toutes les occasions: & lors que ces Protées prendront le change, ne laissez pas de suiure vostre chemin, s'il vous semble que le changement doiue rendre vostre condition pire.

XCVI.

Instrvction Royale de l'Emp. Manvel Pal. a l'Emp. Iean son Fils.

CELVY qui ne fait pas son deuoir bien qu'il le sçache, est moins excusable, bien que cela soit contre l'opinion commune, que celuy qui ne le faict pas faute de le sçauoir; & si vn homme qui cognoist bien ce qui doit luy seruir, mettoit en œuure ce qui luy doit nuire, il passeroit à bon droit pour impertinent & pour fol. Le fait d'vn homme sage & prudent, c'est de se retirer d'vn passage glissant & dangereux quand il l'apperçoit, & il n'appartient qu'à ceux qui sont persecutez d'vne melancholie noire d'y tomber, à cause qu'ils manquent de raison & de conduite. Il faudroit vn esprit plus perçant que celuy de l'ancien Oedipe, pour expliquer comment il se peut faire qu'vn homme veüille perir, & qu'il ne veüille pas se tirer d'vn danger qu'il peut facilement euiter. Vn ennemy porteroit compassion à celuy qui peche par ignorance, mais celuy qui cognoist le bien & s'adonne au mal, ne seroit point iniuste à soy mesme, quand il se porteroit vne hayne mortelle. Ce n'est donc pas estre homme de bien, que de sçauoir son deuoir & en faire leçon, si par aprés on se monstre l'esclaue du vice.

INSTRVCTION ROYALE DE L'EMP. MANVEL PAL. A L'EMP. IEAN SON FILS.

XCVII.

SI quelqu'vn veut faire croire qu'il sçait bien son deuoir, c'est vn menteur s'il ne le fait pas, ou sa science luy seruira de condemnation, & ie pense que tout le monde sera de mon aduis; puisque nostre Sauueur mesme l'enseigne en termes exprés, disant, que le pecheur qui commet de petites fautes auec cognoissance, doit estre plus rudement puny que celuy qui en commet de plus grandes par ignorance. De sorte que nous sommes chastiez par la science, mesme, si nous ne rendons pas efficace la cognoissance que nous auons du bien. Le peril est donc grand de deux costez; car l'ignorance est absolument mauuaise, & la cognoissance est à craindre, puisqu'elle n'est pas moins perilleuse.

XCVIII.

CHACVN sçait que la vie de soy est tres-bonne, mais elle est pire que la

INSTRVCTION ROYALE DE L'EMP. MANVEL PAL. A L'EMP. IEAN SON FILS.

mort en quelque ſens, puiſqu'elle change continuellement & qu'elle diminue les forces de l'eſprit, comme ſi l'affoibliſſement de l'ame tournoit au profit du corps. C'eſt vne choſe honteuſe que l'ame noirciſſe lors que les cheueux deuiennent blancs, & que nous deuenions plus criminels lors que noſtre teſte commence de porter la couleur de l'innocence; neantmoins cela nous arriue ordinairement, quand noſtre vertu ne croiſt pas auec le nombre des années. Il eſt mal ſeant à vn vieillard de viure comme vn ieune homme, & generalement à toute ſorte de perſonnes, d'auoir moins de prudence & de conduite que ne porte ſon aage: par conſequent ſi vous deſirez bien viure & acquerir de la gloire, à quoy ie penſe que noſtre diſcours vous peut ayder, faites que voſtre ſageſſe correſponde à l'aage que Dieu vous donnera.

XCIX.

NOVS ſommes compoſez de deux choſes contraires, l'ame & le corps, & nous aſſuietiſſons la meilleure partie à la pire; quel blâme ne meritons nous point de

INSTRVCTION ROYALE DE L'EMP. MANVEL PAL. A L'EMP. IEAN SON FILS.

faire si peu d'estat de nostre ame qui est immortelle, & le souffle de la diuinité, que nous ne la faisons pas mesme aller du pair auec nostre corps qui n'est que de la boüe? Faisons plustost le contraire, & cognoissant que cette faute vient d'ignorance, & qu'elle peut causer nostre perte, ne prenons point tant de soin à traicter delicatement nostre corps qui est inutile, de peur que l'esprit qui nous viuifie ne paroisse mort en nous. Car deux choses estant opposées, si vne proposition est veritable de l'vne, la contraire est veritable de l'autre. Par consequent si nous traictons si bien nostre corps, il faut que nostre esprit en demeure malade.

C.

IL ne faut qu'apprehender viuement la force de quelque peu de paroles, pour obtenir des couronnes dans la terre & dans le Ciel. *Euitez le mal*, dit le Royal Prophete, *& faites bien*. Qu'est-ce qu'on pourroit comparer à cet admirable discours, pouuons nous auoir quelque precepte plus vtile ou plus court? O sagesse angelique! ô pointe & viuacité de l'esprit duquel nous

INSTRVCTION ROYALE DE L'EMP. MANVEL PAL. A L'EMP. IEAN SON FILS.

tenons cette admirable ſentence! Veritablement s'il nous reſte quelque peu de raiſon, puiſque nous cognoiſſons que nous ſommes enfans de la terre, & que nous deuons retourner dans le ſein de noſtre mere, nous deuons preuenir la mort par la penitence, conformément à la doctrine de ce ſage Roy, & nous deuons abandonner le vice, & faire les bonnes œuures pour leſquelles nous ſommes creez afin de nous rendre le Createur propice. Pour vous mon bien aymé, faites l'vn & l'autre, & que voſtre vertu ne faſſe point naiſtre dans voſtre eſprit vne vaine eſtime de vous meſme, de peur qu'imitant ce Phariſien, lequel eſtoit bien vertueux mais non pas modeſte, vous ne perdiez en vn moment comme luy ce que beaucoup de trauaux & de peines pourroient vous auoir acquis.

L'ACADEMIE DES PRINCES.

LIVRE TROISIE'ME.

PRESENT ROYAL DE IAQVES I. Roy d'Angleterre, d'Escosse, & d'Irlande, au Prince Henry son fils.

PREMIERE PARTIE.

Du deuoir du Roy Chrestien enuers Dieu.

CELVY qui ne sçait pas commander ny à ses passions ny à soy mesme, n'est pas à mon iugement capable de commander aux autres, & celuy qui n'a dans l'ame ny l'amour ny la crainte de son Dieu, est encore beaucoup moins capable

PRESENT ROYAL DE IACQVES I. ROY D'ANGL. AV PRINCE HENRY SON FILS.

de gouuerner vn Royaume Chreſtien. En effet quel ſuccez vn homme vitieux & profane peut-il eſperer de ſon adminiſtration, quelque peine qu'il prenne à bien regner. Si Dieu ne coopere, c'eſt en vain que les artiſans trauaillent à eſleuer la maiſon; ſi Dieu ne conſerue la ville, c'eſt en vain que les habitans font la garde. Tout ce qu'il y a de bonheur vient de la benediction d'en haut. L'vn plante, l'autre arroſe, mais l'accroiſſement vient du Ciel. Apprenez donc auant toutes choſes à cognoiſtre l'Autheur de l'Vniuers & à l'aimer de tout voſtre cœur. Veritablement vous y eſtes obligé par deux conſiderations tres-eſtroites; puiſqu'il vous a donné la raiſon, & qu'il vous a fait vn petit Dieu ſur terre, comme la Sainte Eſcriture parle des Roys, pour tenir ſa place & pour commander aux autres hommes ſous ſon authorité. D'ailleurs par cette cognoiſſance & par cette crainte qui eſt le commencement de la veritable ſageſſe, vous apprendrez ce qui vous eſt neceſſaire pour voſtre charge, ſoit en qualité de Roy, ſoit en qualité de Chreſtien, conſiderant en Dieu comme dans vn miroir l'ordre

dre & le gouuernement de ce monde, qui est son portrait & sa creature.

PRESENT ROYAL DE IACQVES I. ROY D'ANGL. AV PRINCE HENRY SON FILS.

Le seul chemin pour y arriuer, c'est de lire la Sainte Escriture, priant son autheur de vous en donner la veritable intelligence. Cherchez les escritures, dit nostre Sauueur, vous y trouuerez de bons témoignages de moy. L'Escriture, dit sainct Paul, est bonne pour enseigner, pour corriger, pour conuaincre, & pour instruire en toute iustice. Et cette lecture appartient encore plus particulierement aux Roys, puisqu'ils ont commandement exprés de mediter en la loy du Seigneur. Vous deuez en suite receuoir auec respect les interpretations des Docteurs, car la Foy vient de l'ouye, prenant garde à ne contraindre pas le sens des saincts oracles selon vostre phantaisie, & vous forçant plustost vous mesme d'obeïr aux commandements & d'obseruer les preceptes qui vous y sont donnez.

Le seruice de l'homme à son Createur, se reduit à deux chefs. Car il est interieur ou exterieur; le premier consiste aux prieres que nous faisons à Dieu; le second aux œuures que nous faisons deuant le monde.

PRESENT ROYAL DE IACQVES I. ROY D'ANGL. AV PRINCE HENRY SON FILS.

Ce qui ne signifie rien autre chose que l'exercice de la pieté vers Dieu, & de la charité vers le prochain.

Cette partie du seruice de Dieu, consiste en la religion qu'il nous a donnée, laquelle a pour fondement l'Escriture, pour nourrice la Foy, & pour gardienne la conscience.

Pour les saintes Lettres vous en tirerez vne double vtilité si vous suiuez cet ordre en vostre meditation.

L'Escriture dictée par le Saint Esprit, afin que l'Eglise militante fust gouuernée iusques à la fin du monde par ses oracles, est comprise en deux parties, qui sont le Vieil & le Nouueau Testament. L'vn est fondé sur la Loy, qui aprés auoir raconté les crimes fait en suite voir la iustice diuine. L'autre sur IESVS-CHRIST qui ouure les thresors de la Grace & merite la remission du peché. Le sommaire de la Loy sont les dix commandements de Dieu, qui sont au long commentez par Moyse & employez par les Prophetes ; la parole de Grace est couchée dans les quatre liures de l'Euangile, qui contiennent la naissance, la vie, la mort, la resurrection, & l'ascension du Fils de Dieu. Les Epistres canoniques luy seruent de commentaires ; & son effect dans les fideles & infideles, auec l'histoire du progrez de l'Eglise naissante se trouue dans les Actes. Lisez ces ouurages sacrez non seulement des yeux du corps, mais encore de ceux de l'ame que vous deuez tenir pure & nette pour cet effect. Admirez auec respect les passages que vous n'entendez pas, & accusez plustost vostre ignorance, que leur obscurité. Prenez plaisir à ce qui est facile, & taschez de penetrer ce qui est moins esclaircy & de le comprendre plustost par le texte mesme que par la glosse. Car l'Escriture est tousiours la meilleure interprete de soy mesme. Toutefois n'aprofondissez rien trop curieusement, c'est vne presomptiō de vouloir aller dans les secrets de Dieu plus auant qu'il ne veut. Il a suffisamment declaré ce qu'il iugeoit nous estre necessaire. Mais sur tout prenez plaisir aux liures qui touchent de plus prés vostre vocation.

PRESENT ROYAL DE IACQVES I. ROY D'ANGL. AV PRINCE HENRY SON FILS.

I'ay en suite nommé la Foy la nourrice de la Religion, parce qu'elle luy donne la vie & que c'est vne asseurance des promesses que Dieu nous a fait, d'où vient qu'elle

PRESENT ROYAL DE IACQVES I. ROY D'ANGL. AV PRINCE HENRY SON FILS.

peut eſtre nommée la chaiſne d'or qui lie l'ame du fidele à Ieſus-Chriſt. Mais ſçachez qu'elle ne vient pas de noſtre fond, ny ſans vne grace particuliere du Ciel, & partant qu'il faut la demander par prieres, qui ne ſont rien autre choſe qu'vn deuis familier auec Dieu.

Le meilleur formulaire que vous puiſſiez en auoir, aprés l'Oraiſon Dominicale, qui eſt la regle de toutes les inuocations, ce ſont les Pſeaumes de Dauid, leſquels vous conuiennēt d'autant mieux que l'autheur a porté le Sceptre comme vous, & qu'il pouuoit bien ſçauoir ce qui manque aux Roys, & ce qu'ils doiuent demander pour eux, ou pour les neceſſitez publiques & pour le fait de leurs charges.

Accouſtumez vous donc à prier ſouuent & ſeul, meſme au lict, quoy qu'auparauant vous ayez fait voſtre Oraiſon. Car les prieres publiques ſe font autant pour l'exemple que pour la conſolation particuliere du ſuppliant.

En vos prieres ne ſoyez ny trop eſtrange ny trop familier auec Dieu. Les ignorants la pluſpart ne prient que par liure & par formulaire : & d'autre part les Pharisiens y apportent de la priuauté comme s'ils auoient à traicter & gouuerner Dieu familierement. L'vne & l'autre façon est vitieuse, car il y a trop de froideur & de stupidité d'vne part, & de l'autre pourroit naistre le mépris. Mais que vostre oraison soit tousiours accompagnée de reuerence, aussi bien que de zele, puisque tous les Princes veulent bien qu'on leur parle auec respect & qu'on leur demande auec humilité.

PRESENT ROYAL DE IACQVES I. ROY D'ANGL. AV PRINCE HENRY SON FILS.

Demandez à Dieu non seulement les choses spirituelles, mais aussi les temporelles ; sur tout dans les affaires de grande consequence, & mesme dans les moindres, quand elles vous sont necessaires. Adressez vous à luy à toute heure, comme il se presentera, & selon les mouuements qu'il vous en donnera luy mesme : pourueu que vous ne fassiez point de requestes pour des choses sales & illicites, comme les vengeances, les voluptez & autres choses semblables.

Si vous impetrez ce que vous desirez, remerciez vostre bien-faicteur ioyeusement & sans remise : sinon, attendez patiemment sa volonté, & poursuiuez tousiours vos prie-

PRESENT ROYAL DE IACQVES I. ROY D'ANGL. AV PRINCE HENRY SON FILS.

res auec instance & sans vous lasser, comme feroit vne pauure vefue qui tascheroit de fleschir vn iuge rigoureux. Que si vous n'estes point du tout exaucé, croyez que Dieu sçait & iuge que ce n'est pas vostre bien. Ainsi prenant la volonté diuine tousiours en ce sens, vous vous trouuerez armé de resolution & muny de patience au milieu des plus grandes afflictions, & vous leuerez gayement les yeux en haut par dessus les tempestes & les trauerses de ce monde, pour attendre l'issuë que Dieu leur donnera. Cette premiere espreuue vous rendra plus fort contre les tentations à venir, & vous ne douterez point qu'elles ne soient toutes égalemement pour vostre salut & pour vostre vtilité. Et bien que vous ne voyez pas si tost le soleil à cause de la pluye, neantmoins quand les broüillas seront dissipez, & cette nuée d'afflictions escartée, vous apperceurez clairement les effects de la bonté diuine à l'endroit de ceux qui l'inuoquent ardemment & auec importunité.

Enfin i'ay nommé la conscience gardienne de la Religion, parce que c'est vn œil que Dieu a mis en l'homme pour veiller inceſſamment ſur ſa vie, & pour luy donner de la ioye de ſes bonnes actions ou du reſſentiment de ſes fautes. Defait comme elle ſert aux meſchants de torture & de bourreau, de meſme elle eſt la conſolation des gens de bien. N'eſt-ce pas vn grand aduantage d'auoir chez nous & auec nous pendant noſtre vie, le regiſtre de tous les pechez deſquels nous deuons eſtre accuſez ou à l'heure de la mort ou au iour du Iugement? C'eſt ce que fait la conſcience, laquelle nous réueille, meſme en dépit de nous, afin que nous corrigeans à ſa ſollicitation, nous paroiſſions deuant noſtre iuge veſtus de la robe d'innocence, qu'il a luy meſme lauée de ſon ſang. Gardez donc voſtre conſcience nette, ſur tout de deux taches & imperfections, auſquelles quaſi tous les hommes ſont enclins, la ſtupidité qui engendre l'atheïſme, & la ſuperſtition mere des hereſies. Par la premiere i'entens la mauuaiſe inclination d'vne ame infectée de lepre, & d'vne conſcience vlcerée qui n'a plus aucun ſentiment de ſon mal, & qui eſt endormie dans ſon peché; comme eſtoit Dauid aprés ſon homicide & ſon adultere

PRESENT ROYAL DE IACQVES I. ROY D'ANGL. AV PRINCE HEMRY SON FILS.

PRESENT ROYAL DE IACQVES I. ROY D'ANGL. AV PRINCE HENRY SON FILS.

iusques à la venuë du Prophete Nathan. Par la superstition, i'entens l'aueuglement de ceux qui se lient eux mesmes à vne autre regle & à vne autre forme de seruir Dieu, que celle qui est receuë par l'Eglise.

Pour preseruatif contre cette lepre de la conscience, entrez en conte auec vous mesme vne fois en vingt quatre heures, soit la nuit ou le iour, & faites vne reueuë de toutes vos actions de la iournée passée. Remarquez ce que vous aurez mal fait, ou obmis à bien faire, soit comme Chrestien, ou particulierement comme Roy : & prenez garde en cet examen de ne vous laisser pas gagner à cette maladie commune aux hommes, qui est l'amour de soy mesme. Censurez vous aussi seuerement que si vous estiez vostre ennemy. Qui se iuge soy mesme ne sera pas iugé par autruy.

Ayez donc tousiours deuant les yeux soit parlant ou agissant, le conte qu'il vous faudra rendre au Iugement dernier ; apprenez tous les iours de vostre vie à mourir, & viuez chaque iour comme s'il deuoit estre le dernier. Il y en a qui prient Dieu de les garantir de mort soudaine ; priez le plû-

tost

toſt de vous faire la grace de viure en telle ſorte, qu'à toutes les heures de voſtre vie vous ſoyez preſt à mourir. Suiuant cette pratique voſtre ame ſe fortifiera contre la vaine crainte de la mort.

PRESENT ROYAL DE IACQVES I. ROY D'ANGL. AV PRINCE HENRY SON FILS.

Au reſte il y a des perſonnes, & meſme parmy les grands, qui font ieu du menſonge, des iurements, & des pariures. Mais les iurements & les blaſphemes ſont d'autant moins excuſables deuant Dieu & deuant les hommes, qu'ils n'apportent ny vtilité ny plaiſir : la pluſpart en vſent par couſtume & par mauuaiſe habitude. Le menſonge eſt auſſi vne choſe vile, abiecte, & honteuſe, qui ne part que de laſcheté de courage, & qui eſt indigne d'vn Prince, & bien plus d'vn grand Roy. Le deny de la verité eſt vne eſpece de menſonge qu'vn homme de voſtre qualité peut aiſément euiter ; car ſi vous eſtes enquis d'vne choſe dont il ne vous plaiſe pas de parler peur de mentir, qui vous y peut contraindre ? Il y a donc moyen d'euiter le menſonge, quand par voſtre authorité vous rebuterez ceux qui voudront mal à propos vous faire parler contre la verité, & ſi vous leur faites co-

PRESENT ROYAL DE IACQVES I. ROY D'ANGL. AV PRINCE HENRY SON FILS.

gnoiſtre que ces demandes vous ſont importunes & deſagreables.

Pour vous garder de la ſuperſtition, ne chargez point voſtre conſciēce des opinions d'autruy, quelque grand docteur qu'il puiſſe eſtre, moins encore des voſtres propres. Mais tenez vous ferme ſur la baſe, & ſur le fondement de la parole diuine, autrement vous tomberez dans l'ignorance ou dans la vanité. Employez auſſi voſtre prudence à diſcerner ce qui eſt neceſſaire au ſalut, d'auec les choſes indifferentes, & entre l'eſſence de la Religion & les ceremonies. Car tout ce qui eſt d'obligation eſt compris en l'Euangile, & de ce qui y eſt expreſſément enioint ou defendu quelque petit qu'il ſoit, vous ne pouuez l'obſeruer trop exactement, ſi vous iugez du peché non pas comme le commun des hommes, mais comme l'Eſcriture l'enſeigne. Que ſi les paſteurs & autres qui ont vne authorité legitime dans l'Egliſe vous aduertiſſent de quelque choſe authoriſée par la parole de Dieu, croyez les & leur obeyſſez auec le reſpect qu'on doit aux Herauts & aux Meſſagers du Ciel. Mais s'ils viennent à paſſer les bornes & s'ils veulent donner quelques vnes de leurs opinions au lieu des oracles diuins sous titre de bon zele, tenez les pour des gens remplis de vanité sans doctrine, & qui excedent leur vocation, & employez l'authorité que vous auez de Dieu, pour les amener à leur deuoir ou par douceur ou par seuerité. Et pour finir la premiere partie de ce traité, ayez Dieu moins souuent à la bouche & plus souuent au cœur. Preferez la recompense du Ciel à celle de la terre, & formez vostre port & apparence exterieure sur la regle de Nostre Seigneur, qui est de faire vos aumosnes en secret, & non pas à la veuë du monde. Ainsi d'vne part vous aurez au dedans la veritable humilité Chrestienne, sans faire monstre de vostre sainteté, disant par le conseil de Nôtre Seigneur, *Nous sommes seruiteurs inutiles:* & d'autre part vous euiterez deuant le monde le soupçon de vaine gloire, de fourbe, d'hypocrisie & de dissimulation.

PRESENT ROYAL DE IACQVES I. ROY D'ANGL. AV PRINCE HENRY SON FILS.

PRESENT ROYAL DE IACQVES I. ROY D'ANGL. AV PRINCE HENRY SON FILS.

SECONDE PARTIE.

Du deuoir des Roys en leur Charge.

COMME vous portez ces deux qualitez de Chreſtien & de Roy, vous deuez auſſi vous mettre en peine de vous acquiter de l'vne & de l'autre. De l'vne gardant la iuſtice & l'equité en toutes vos actions; ce que vous pourrez faire ſi vous eſtabliſſez de bonnes loix, & ſi vous les faites ſoigneuſement obſeruer; car l'vn ne ſert de rien ſans l'autre, puiſque l'obſeruation eſt la vie de la loy : de l'autre donnant bon exemple à vos ſuiets en toutes les actions de voſtre vie; car naturellement le peuple forme ſes mœurs ſur ceux du Prince; & le plus ſouuent les loix n'ont pas tant de pouuoir ſur les hommes, que la vie & l'exemple de leurs ſuperieurs. Pour le premier conſiderez la difference du Roy legitime auec le Tyran, & par ce moyen vous entendrez beaucoup mieux voſtre charge, d'autant que les contraires ſont plus euidents quand on en fait la comparaiſon.

PRESENT ROYAL DE IACQVES I. ROY D'ANGL. AV PRINCE HENRY SON FILS.

L'vn sçait qu'il est ordonné pour son peuple & qu'il en a la charge de Dieu comme contable : l'autre s'imagine que le peuple est fait pour luy comme pour seruir à ses passions, que son royaume est sa proye, & que ses tyrannies sont le fruit de sa domination. Comme leur but est contraire, de mesme leurs actions & les moyens qu'ils tiennent pour y paruenir sont differents. Le bon Roy croit que rien ne luy est si honorable, que de faire bien son deuoir, d'establir de bons reglements, de tenir la main à l'obseruation des anciennes loix, & d'employer le principal de ses veilles à procurer le repos & la felicité de son Estat ; & comme vn bon pere & vn bon maistre, il estime que tout son contentement consiste en celuy de ses suiets, & que sa plus grande asseurance est l'acquisition de leurs cœurs, & mesure ses propres desirs à leur profit, faisant du bien public son propre interest. Au contraire le Tyran qui a ses fins particulieres, n'est iamais content si les moyens qu'il employe, bons ou mauuais, ne le conduisent à son but. Il ne s'estime iamais asseuré que par les factions & par la diuision des siens, & con-

PRESENT ROYAL DE IACQVES I. ROY D'ANGL. AV PRINCE HENRY SON FILS.

trefaiſant l'homme de bien à ſon entrée pour prendre poſſeſſion, il renuerſe aprés ce qui luy fait obſtacle, il fait ſeruir les loix à ſes paſſions, il reduit le bien public à ſon vtilité particuliere, enfin il fait de la miſere & de la pauureté des ſiens la ſeureté de ſa perſonne; & comme vn exacteur & vn mercenaire il s'enrichit des ruines de ſes paures ſuiets. Auſſi l'vn & l'autre reçoiuent la recompenſe de leurs actions; car les bons Roys aprés vn regne plein d'honneur & de bonheur meurent regrettez des leurs & admirez des voiſins, ils laiſſent en terre vne agreable renommée de leur vertu, & vont prendre aux Cieux poſſeſſion de la gloire qui ne les abandonnera iamais. Et bien que la déloyauté de quelques particuliers en faſſe mourir quelques vns auant le temps, ce qui n'arriue que tres-rarement, leur reputation ne laiſſe pas de viure aprés eux, & la perfidie des traiſtres eſt touſiours ſuiuie du ſupplice & de l'infamie, laquelle paſſe meſme iuſques à leur poſterité. Mais la meſchante vie du Tyran arme enfin les ſuiets & les anime à deuenir ſes bourreaux: & bien que la reuolte ne ſoit iamais legitime de leur part, neantmoins on est si las & si rebuté de ses deportements, que sa cheute n'est point regrettée par la pluspart & moins encore par les voisins. Et outre la memoire honteuse qu'il laisse au monde aprés soy, & les peines eternelles qui l'attendent en l'autre, il arriue souuent que les autheurs de cet assassinat demeurent impunis, & le fait approuué par les loix & par la posterité. Vous pouuez donc facilement choisir la meilleure de ces deux façons de viure, & prenant plustost le chemin de la vertu, asseurer vostre vie & vostre Estat. Que s'il vous arriue quelque infortune, vous serez tousiours asseuré que les gens de bien vous regretteront, & que vostre vie, & vostre memoire sera dans l'approbation de tous les hommes.

PRESENT ROYAL DE IACQVES I. ROY D'ANGL. AV PRINCE HENRY SON FILS.

Ie remets donc à vostre prudence, & à vostre discretion, les remedes qu'il faut employer pour preuenir, & guerir les maux de vostre Estat par de bonnes ordonnances.

Car des mauuaises mœurs viennent les bonnes loix.

Veritablement il y en a desia de tres-bonnes en ce païs, si elles estoient bien gardées,

PRESENT ROYAL DE IACQVES I. ROY D'ANGL. AV PRINCE HENRY SON FILS.

tellement que ie ne m'arresteray pour le present que sur la practique & sur l'execution. A cet effect representez vous que pour l'établissement & la verification des loix dans vn royaume les anciens instituerent les Parlements qu'on nomme ailleurs l'assemblée des trois Estats. Le corps de ce royal Senat est si maiestueux, & si venerable, qu'il faut bien prendre garde à n'abuser point de son authorité pour la consideration de quelques particuliers, & puisque c'est la plus honorable iustice du Royaume, estant composée du Roy comme chef, & des principaux membres de l'Estat, il ne faut l'employer que pour ce qui regarde purement le bien public, autrement vous en feriez vne assemblée confuse & vn siege d'iniustice. Comme il est arriué quelquefois, que sous pretexte du bien public, & sans mesme que les Estats sçeussent à qui l'affaire pouuoit toucher, on a donné des Arrests ou fait des Ordonnances en faueur ou au preiudice de quelques vns. N'assemblez donc ce Parlement qu'à la necessité, pour de grandes affaires, & pour ce qui touche l'Estat. Il vaut mieux dans vne republique bien policée n'auoir

PRESENT ROYAL DE IACQVES I. ROY D'ANGL. AV PRINCE HENRY SON FILS.

n'auoir gueres de loix, pourueu qu'elles soient bien gardées. Quant aux forfaitures & confiscations qui se iugent aussi en cette assemblée, parce que c'est vne chose bien chatoüilleuse & souuent pleine d'iniustice, mon aduis est que vous ne vous en fassiez point adiuger, si l'enormité des crimes ne met les condamnez hors d'estat d'estre iamais restablis. Pour les moindres fautes, vous auez des chastiments assez rigoureux que vous pourrez employer par vous mesme ou par vos iuges.

Souuenez vous d'ailleurs qu'entre les differences que i'ay marquées des bons Roys d'auec les Tyrans, i'ay fait voir comme le Tyran sentant sa foiblesse, entre dans le gouuernement en renard, & qu'aprés qu'il s'est introduit il lasche la bride à ses passions: comme Neron, qui contrefit cinq ans l'homme de bien, disant, *pleust à Dieu que ie ne sceusse point escrire*, lors qu'il falloit signer la condemnation de quelqu'vn. Ie dis cecy à propos de l'execution des Loix, afin que vous n'en vsiez pas ainsi. Chastiez dés vostre auenement à la couronne, tous ceux qui oseront aller contre les ordonnances,

PRESENT ROYAL DE IACQVES I. ROY D'ANGL. AV PRINCE HENRY SON FILS.

& troubler le repos de l'Estat. Car puisque vous ne deuez pas venir au Royaume par conqueste, ny le tenir à titre de precaire, mais par droit de succession legitime, pour faire bonne iustice ne craignez point les reuoltes ny les remuëments. Soyez certain que la plus grande & la meilleure partie de vos suiets aimera tousiours la iustice, pourueu que vous la rendiez tousiours en faueur d'elle mesme, & non pas pour satisfaire à vos passions particulieres. Car si vous en vsez autrement, quelque punition que puissent meriter les criminels, vous serez tousiours coupable de la mort d'autruy, puisque Dieu prend garde principalement à vostre interieur & au fonds de vos intentions.

Aprés auoir asseuré vostre authorité par l'exemple, & fait voir à vos peuples que vous sçauez employer la verge de fer & les chastiments, vous pourrez en suite mesler la douceur auec la iustice, chastiant ou punissant selon que vous iugerez que le mal aura esté fait, de propos deliberé, par colere ou par folie, & selon les premiers & ordinaires deportements de l'accusé. Que si

PRESENT ROYAL DE IACQVES I. ROY D'ANGL. AV PRINCE HENRY SON FILS.

d'abord vous vsez de trop de clemence, les fautes viendront à s'entasser les vnes sur les autres, & vostre authorité à se diminuer ; de telle façon que quand vous voudrez par aprés employer la seuerité, le nombre des coupables égalera peut-estre celuy des innocents, & vous ne pourrez quasi vous resoudre par qui commencer. Il arriuera mesme contre vos bonnes intentions, qu'il vous en faudra ruiner plusieurs, que vous eussiez peu sauuer, si vous eussiez vsé de rigueur en sa saison. Mon experience propre qui m'a cousté si cher, vous doit seruir d'vne bonne leçon. Car ie confesse qu'à l'entrée de mon regne, ou plustost du maniement de mes affaires, ie pensois gagner les volontez par la douceur, & disposer les peuples à vne obeïssance volontaire : mais par les desordres de mon Estat, & par le peu de gré qu'on m'en a sceu, i'ay senty tout le contraire en effect.

Mais bien que cette seuerité ne doiue durer qu'vn certain temps, comme i'ay dit ; neantmoins il y a des crimes enormes qu'il ne faut iamais laisser impunis, comme le sortilege, l'assassinat, l'inceste, la sodomie,

PRESENT ROYAL DE IACQVES I. ROY D'ANGL. AV PRINCE HENRY SON FILS.

l'empoiſonnement, & la fauſſe monnoye. Quant aux offenſes contre voſtre perſonne, ou contre voſtre authorité, puiſque cela vous touche plus particulierement, vous pouuez en vſer comme il vous plaira, & ſelon que vous le iugerez plus à propos par la conſideration des circonſtances du fait, & de la qualité du criminel.

Il y a encore vn autre crime duquel ie vous conſeillerois volontiers de tirer vengeance, ſi ie ne craignois d'eſtre iugé partial & paſſionné: mais mon affection de pere enuers vous, & mon reſpect de fils vers mes predeceſſeurs, me feront pour cette fois paſſer les bornes de la honte. C'eſt la licence d'aucuns de mes ſuiets à parler & à eſcrire au preiudice & contre l'honneur de vos deuanciers & des miens. Vous ſçauez le commandement, *honore pere & mere*, ne ſouffrez donc point que ceux deſquels vous auez l'honneur d'eſtre iſſu, & qui auront eu puiſſance & authorité ſur vous ſoient diffamez & noircis par la médiſance, puiſque la choſe vous touche de ſi prés; afin de ne pas donner à ceux qui viendront aprés vous occaſion de vous traiter comme vous aurez traité les autres. I'aduouë qu'estant hommes, nous ne sommes iamais sans quelque suiet de reprehension, & que vous deuez tirer profit de ces defauts, les meditant en vous mesme & recognoissant les vostres propres, pour en implorer le pardon de la souueraine bonté: mais cela ne doit pas neantmoins seruir d'entretien aux vns & aux autres, sur tout à vos suiets. Puis donc que vous auez l'honneur d'estre issu d'ayeuls aussi recommandables & illustres qu'aucun autre Prince de la Chrestienté, reprimez l'insolence des médisants, qui sous titre de reprendre le vice d'vne personne, s'efforcent malicieusement de tacher la race & la famille entiere, pour la rendre odieuse à la posterité. Car quel amour pouuez vous esperer de ceux qui veulent mal à vos peres? & pour quelle raison est-ce qu'on s'efforce d'estouffer les loupueteaux & les petits renards sous la mere, sinon qu'on n'en peut aymer la race malfaisante & pernicieuse? D'ailleurs quelle raison nous fait estimer dauantage le poulain d'vn coursier de Naples, que celuy d'vne mazette, sinon pour l'opinion qu'on a de sa race.

PRESENT ROYAL DE IACQVES I. ROY D'ANGL. AV PRINCE HENRY SON FILS.

PRESENT ROYAL DE IACQVES I. ROY D'ANGL. AV PRINCE HENRY SON FILS.

Aussi est-ce vne chose extraordinaire & comme vn prodige, de voir vne personne aymer les enfans & haïr le pere; & veritablement le plus court chemin pour rendre le fils mesprisable, c'est de diffamer les sources de sa naissance. En vn mot i'en parle comme sçauant & par mon experience propre; car outre les iugements de Dieu que i'ay veus & que i'ay remarquez sur les principaux chefs des conspirations faites contre mes peres & contre mes ayeuls, ie puis dire en verité que ie n'ay point trouué de gens plus fideles ny plus affectionnez à mon seruice, mesme au plus fort de mes affaires & de mes afflictions, que ceux qui les ont fidelement seruis iusques à la fin, & particulierement la Reyne ma mere. Ainsi mon fils, ie vous descharge mon cœur & ma conscience en vous descouurant la verité; & ie ne me soucie point de ce qu'en pourront dire ou penser les traistres ou leurs complices.

Or bien que le crime d'oppression ne soit point du nombre des cas irremissibles, neantmoins comme il est par la pluspart de nostre nation estimé vertu plustost que vice, principalement parmy les Grands, il merite qu'on y mette la main tout de bon. Soyez donc exact à chastier l'orgueil & l'insolence, prenez en main la cause du pauure & de l'oppressé comme la vostre propre, estimant qu'il vous est honorable de reprimer les outrages faits à vos suiets, mettez pour cet effect le bandeau de la iustice sur vos yeux afin de ne discerner qui que ce soit, & n'espargnez pas mesme le trauail de vostre personne pour faire reparer les torts & les dommages des affligez. Pour ce mesme suiet & par cette voye, le Roy mon ayeul s'acquit comme vous sçauez, le surnom honnorable de Pere des pauures: & parce que le deuoir d'vn Roy consiste pour la pluspart à decider ce debat ordinaire de *mien* & de *tien* parmy les siens, representez vous que le siege sur lequel vous serez assis est le throsne du Roy des Roys; par consequent qu'il ne faut pancher ny à droite ny à gauche pour supporter le pauure, ou pour fauoriser le riche. La iustice n'a point d'yeux ny d'amis, ce n'est pas en son palais qu'il faut fauoriser vos confidents ou nuire à vos ennemis.

PRESENT ROYAL DE IACQVES I. ROY D'ANGL. AV PRINCE HENRY SON FILS.

Pour vous rendre encore plus capable de

PRESENT ROYAL DE IACQVES I. ROY D'ANGL. AV PRINCE HENRY SON FILS.

gouuerner par les regles de la prudence & de la iustice, vous deuez cognoistre les defauts & les imperfections ausquelles vos peuples sont naturellement suiets : comme vn bon medecin, qui doit premierement sçauoir quelle humeur peche & abonde en son malade auant que d'en entreprendre la cure. Ie vous deduiray donc en peu de paroles tous les principaux manquements qui se trouuent en tous les ordres de cet Estat.

Tout le peuple de ce pays par l'ancien departement, & mesme par vne police fondamentale, est distingué en trois ordres, & chacun d'eux est generalement suiet à quelques vices, qu'vne longue & mauuaise habitude fait passer pour vertu. Premierement donc pour ne frustrer l'Eglise de ses anciens priuileges, la raison veut que ie luy donne le premier rang en ce denombrement.

Les maladies les plus ordinaires & comme naturelles des gens d'Eglise sont l'orgueil, l'ambition, & l'auarice. Pour preseruatif, auancez aux charges Ecclesiastiques des hommes de saincte vie & de saine doctrine, desquels Dieu mercy nous auons

bon

bon nombre en ce royaume. Cherissez sur tout les bons pasteurs & tenez pour tres-honorable le titre de Nourricier de l'Eglise. Que les Escoles soient bien entretenuës, elles sont les pepenieres de l'Eglise. Que la doctrine & la discipline soient maintenuës en leur pureté, & qu'il y ait bonne & suffisante prouision pour l'entretenement des Maistres & des Escoliers. Maintenez par tout vn bon ordre & vne bonne police. Que l'orgueil soit reprimé, la modestie mise au dessus, & que chacun porte vn si grand respect à ses Superieurs, que cet heureux establissement de l'Eglise soit la principale matiere de vostre gloire.

PRESENT ROYAL DE IACQVES I. ROY D'ANGL. AV PRINCE HENRY SON FILS.

L'Estat qui tient le second rang au Parlement est la Noblesse, qui estant la premiere en dignité, surpasse aussi les autres ordres en pouuoir de biẽ ou de mal faire selon son inclination. La maladie à laquelle i'ay trouué de mon temps que les Gentilshommes estoient suiets, est vne folle presomption de leur naissance, de leur grandeur & de leur pouuoir; & qu'ils s'imaginent que le point d'honneur consiste en trois choses pleines d'iniustice. La premiere de contraindre leurs moindres voi-

PRESENT ROYAL DE IACQVES I. ROY D'ANGL. AV PRINCE HENRY SON FILS.

sins à les accompagner & à les seruir, encore qu'ils ne tiennent rien d'eux, iusqu'à y apporter quelquefois de la violence. L'autre à soûtenir à tort ou à droit leurs seruiteurs, & ceux qui les suiuent, en leurs querelles & mauuais desseins, ne leur permettant pas mesme d'obeir à iustice. La derniere est, que sous couleur d'auoir receu quelque iniure de leurs voisins, ou sur la crainte d'en receuoir, ils leur font comme on dit vne querelle d'Alleman sans respect de Dieu, ny du Roy, ny du repos public: ils font des assemblées de leurs parens & de leurs amis les vns contre les autres, souuent auec brauade & faisants des Rodomonts contre les foibles: & par ces guerres domestiques, ils troublent en fin le repos de l'Estat, au lieu qu'ils sont naturellement obligez à le maintenir au peril mesme de leurs vies. Pour remedier à ces maux faites obseruer vos Edicts à vostre Noblesse aussi exactement qu'aux moindres de vos suiets. Ne craignez point leurs murmures, leurs menaces, ny leurs mescontentements, tant que vous obseruerez la iustice. La pretenduë reformation des Princes par leurs suiets n'a iamais lieu, qu'en vn mauuais &

iniuste gouuernement. Rendez vous familier aux plus honnestes & aux mieux qualifiez de vos Barons, & leur donnez accez auprés de vous selon leur rang & selon leur qualité, de telle sorte qu'ils vous fassent eux mesmes leurs demandes sans mandier la faueur les vns des autres; & quant aux duels faites valoir les Ordonnances que i'ay autrefois fait publier à cette fin. Commençant le chastiment par celuy que vous cherirez le plus & qui vous sera le plus obligé, afin qu'il serue d'exemple aux autres, par ce moyen l'execution de vos reglements commencera par vous & par vos gens, de maniere qu'auec le temps ils seront obseruez par tout le pays.

PRESENT ROYAL DE IACQVES I. ROY D'ANGL. AV PRINCE HENRY SON FILS.

Ne cessez, mon fils, ie vous en prie, que vous n'ayez déraciné ces malheureux, & barbares défis, afin que l'effect & le nom s'en abolissent entierement. Le chemin vous est desia preparé par mes defenses pour le port des arquebuses, des pistolets, & des autres armes à feu: & si vous blasmez en vos entretiens ordinaires le port d'armes, chastiant d'ailleurs ceux qui contreuiendront, comme voleurs & assassins, ie ne dou-

PRESENT ROYAL DE IACQVES I. ROY D'ANGL. AV PRINCE HENRY SON FILS.

te point que vous n'en puissiez venir à bout. Mais d'autre part euitez de tomber en l'autre extremité, qui est de mespriser vostre Noblesse. Souuenez vous que ce mépris causa dans l'ame du Roy mon ayeul vn si grand déplaisir, qu'il en mourut bien tost aprés. Considerez aussi que la vertu accompagne le plus souuent la Noblesse. Le merite des ancestres nous oblige à respecter leurs descendans. Honorez donc les Seigneurs & les Gentilshommes qui vous honorent & qui obeissent à vos Loix. Ils sont les Pairs & les Peres du pays; & d'autant plus que vostre Cour en sera remplie, d'autant plus vous en aurez de gloire parmy les nations estrangeres, puisqu'ils sont les bras & les mains auec lesquelles vous executez vos iustes volontez & vos loix. Soyez donc affable à ceux qui vous obeiront, & rigoureux à ceux qui feront le cõtraire; afin que mesme les plus grands apprennent par là, que leur plus haut point d'honneur est de vous respecter, & d'obeir à vos commandements. Faites souuent retentir à leurs oreilles que le premier seruice que vous desirez d'eux, est que non seulement ils vous obeïssent, mais encore qu'ils vous fassent obeir, & que sans cela leur seruice ne peut vous estre agreable.

PRESENT ROYAL DE IACQVES I. ROY D'ANGL. AV PRINCE HENRY SON FILS.

Mais ce qui retarde le plus l'execution des bonnes loix en cet Estat, sont les Bailliages & les Seneschaussées hereditaires : & ie ne voy point de remede plus prompt que de faire exactement rendre conte aux officiers de leurs charges, d'employer l'authorité de vos Edicts, pour punir ceux qui seront en faute, & de retenir en vostre main ces charges à mesure que les places viendront à vacquer par forfaicture, afin de les reduire peu à peu à la forme & loüable coustume d'Angleterre.

Quant au tiers Estat, il est composé de deux sortes de personnes, les Marchands & les Artisans; & chacune de ces especes a ses defauts particuliers. Les Marchands se figurent que tout est fait pour eux, & comme ils ont coustume de s'enrichir à nos despens, ils transportent les choses necessaires hors du pays, & en rapportent qui sont quelquefois inutiles, ou rien du tout. Ils achetent pour nous les pires marchandises, & les vendent à leur mot; & bien que les vi-

PRESENT ROYAL DE IACQVES I. ROY D'ANGL. AV PRINCE HENRY SON FILS.

ures, les denrées, & les estoffes haussent & baissent de prix dans les païs estrangers où ils negotient, neantmoins iamais ils ne les donnent icy à meilleur marché. L'alteration & l'affoiblissement des monnoyes vient encore de leurs magazins. Car ils tirent hors du pays nostre argent, & rapportēt celuy des estrangers, luy donnant cours au prix qu'ils veulent. Pour remede, vous auez les Ordonnances ausquelles vous deuez adiouster ces trois aduis: Establissez des visiteurs, gens de bien & en petit nombre, car souuent le plus grand nombre de mains ne fait pas le meilleur ouurage: commettez sur eux vn Tresorier diligent & fidele qui fasse rendre bon conte: permettez aux estrangers le trafic & la liberté du commerce. Par ce moyen vous aurez de meilleures estoffes & à meilleur prix, sans les acheter de la seconde ou de la troisiéme main. Chaque année mettez vn nouueau prix à toutes les marchandises sur le pied de ce que vous sçaurez qu'elles valent ailleurs, & si vos Marchands ne les veulent amener à vos conditions, donnez l'entrée aux estrangers qui les voudront accepter.

PRESENT ROYAL DE IACQVES I. ROY D'ANGL. AV PRINCE HENRY SON FILS.

I'ay cy deuant fait mention des monnoyes, faites les de fin or & de fin argent, afin que vostre peuple soit payé en substance, non pas abusé par nombre; car la mauuaise monnoye n'est rien autre chose que des poids & des nombres inutiles. Par ce moyen vous enrichirez le public, & vous aurez tousiours vn tresor present en vos cofres pour les guerres & pour les necessitez. Il est vray qu'affoiblissant les especes, vous en pourriez bien pour vne fois tirer quelque vtilité en vostre particulier; mais il ne faut s'ayder de ce moyen qu'en toute extremité.

Pour les Artisans, ils veulent qu'on se contente de leurs ouurages & de leurs manufactures bonnes ou mauuaises, à quelque prix que ce soit; & si on les reprend ils sont aussi tost aux champs, en rumeur & en sedition. Mais prenez garde comme l'Angleterre à fleuri en biens & en police depuis que les Artisans estrangers ont eu lieu dans cet Estat. Il faut donc aussi les attirer par deçà, & empescher que les naturels ne les trauersent.

Or tout nostre peuple en general est

PRESENT ROYAL DE IACQVES I. ROY D'ANGL. AV PRINCE HENRY SON FILS.

ſuiet à vne grande imperfection, tant dans les villes que dans le plat pays, qui eſt de faire des iugements & des diſcours temeraires des actions de leur Prince, témoignants touſiours eſtre las du preſent & deſirer quelque nouueauté. Vous pouuez par la rigueur de vos Edicts, mais beaucoup plus par l'exemple d'vne bonne vie, reprimer ces audacieuſes cenſures, gouuernant vos ſuiets de telle ſorte qu'ils n'ayent point occaſion de mal parler de vous ny de voſtre conſeil. Pour cette meſme conſideration & pour entretenir voſtre peuple en bonne intelligence, vous pourrez faire certains iours de l'année des ieux & des paſſetemps publics, & en donner le plaiſir à vos ſuiets: ce moyen a eſté pratiqué par toutes les Republiques bien policées, conformément au dire du Poëte,

Sage eſt celuy qui ioint l'agreable à l'vtile.

Mais d'autant que pour arriuer à vne bonne reformation des maux que ie viens de vous indiquer, ie ſçay que vous ſerez beaucoup ſoulagé par la cognoiſſance parfaite du naturel & des humeurs de tous vos ſuiets, & de l'eſtat & condition particuliere de chacune

cune de vos Prouinces; ie souhaiterois que vous visitassiez vne fois tous les ans les principales villes de celle en laquelle vous ferez vostre seiour, & vostre Estat en trois ans vne fois, sans vous reposer iamais sur les Officiers, entendant vous mesme les plaintes de vos suiets pour y remedier par le conseil des gens du pays, & vuidant vous mesme les principaux & les plus importans affaires.

PRESENT ROYAL DE IACQVES I. ROY D'ANGL. AV PRINCE HENRY SON FILS.

C'est aussi vostre deuoir non seulement de garder vos suiets des outrages qu'ils peuuent receuoir les vns des autres, mais encore de les maintenir au dehors contre la violence des armes estrangeres, puisque l'espée vous est principalement donnée pour cet effect.

Comportez vous auec les Princes voisins ciuilement, amiablement, & comme auec vos freres. Gardez leur exactement la foy si vous leur auez promis quelque chose, quand cela deuroit tourner à vostre desaduantage; surpassez les si vous pouuez en courtoisie & en gratitude; soyez auec eux ouuert & veritable, & gardez en toute rencontre la regle Chrestienne, de ne faire à

PRESENT ROYAL DE IACQVES I. ROY D'ANGL. AV PRINCE HENRY SON FILS.

autruy ce que vous ne voulez pas qu'on vous fasse, mais sur tout dans la rebellion des suiets contre leurs souuerains, laquelle doit passer en vostre esprit comme vn crime commis contre vous mesme à cause de l'exemple. N'entreprenez donc iamais la defense ny la protection des seditieux contre les Seigneurs legitimes, & ne vous fiez iamais en eux : au contraire secourez & fauorisez les Princes dans leurs afflictions, principalement si elle vient de la mutinerie des suiets. Que si quelque Prince estranger ne cesse de vous faire peine, ou d'incommoder les vostres iniustement & contre les traitez d'alliance, demandez en doucement la raison, & mettez autant que vous pourrez le tort de son costé. S'il ne se rend point aux offres que vous luy faites pour honnestes & raisonnables qu'elles soient, & s'il continue à exercer les actes d'hostilité, lors pour dernier refuge, & remettant au Roy des Rois le discernement de vostre cause, declarez la guerre ouuertement à vostre ennemy; neantmoins le plus honorablement que vous pourrez. Ie ne m'arresteray point à vous enseigner icy l'art de la guerre, qui est amplement traicté par plusieurs; d'autant qu'elle s'apprend mieux par l'exercice que par l'estude. Ie vous diray seulemẽt en peu de mots ce qui suit. Premierement, que la iustice de vostre cause soit vostre plus grande force, apportez toute l'industrie possible pour appuyer vostre party; ne vous addressez point aux deuins & aux faux Prophetes pour sçauoir l'euenement de vostre guerre, vous souuenant de la fin malheureuse de Saül; bannissez plustost des pays de vostre obeissance les personnes de cette qualité, comme Dieu le commande expressement. Ne commettez iamais la iustice de vostre cause au hazard du duel; car outre qu'en general tout duel semble contraire aux loix, veritablement il est beaucoup moins permis aux Princes, lesquels ne peuuent pas disposer libremẽt de leurs personnes, puisqu'elles sont publiques. Donc auant que d'entreprendre vne guerre, preuoyez, comme nostre Seigneur dit en vn mot, à tout ce qui est necessaire pour la supporter & la continuer iusques au bout, & vous souuenez que l'argent en est le nerf: faites choix de vieux Capitaines qui soient experimentez au faict de la guerre, & de

PRESENT ROYAL DE IACQVES I. ROY D'ANGL. AV PRINCE HENRY SON FILS.

PRESENT ROYAL DE IACQVES I. ROY D'ANGL. AV PRINCE HENRY SON FILS.

ieunes soldats qui soient courageux. Soyez seuere en l'obseruation de la discipline militaire, tant pour l'ordre qui y est necessaire à l'égal de la valeur, que pour la punition des lasches, lesquels dans vne occasion peuuent mettre vne florissante armée en peril. Pour vostre personne, il faut que vous soyez vigilant, actif, & laborieux. Prenez tousiours aduis des plus experimentez en cecy comme en tout le reste de vos affaires. Soyez doux & facile à vos soldats : c'est le principal moyen de gagner les cœurs & les volontez. Soyez liberal au delà mesme des bornes, la guerre n'est pas vn temps d'espargne. Soyez prudent & froid à entreprendre, ferme & resolu dans les desseins que vous aurez bien pris, prompt & vif dans l'execution. Fortifiez bien vostre camp & n'assaillez point sans vn euident aduantage, mais qu'il ne se remarque en vous ny temerité ny crainte. Seruez vous de ruses & de stratagemes le plus que vous pourrez : ils font de grands effects, quand le dessein en est ingenieux, bien pris & secret. Il faut aussi par fois brauement hazarder vostre personne au combat : mais ayant fait preuue de voſtre courage & acquis la reputation d'vn vaillant Prince, ne vous mettez plus à tous les iours, & ne vous expoſez plus mal à propos, comme vn ſimple ſoldat: vous deuez pluſtoſt vous garder pour le bien de voſtre Eſtat, lequel vous doit eſtre plus conſiderable que vous meſme. Que s'il faut eſtre froid & retenu pour entreprendre vne guerre, il ne faut pas l'eſtre moins à faire la paix. Auant que de conclure prenez garde que la iuſtice de voſtre cauſe ne ſoit point démentie par les traictez, & que le tort que vous pretendez ſoit reparé: car vne guerre honorable & iuſte vaut mieux, qu'vne paix accompagnée de honte & ſuiuie de dommage.

PRESENT ROYAL DE IACQVES I. ROY D'ANGL. AV PRINCE HENRY SON FILS.

Pour l'exemple que vous deuez à vos ſuiets, il conſiſte en deux points; en la ſage conduite de voſtre Cour, laquelle doit eſtre vn ſeminaire de gens vertueux; & aux belles qualitez de voſtre entendement, leſquelles vous deuez produire au dehors ſans les tenir priſonnieres.

Pour voſtre Cour, Dauid vous en donne le modele en l'vn de ſes Pſeaumes. Sur quoy vous deuez remarquer que voſtre

PRESENT ROYAL DE IACQVES I. ROY D'ANGL. AV PRINCE HENRY SON FILS.

gouuernement sur vostre suite & sur vos domestiques est œconomique & politique tout ensemble : partant si vous deuez auoir vn soin tres-exact de tous vos peuples, vous en deuez encore auoir dauantage pour ceux de vostre maison. Defait il est certain, que tout le monde se reglera sur vos courtisans : si l'vn d'eux obtient la grace d'vn crime qu'il aura commis, ce pardon seruira d'excuse pour tous les autres ; de sorte que ce n'est pas assez d'vser de prudence au choix des officiers & des seruiteurs de vostre maison, si vous ne pensez encore à les regler & à les bien conduire. Ce mot est commun & antique mais veritable, que d'vn butor, on ne peut faire vn espreuier, ny d'vne rosse vn bon cheual : car bien que l'education & la compagnie semblent ayder à la nature, toutefois il est impossible qu'vn meschant arbre donne vn bon fruit. Il faut donc prendre garde, & de prés, au choix de vos seruiteurs & de vos domestiques. Vn Poëte remarque fort à propos, qu'

Il vaut mieux n'auoir point vn homme pour amy,
Que d'estre aprés contraint d'en faire vn ennemy.

De fait il y a de certaines raisons qui nous permettent bien de n'accepter pas l'amitié de quelques vns & de leur refuser l'entrée, lesquelles ne sont pas suffisantes pour les mettre dehors quand ils sont vne fois admis. Vostre suite est composée de ieunes Gentils-hommes, qui sont vos pages; ou de personnes d'vn aage plus meur, qui sont employez au tour de vostre personne. Pour les premiers vous ne pouuez mieux faire que de les prendre & de les choisir dans les familles dont vous sçauez que la race est bonne. Car bien que nostre ame ne soit point engendrée mais infuse, toutefois le plus souuent le vice & la vertu passent des peres aux enfans, comme vn heritage qui se perpetuë, & fait souche dans la famille; & les maladies de l'esprit se coulent dans les races, comme celles du corps: sur tout faites électiō des enfans dont les peres & les ayeuls ne soient point entachez de crimes, principalement de rebellion, & de leze-Maiesté. Pour les autres qui vous doiuent suiure ou accompagner, auisez premierement qu'ils ayent bonne reputation; du moins qu'ils n'en ayent pas vne mauuaise; car le peu-

PRESENT ROYAL DE IACQVES I. ROY D'ANGL. AV PRINCE HENRY SON FILS.

PRESENT ROYAL DE IACQVES I. ROY D'ANGL. AV PRINCE HENRY SON FILS.

ple qui ne void pas au dedans de vous mesme, & qui ne peut iuger de l'interieur de vostre ame que par l'exterieur de vos actions & par l'exemple de vostre suite, obiet vnique de sa veuë & suiet de ses discours, ne manqueroit pas d'en porter des iugements tres sinistres. Secondement qu'ils soient doüez des qualitez requises pour bien exercer les charges dont vous les voulez honorer, afin que vostre prudence paroisse mesme dans ce choix. En vn mot faites ce que dit le Psalmiste royal, iettez les yeux sur les plus accomplis du royaume, pour les approcher de vostre personne.

Ie ne veux pas oublier icy de vous commander que vous reteniez auprés de vous ceux qui m'ont seruy fidelement, & qui son encore en aage. Recompensez les autres qui ont fait leur temps, & preferez leurs enfans quand vous ferez vostre maison. Par ce moyen vous serez non seulement bien seruy, mais aussi vous témoignerez l'affection & le respect que vous me portez, & vous participerez aux benedictions de mes vieux seruiteurs, lesquels regretteront moins la perte qu'ils auront fait en moy, s'ils s'ils en trouuent le remplacement en vous. Au contraire leurs mescontentements vous pourroient beaucoup nuire ; employez les donc lors que Dieu m'appellera, & donnez à vostre pere ce témoignage de vostre recognoissance. Fiez vous plustost à ceux desquels la fidelité m'est plus cogneuë, sans les discerner par le bien que ie leur ay fait ; car les recompenses, qui sont partie des biens de fortune, sont suietes à la fortune ; mais par la confiance que i'auois en eux. Parce que i'ay souuent eu plus de bonne volonté que de bonheur à recognoistre leurs seruices. Et comme ie desire que vous continuiez vostre bienueillance à mes amis, aussi ie veux que vous teniez mes ennemis loin de vous, ne restablissant point les bannis, ny ceux dont les biens sont confisquez pour attentats contre ma personne, ou autres crimes de leze-Maiesté. Si vous faites autrement, vous ferez paroistre vne grande legereté d'esprit, & beaucoup de mespris de vostre pere & de ses enseignements. Pour reuenir au choix de vos seruiteurs, si vous suiuez les preceptes que ie vous donne, vous euiterez vne infinité d'inconue-

PRESENT ROYAL DE IACQVES I. ROY D'ANGL. AV PRINCE HENRY SON FILS.

PRESENT ROYAL DE IACQVES I. ROY D'ANGL. AV PRINCE HENRY SON FILS.

nients qui me sont arriuez pendant ma minorité : car ceux qui auoient pour lors authorité auprés de ma personne me donnoient des gens à leur poste, considerant plustost leur vtilité que mon seruice. Soyez donc sage par mon exemple, & suiuez les regles que ie vous donne, receuez & retenez ceux que ie vous recommande par la consideration de vostre seruice, & non par celle de l'auantage d'autruy : & puisque vous deuez estre le pere commun de tous vos suiets, choisissez vos Officiers indifferemment de tous les pays & de toutes les terres de vostre obeïssance, & considerez en cela le merite & la capacité des personnes que vous deuez employer, sans rien donner à l'humeur ou à la recommandation d'autruy. Ces regles sont principalement pour les grandes charges, & pour les offices de la Couronne ; car pour les moindres il n'y va que de vostre interest particulier, mais les autres regardent vostre peuple, dont vous estes responsable deuant Dieu. Remplissez donc toutes ces charges de gens cogneus, sages, prudents, entendus au maniement des affaires que vous leur mettrez entre les mains, & qui ne ſoient point factieux, ny turbulents, ny flateurs. Car ſi dans la premiere partie de ce diſcours ie vous aduertis de vous garder de la flaterie interieure, nommée amour de ſoy-meſme par les Grecs, combien deuez vous plus eſtre en garde contre les flateurs de dehors, qui ne ſçauroient iamais eſtre ſi proches de nous que nous meſmes, & qui vous debitant leurs vaines & trompeuſes denrées, taſchent à faire leur fortune à vos dépens & à baſtir leur grandeur ſur vos ruines? Mais particulierement ayez l'œil ſur les Officiers de vos finances, prenez des gens de bien & de moyenne qualité, pourueu qu'ils ſoient ſoluables. Ie dis expreſſement de mediocre condition, afin que quand il vous plaira qu'ils rendent conte, cela ſe puiſſe faire ſans peril, ſans troubler l'Eſtat, & ſans retarder le cours des affaires. Il eſt arriué de grands deſordres en mon Royaume ſur le faict des finances pendant mon regne, pour auoir manqué à cette obſeruation.

Present Royal de Iacques I. Roy d'Angl. au Prince Henry son Fils.

Pour la direction de vos domeſtiques, faites vous ponctuellement obeir, car comment ſerez vous obey de loin, ſi vous

Present Royal de Iacqves I. Roy d'Angl. av Prince Henry son Fils.

n'estes pas obey de prés & en vostre maison: & sçachez que les desobeïssances doiuent estre plus seuerement punies dans vn des vostres, que sur quelque autre que ce soit de vos suiets. Sur tout empeschez que sous le titre du credit que vous donnez à quelqu'vn, les autres ne soient gourmandez & le peuple foulé. Vsez de familiarité auec eux, comme vous iugerez que meritent leurs deportements, & que leur naturel le peut porter. Tenez vn homme querelleux pour vne peste en vostre suite: approchez de vous les personnes dans qui vous aurez conneu le plus de douceur, de modestie & de fidelité, principalement pour le seruice de vostre chambre & de vostre cabinet. Que vos domestiques ne se meslent point des affaires d'autruy, qu'ils ne cognoissent point d'autre maistre ny d'autre pere que vous, comme les Ianissaires, & qu'ils n'affectionnent autre seruice que le vostre. Que si quelqu'vn s'entremet des affaires de ses parents ou de ses amis, donnez luy son congé; car comme il ne vous est pas seant de faire ligue auec vn particulier ou auec quelque famille, puis que vous deuez estre égal

PRESENT ROYAL DE IACQVES I. ROY D'ANGL. AV PRINCE HENRY SON FILS.

à tous; de mesme vous ne deuez point estre suiuy ny seruy par des gens factieux ou partiaux. Accoustumez les à obeir sans controller vos commandements par vne bonne opinion de leur suffisance: & comme vous ne deuez point espargner de vous en défaire, quand ils seront en faute; de mesme vous ne deuez point les changer sans connoissance de cause. Traittez les comme vos autres suiets, par chastiments & par recompenses, comme ils auront merité; ces deux choses sont le fondement d'vn bon regne & d'vn bon gouuernement; employez chacun en son office & selon sa capacité. Cherissez principalement ceux qui ont le plus de franchise, & qui ne vous déguisent point la verité en faueur de leurs amis; ne souffrez ny les médisants ny les calomniateurs qui n'osent parler en la presence de celuy qu'ils accusent : entretenez vos gens dans vne bonne amitié & dans vne intelligence parfaite : en vn mot logez la paix en vostre Cour, chassez l'enuie, cherissez la modestie, bannissez la desbauche & l'insolence, releuez l'humilité & rabaissez l'orgueil, & mettez en toutes les parties de vostre mai-

PRESENT ROYAL DE IACQVES I. ROY D'ANGL. AV PRINCE HENRY SON FILS.

ſon vn ſi bel ordre, que les eſtrangers deſquels vous ſerez viſité remarquent voſtre ſoin & admirent voſtre ſageſſe ; comme la Reine de Saba, celle de Salomon.

Mais le premier & le principal bon-heur de voſtre vie conſiſte dans le choix que vous ferez d'vne ſage & vertueuſe femme pour voſtre compagne; car c'eſt elle qui doit vous toucher de plus prés, puiſqu'elle ſera chair de voſtre chair & os de vos os, comme Adam diſoit de la ſienne : & d'autant que ie ne puis pas ſçauoir ſi Dieu ne m'appellera point auant que vous ſoyez marié ou preſt à l'eſtre, ie vous en diray icy mon aduis en peu de mots.

Conſiderez premierement que le mariage eſt le plus grand bien ou le plus grand mal qui nous arriue en noſtre vie, ſelon qu'il plaiſt à Dieu y mettre la main ou en oſter ſa benediction : partant puiſque vous ne pouuez ſans la grace du Ciel eſperer vn bon ſuccez en cette affaire, c'eſt à vous à demander par vos prieres le don de diſcernement, & d'apporter de voſtre coſté tout le ſoin que vous pourrez, afin d'vſer par aprés comme il faut du choix que vous aurez fait. Cependant gardez vostre corps net & chaste pour le donner à vostre femme qui seule y a droit; car vous n'auriez pas raison de souhaiter vne épouse vierge si vous auiez l'ame & le corps souillez. Pourquoy vne moitié seroit-elle nette, l'autre ne l'estant pas? Ie sçay bien que la pluspart du monde, & principalement les Grands ne tiennent la fornication que pour vn peché veniel; mais apprenez par la bouche de sainct Paul, la qualité de ce crime, lors qu'il prononce que le charnel & l'adultere n'heriteront point le Royaume des Cieux; & par celle de saint Iean, lequel met ce peché entre les offenses qui bannissent l'homme de la Ierusalem celeste, qui est l'Eglise. Que si nous entreprenons vne fois de tenir peu de conte des choses que Dieu dit luy déplaire griefuement, & si nous appellons peché veniel ce que Dieu nomme peché mortel, mesurant les pechez à nos passions sans ouyr nostre conscience; qui nous empeschera consequemment d'en faire autant de tous ceux ausquels nostre naturel corrompu nous portera, la raison estant égale pour tous? Et d'autant que les exemples domestiques tou-

Present Royal de Iacques I. Roy d'Angl. av Prince Henry son Fils.

PRESENT ROYAL DE IACQVES I. ROY D'ANGL. AV PRINCE HENRY SON FILS.

chent naturellement dauantage, repreſentez vous ſeulement la difference du ſuccez que Dieu a donné au mariage du Roy mon ayeul & au mien, car la peine de ſon incontinence, laquelle ne venoit que de ſa mauuaiſe education, fut vne mort ſoudaine du pere & de ſes deux fils tout à la fois, de ſorte qu'il ne reſta qu'vne fille pour luy ſucceder. N'eſtoit-ce pas laiſſer aprés ſoy vn double malheur au pays en vne ſeule perſonne; vne fille en bas aage, & par conſequent incapable du gouuernement. Pour ce qui me touche en ce point, vous mon fils, & nos plus proches peuuẽt Dieu mercy bien témoigner la grace que i'ay receuë du Ciel pour la continence & les bons effects qui en ſont enſuiuis; & i'eſpere que le meſme Dieu par ſon infinie bonté augmentera cette grace en moy pour la continuer encore aprés en ma poſterité : car les liberalitez du Ciel ne ſont iamais corrompuës par le repentir. N'ayez donc point de honte de garder la pureté de voſtre corps, lequel eſt nommé par l'Eſcriture le temple du Saint Eſprit, nonobſtant tous les attraits & les tentations contraires, & diſcernez le vice de la ver-

vertu par les qualitez qui sont naturelles à l'vn & à l'autre, & principalement par ce que le Saint Esprit nous enseigne dans l'Escriture, plustost que par l'opinion que les hommes en ont communement. Ie reuiens à vôtre mariage pour vous representer en premier lieu les trois fins principales pourquoy le mariage est ordonné, & les autres qui sont comme accessoires. Les trois fins principales sont pour lier & arrester la concupiscence, pour auoir lignée, & afin que l'homme ait vne ayde semblable à soy. Vous ne deuez donc pas attendre à vous marier que vous soyez en aage parfait, puisque le mariage est vn remede à la sensualité; au contraire les Roys s'y doiuent resoudre de bonne heure pour le bien & pour l'vtilité de leurs Estats : ny pour aucune consideration épouser vne femme hors d'aage, ou sterile par nature ou par accident. Cette faute seroit double pour vn Prince, & le dommage tomberoit non seulement sur luy, mais encore sur les siens. C'est encore pis d'en prendre vne mal nourrie & décriée, puisque Dieu nous donne la femme pour ayde & non pas pour nous empescher. Les trois

PRESENT ROYAL DE IACQVES I. ROY D'ANGL. AV PRINCE HENRY SON FILS.

Present Royal de Iacqves I. Roy d'Angl. av Prince Henry son Fils.

autres motifs sont la beauté, les richesses & les alliances, que ie mets encore entre les benedictions de Dieu. Car la beauté fomente l'amitié du mary vers sa femme, de sorte que s'en tenant pour content, il n'en recherche point d'autres: ses biens & ses alliances rendent encore le soulagement qu'elle nous apporte plus vtile & plus fort. Mais si vous faites vostre fin principale de ces legeres considerations, comme il arriue à plusieurs, vne chose bonne de soy tournera sans doute à vostre malheur; car à quoy la beauté, les alliances & les biens, si vous auez vne humeur déraisonnable pour compagne inseparable de vôtre lit & de vostre vie? que si ce malheur vous arriuoit, il seroit trop tard de s'apperceuoir que la beauté sans la bonté, les biens sans la sagesse, & l'alliance sans la vertu ne sont que de faux visages, & des apparences pleines de tromperie, qui traisnent aprés elles vne infinité de malheurs. C'est pourquoy vous deuez particulierement auoir égard aux principaux motifs de l'institution de ce Sacrement, & les autres choses ne manqueront pas de vous estre adioustées.

Ce qui me fait desirer que vous en preniez vne qui soit entierement de mesme religion que vous, si vous trouuez vn party sortable à vostre qualité. Car comment pourriez vous entretenir cette vnion & cette amitié necessaire dans le mariage auec vne femme de religion contraire. La diuersité de religions apporte auec soy la diuersité de mœurs, la diuision de vos pasteurs & de vos gens causeroit celle de vos suiets, & vos enfans dans ces troubles & dans ces confusions ne pourroient iamais estre bien instruits. Car ne presumez pas de pouuoir tousiours manier & reduire vne femme à vos mœurs: Salomon s'y trompa, & ce Roy le plus sage des Roys se laissa mener par les femmes: Defait le don de perseuerance ne vient pas de nous, mais de la diuine bonté. Enfin prenez garde que vostre femme n'ait point de maladies hereditaires, de l'ame ou du corps; car puisqu'on tasche bien d'auoir des chiens & des cheuaux de bonne race; à plus forte raison doit on apporter du soin, où il va de la generation des hommes, qui doiuent naistre pour commander aux autres. Ayez donc égard en vostre choix à la

PRESENT ROYAL DE IACQVES I. ROY D'ANGL. AV PRINCE HENRY SON FILS.

PRESENT ROYAL DE IACQVES I. ROY D'ANGL. AV PRINCE HENRY SON FILS.

conſcience, à l'honneur, au bien, & à la ſanté de vos ſucceſſeurs. Eſtant marié gardez inuiolablement la promeſſe que vous auez faite à Dieu : cette promeſſe conſiſte à faire vne choſe, & à s'abſtenir d'vne autre ; de traicter voſtre femme en toutes choſes comme la moitié de vous meſme, & de ne faire part de voſtre corps à aucune autre ; car à vray dire il n'eſt plus à vous, mais à elle. Ie m'aſſeure qu'il ſeroit inutile de m'arreſter icy dauantage pour vous faire hayr l'adultere : ſouuenez vous ſeulement du ferment ſolemnel que vous faites en vous mariant ; puiſque c'eſt en vertu de cette obligation mutuelle que vos enfans ſont habiles à ſucceder, la raiſon & l'equité veulent que vous l'obſeruiez auſſi bien de voſtre part, comme vous voulez que voſtre femme l'obſerue. Dieu vange la perfidie, & ne penſez pas qu'vn ferment qui rend des enfans capables d'heriter d'vn grand Royaume ſe faſſe en ioüant & en l'air. Que l'exemple du Roy mon ayeul vous ſerue de leçon, bien que d'ailleurs il fuſt orné de grandes vertus, il a neantmoins par cette faute cauſé la ruine de ſa fille & vnique heritiere,

PRESENT ROYAL DE IACQVES I. ROY D'ANGL. AV PRINCE HENRY SON FILS.

mettant au monde ce bastard, qui par sa reuolte a perdu sa sœur & sa dame souueraine. Bothuel issu de la mesme race peut encore fournir vn autre exemple, & ses attentats font foy du fruit qu'apporte l'adultere. Tenez donc exactement la promesse que vous ferez en vous mariant, autant que vous desirez participer aux benedictions qui suiuent cet admirable sacrement. Pour la maniere de viure auec vne femme, l'Escriture sainte vous en donne elle mesme les preceptes; cherissez la comme vous mesme, commandez luy comme superieur, caressez la comme compagne, gouuernez la comme pupille, & luy complaisez en toutes choses raisonnables. Vous estes le chef, elle est le corps; vostre charge est de luy commander, la sienne de vous obeïr; toutefois il faut que les commandements que vous luy ferez soient assaisonnez de douceur, afin qu'elle soit aussi prompte à les executer, que vous à les donner, & aussi preste à vous suiure, que vous à luy monstrer le chemin; & que vostre amour soit tout en elle, & reciproquement toutes ses affections portées à n'auoir point d'autres volontez

PRESENT ROYAL DE IACQVES I. ROY D'ANGL. AV PRINCE HENRY SON FILS.

que les vostres. En vn mot obseruez icy trois regles. Premierement, exemptez la du soin des affaires d'Estat, donnez luy toûiours vne sage & honneste compagnie de son sexe, ne soyez iamais en colere tous deux à la fois; mais si vous la voyez faschée, moderez le premier vostre colere pour appaiser la sienne. Car quand vous serez remis, vous iugerez mieux de ses fautes; & elle se trouuera plus capable de receuoir vos aduertissements, quand elle sera reuenuë à soy-mesme.

Si Dieu vous donne des enfans, ayez soin de leur education & cherissez les tendrement; mais qu'ils ne le sçachent pas, sinon autant que leur bon naturel le permettra. C'est le moyen de les retenir dans la crainte & dans la reuerence que les enfans doiuent à leur pere. Que l'aisné soit vostre heritier vniuersel, & que les puisnez se contentent de leurs apannages. Mais si le Ciel ne vous en donne point, laissez le droict au premier Prince de vostre sang, quelque opinion que vous ayez de luy; car les Royaumes sont en la main de Dieu, duquel nous ne les tenons que par vsufruit; il n'est permis ny à nous ny aux peuples d'en deposseder le legitime successeur.

PRESENT ROYAL DE IACQVES I. ROY D'ANGL. AV PRINCE HENRY SON FILS.

Ie ne m'arresteray point icy à vous discourir des quatre principales vertus de la Morale, c'est vne leçon ordinaire & commune; mais en vn mot ie vous diray, faites que la temperance regne sur les trois autres, & qu'elle commande sur vos actions & sur toute vostre ame; non pas seulement, comme l'entend le vulgaire, par la moderation du goust & de l'attouchement; mais encore par le reglement de toutes vos passions. Pour la iustice, il faut la rendre auec temperament; en sorte qu'elle ne ressente rien de la tyrannie. Car vne iustice rigoureuse est vne espece d'iniustice: par exemple, si vn homme de bien, tenu & recogneu pour tel, se trouue attaqué par des voleurs desia cogneus pour gens de mauuaise vie, & qu'en se defendant il en tuë l'vn, doit-il mourir sous ombre que ces voleurs n'ont point auparauant esté repris de iustice, ou qu'il n'y a point de témoins oculaires qui puissent deposer au vray qu'ils ont esté les aggresseurs? de mesme par les loix de ce pays tant dans les villes qu'à la campagne, il y a de-

PRESENT ROYAL DE IACQVES I. ROY D'ANGL. AV PRINCE HENRY SON FILS.

fenses tres-expresses & sous grosses amendes, de faire aucun dommage à son prochain soit en sa personne ou en ses biens. Si donc vn cheual rompt son licol & va paistre dans le pré du voisin, le maistre doit-il porter vne amende de trois ou quatre mille liures, ou des dommages & interests ? il n'y auroit point d'apparence ny d'equité, car les loix sont comme des regles pour viure doucement & paisiblement les vns auec les autres, non pas comme des pieges pour attraper & surprendre les pauures suiets. Il faut donc interpreter la loy non pas sur la lettre, mais par la raison qui en est l'ame.

I'en dis autant de la clemence, de la magnanimité, de la constance, de l'affabilité, de la liberalité & des autres : car la vertu consiste en la mediocrité, & c'est vne ruse du Diable de donner vne autre couleur & vn autre nom aux vices qui semblent respondre à chacune de ces vertus. Prenez le milieu & fuyez les extremitez, c'est à dire l'excés & le defaut, car elles aboutissent au mesme point, bien qu'elles semblẽt estre contraires, & sont enfin aussi vitieuses l'vne que l'autre : de fait quelle difference entre vne extreme tyrannie,

nie, laquelle se plaist à la ruine des hommes, & vne extreme paresse à punir ceux qui tyrannisent leurs compagnons; entre vne extreme prodigalité qui gaste tout pour n'auoir rien, & vne extreme auarice qui cache tout pour ne ioüir de rien; entre l'arrogance de ceux qui s'esleuent superbement sur leurs égaux, & l'humilité affectée des autres qui veulent que tous les hommes soient de mesme condition, & crient neantmoins que nous sommes les enfans de la terre & la pasture des vers, voulant par ces principes deuenir les iuges de leurs Roys, & leur prescrire les regles de leur administration, sans pouuoir souffrir d'estre iugez de personne. Certainement il y a plus d'orgueil caché sous ce petit bõnet, que sous le diademe d'Alexandre; comme Diogene a dit autrefois.

PRESENT ROYAL DE IACQVES I. ROY D'ANGL. AV PRINCE HENRY SON FILS.

Sur tout apprenez exactement le deuoir de vostre charge, qui est de bien regner. Precepte par lequel i'entens que vous appreniez toutes les sciences, car si vous ne les sçauez toutes, comment en pourrez vous iuger, ce qui est proprement vostre deuoir? Il faut donc, outre le suiet principal de vôtre education, que vous preniez plaisir à la

PRESENT ROYAL DE IACQVES I. ROY D'ANGL. AV PRINCE HENRY SON FILS.

lecture & cognoissance de toutes les choses qui sont honnestes ; mais auec ces deux conditions, que vous n'y emploiyez que les heures perduës, & non pas celles que vous deuez à vostre charge. En second lieu, que cette estude ne tende pas à vous acquerir vne simple cognoissance des choses, mais que vostre but principal soit de vous rendre capable pour faire bien vostre deuoir, mettant en pratique ce que vous aurez appris ; & ne faisant pas comme les Astrologues, qui s'estudient iour & nuit aux planetes sans autre dessein que pour en sçauoir le cours & contenter leur curiosité. Mais puisque toutes les sciences & tous les arts sont liez l'vn à l'autre, comme les anneaux d'vne chaine, parce que leurs principes conuiennent pour la pluspart, ce qui fit dire aux Poëtes que les neuf Muses estoient sœurs, ie vous conseille de les cherir toutes ; afin que de leur harmonie, vous puissiez tirer vne cognoissance vtile à vous former le iugement. La science est vn fardeau leger, & sa pesanteur ne vous foulera point les espaules.

Auant toute choses rendez vous l'Escriture saincte familiere, non seulement pour y apprendre les voyes de ſalut, mais auſſi pour ſçauoir mieux retenir vos Eccleſiaſtiques dans les bornes de leur deuoir; prenant garde d'ailleurs qu'en leurs ſermons & harangues publiques, ils ne ſortent hors de leurs textes, & ne ſouffrant point, ſi vous aymez le repos de voſtre Eſtat, qu'ils parlent d'affaires politiques en leurs chaires. Que ſi quelqu'vn l'entreprend contre vos defenſes, faites en auſſi toſt vn exemple : neantmoins ne procedez point contre eux, ſi vous n'auez vn iuſte & legitime ſuiet. Ne diſputez point auſſi contre eux, car ils n'ont pas coûtume de ſe rendre, & ie m'y ſuis autrefois trop rompu la teſte. Ne leur permettez point de faire des aſſemblées ſans voſtre expreſſe permiſſion. Aprés les Eſcritures ſçachez les loix du pays: car comment iugerez vous des choſes que vous n'entendez point? Trauaillez au retranchement des procez, la longueur ne ſert qu'à les embroüiller dauantage, & la plus courte procedure eſt touſiours la meilleure & la plus ſeure : le contraire n'eſt bon que pour enrichir les chicaneurs de la ruine des pauures parties. Deſcendez quelquesfois pour cét effet

PRESENT ROYAL DE IACQVES I. ROY D'ANGL. AV PRINCE HENRY SON FILS.

PRESENT ROYAL DE IACQVES I. ROY D'ANGL. AV PRINCE HENRY SON FILS.

en vos Cours ſouueraines & autres ſieges de iuſtice, & ayez l'œil à ce qu'il ne ſe faſſe rien qui ſente la concuſſion, laquelle ne peut eſtre punie trop rigoureuſement. Allez y par fois auſſi pour fauoriſer de voſtre preſence l'expedition de ceux que vous affectionnez: ce qui ſe doit principalement pratiquer à l'égard des pauures, qui n'ont pas moyen de faire vne longue pourſuite, ou qui ſont trauaillez par les riches & trauerſez par de trop fortes parties. Apprenez à diſcerner prudemment la iuſtice de l'equité, & ne commettez pas la faute du ieune Cyrus, donnant au plus grand homme le plus grand habit bien qu'il ne luy appartienne pas: car la iuſtice rend à chacun ce qui luy appartient en vertu de la Loy; & l'equité dans les choſes arbitraires donne à chacun ce qui luy eſt bien ſeant.

Aſſiſtez ordinairement en voſtre Conſeil d'Eſtat & priué, qui eſt principalement eſtably pour reſoudre les affaires publiques, & reprimer l'inſolence des grands enuers les petits. En cette ſeance faites iuger les affaires le plus ſommairement que faire ſe pourra: que les parties y ſoient ouyes ſans aduocats,

&ne vous lassez pas vous mesme d'entendre les plaintes des affligez, ou bien cessez d'estre Roy. Renuoyez chaque affaire à sa iurisdiction ordinaire, pour éuiter la confusion; mais sçachez que c'est la premiere partie de vostre charge, d'auoir l'œil à ce que chacun fasse la sienne.

PRESENT ROYAL DE IACQVES I. ROY D'ANGL. AV PRINCE HENRY SON FILS.

Aprés les loix, ie desire que vous lisiez diligemment les histoires de toutes les nations, sur tout de la vostre; afin que vous ne soyez pas estranger chez vous mesme; car les exemples qui y sont rapportez vous touchent de plus prés qu'à nul autre. Ie n'entens pas de ces histoires pleines de fiel & d'inuectiues, ny de ces libelles diffamatoires qui ne se doiuent ny lire ny garder par vos suiets, sous grosses peines que vous y mettrez. Car en ce point ie veux que comme disciple de Pythagore, vous croiyez que les ames de ces boutefeux sont passées en ceux qui gardent leurs escrits, & qui soustiennent leurs opinions. Or en lisant les histoires les plus authentiques des pays & des nations estrangeres, taschez d'acquerir l'experience par la theorie, & d'appliquer les choses passées aux presentes. Il n'y a rien de nou-

PRESENT ROYAL DE IACQVES I. ROY D'ANGL. AV PRINCE HENRY SON FILS.

ueau ſous le Soleil, & la reuolution des choſes eſt perpetuelle, à cauſe de la rondeur & du mouuement circulaire du Ciel, dont l'influence gouuerne ce monde: & cela eſt repreſenté par les rouës de la viſion d'Ezechiel, & par les Poëtes en la rouë de fortune. Cette meſme cognoiſſance des hiſtoires vous inſtruira comment vous aurez à traiƈter auec les Ambaſſadeurs & auec les autres eſtrangers, & vous rendra capable de diſcourir auec eux des affaires de leurs pays & de leurs Republiques. Mais parmy toutes les hiſtoires profanes ie vous recommande tres-particulierement les memoires de Iules-Ceſar, tant pour la douceur & la beauté de ſon ſtyle que pour le merite du ſuiet. Car i'ay touſiours eu cette opinion, qu'entre les Princes Payens, & les plus grands Capitaines de l'antiquité, Ceſar eſt le premier, ſoit pour l'experience, ſoit pour les beaux enſeignements de l'art militaire. Quant aux autres ſciences & arts liberaux, c'eſt aſſez d'vn ſçauoir mediocre: ſi vous les vouliez pouſſer trop auant, cela vous diuertiroit des affaires de voſtre vocation, & ne vous acquerroit guere de gloire ny de reputation dans l'eſprit de voſtre peuple, qui attend de vous des choſes plus grandes & plus vtiles. I'aduouë neantmoins qu'il vous eſt bien ſeant d'auoir quelque teinture des Mathematiques à cauſe de la guerre, pour l'aſſiette d'vn camp, l'ordonnance d'vne bataille, le ſiege d'vne place, la forme des batteries, la maniere de fortifier, & les autres points de l'art militaire.

PRESENT ROYAL DE IACQVES I. ROY D'ANGL. AV PRINCE HENRY SON FILS.

Soyez veritablement genereux, & ſçachez que les vengeances ne partent iamais de la grandeur du courage, quelque opinion que le monde ayt du contraire. Eſtimez celuy qui vous offenſe indigne de vôtre colere; car vous aurez plus de gloire à ſurmonter vos paſſions & à triompher de vous meſme, meſnageant voſtre colere & voſtre courage pour venger vos bons ſuiets des iniures & des oppreſſions qui leur ſont faites par les meſchants, & pour repouſſer vos ennemis par vne iuſte guerre, qu'à vous animer & à perdre le repos de voſtre eſprit pour vne choſe qui à voſtre eſgard n'eſt pas conſiderable. Cheriſſez la veritable humilité, banniſſez l'orgueil de voſtre teſte, non ſeulement à l'eſgard de Dieu, mais encore à l'endroit de vos pere & mere & de voſtre

PRESENT ROYAL DE IACQVES I. ROY D'ANGL. AV PRINCE HENRY SON FILS.

prochain: & s'il arriue que vostre mere me suruiue, honorez la autant que vous desirez participer à mes benedictions. Faites seoir Bersabée à la main droite de vostre thrône, gardez de l'attrister, beaucoup plus de luy faire aucun tort; vous estes vne partie d'elle, puisque vous portant en ses flancs,

Elle a pendant dix mois enduré tant de peines.

comme disoit vn Poëte Latin en cas pareil. Ne faites point l'essay de vos armes contre elle, ainsi que font quelques ieunes Barons de ce pays, lors qu'ils se voyent sans pere. Taschez plustost de gagner & de mesnager ses bonnes graces, & ne vous laissez pas abuser à ceux qui se vantent de ne se mettre pas en peine des maledictions de leurs pere & mere, pourueu qu'ils ne les ayent pas meritées. Ne changez point l'ordre de la nature, en iugeant de ceux qui ont authorité sur vous, mais croyez plustost que les maledictions ou benedictions des peres & des meres portent coup & sont souuent suiuies de leurs effects; & quand ce ne seroit que pour prolonger vos iours sur la terre, ainsi que Dieu le promet en sa Loy, cela doit suffire pour vous persuader de leur rendre

dre tout honneur, & de respecter ceux qui ont authorité sur vous, comme vos Gouuerneurs, vos Maistres, & vos Precepteurs.

PRESENT ROYAL DE IACQVES I. ROY D'ANGL. AV PRINCE HENRY SON FILS.

Mais d'autre part que cette douceur & debonnaireté n'arreste pas vostre iuste courroux contre les Tyrans & les oppresseurs des pauures: que s'ils employent les loix pour continuer leurs inhumanitez & leurs insolences comme font plusieurs, de sorte que vous n'y puissiez donner ordre par la iustice, faites le par les éloignements & les disgraces, rebutez leurs demandes, & payez leurs violences, comme enseigne la parabole de l'Euangile. Ayez vne veritable constance non seulement à vouloir du bien aux honnestes gens, mais aussi à supporter les aduersitez. Ce n'est pas que ie vous conseille l'insensible stupidité des Stoïques, par l'imitation desquels plusieurs de ce temps taschent d'acquerir de la reputation, bien que leurs mœurs démentent leur philosophie: mais comme vous n'estes pas de marbre pour estre insensible aux afflictions, aussi ne faut-il pas que leur sentiment surmonte & maistrise tellement vostre esprit, que vous soyez incapable de prendre vne bonne resolution.

PRESENT ROYAL DE IACQVES I. ROY D'ANGL. AV PRINCE HENRY SON FILS.

Soyez veritablement liberal à recompenser les gens de bien, & à employer franchement vos richesses, principalement où il y va de vostre honneur & de vostre auantage, mais auec vne discretion si mesurée que chacun y participe selon son rang, selon son merite & selon son besoin, ne diminuez point le reuenu ordinaire de vostre Couronne: c'est le nerf & l'appuy de vostre puissance & de celle de vos successeurs, n'espuisez iamais la source de vos liberalitez, & faites que ce reuenu demeure saint & sacré, autrement vostre magnificence deuiendroit prodigue, si pour le donner aux vns & aux autres vous l'ostiez à ceux qui doiuent regner aprés vous. Sur tout ne vous enrichissez point par la voye des exactions, tenez les richesses de vostre peuple pour vostre plus beau tresor. C'est estre iniuste de tirer profit de la perte qu'on a causée à ses suiets, & de s'establir par leur affoiblissement, principalement si c'est à dessein. Que si la necessité d'vne guerre, ou quelque autre cause extraordinaire & legitime vous force d'imposer de nouueaux subsides, faites le, mais auec le plus de retenuë & le plus rarement que vous pourrez, employez les deniers qui seront leuez, aux affaires ausquelles ils sont destinez, & faites voir à vos suiets que vous estes bon ménager & fidele depositaire de leurs biens.

PRESENT ROYAL DE IACQVES I. ROY D'ANGL. AV PRINCE HENRY SON FILS.

Faites principalement reluire vostre sagesse à discerner les vrais & les faux rapports. En quoy il faut considerer l'humeur de l'accusateur & l'interest qu'il peut auoir au bien ou au mal de l'accusé, en suite la vray-semblance du suiet, & finalement la vie passée de celuy qui est blasmé. Si vous trouuez de la fausseté dans le rapport, éloignez promptement de vous son autheur; & bien qu'il soit vray qu'vn Prince indiscret ne fit iamais de choses fort releuées, neantmoins il vaut mieux quelquefois peser & considerer de prés vn aduis, que de nourrir vn mauuais soupçon contre vn honneste homme sur vne legere cognoissance; que si les accusez sont cogneus pour auoir desia commis des fautes signalées, le passé peut seruir de preuue.

Pour finir ce discours, faites, mon fils, que la vertu deuienne en vous vne habitude naturelle, & que vos suiets soient con-

PRESENT ROYAL DE IACQVES I. ROY D'ANGL. AV PRINCE HENRY SON FILS.

uiez par vostre exemple à la cherir & à detester le vice.

TROISIESME PARTIE.

Des deportements d'vn Roy dans les choses communes & indifferentes.

C'EST vn aduertissement bien ancien pour les Roys, qu'ils sont comme les acteurs d'vne tragedie, lesquels sont regardez de toute l'assistance, iusques aux moindres actions. Car le peuple qui ne voit le Prince que par l'apparence exterieure, iuge tousiours du dedans par les circonstances du dehors, & s'il recognoist en ses deportements quelque chose de leger ou de foible, il fait aussi tost des coniectures de ses intentions & de sa vie. Et bien qu'auec le temps qui est le pere de la verité, & par des effets contraires, ces ombrages viennent à s'éuanoüir; neantmoins cependant le iuste souffre, comme on dit, & ces preiugez causent quelquefois le mespris, & le mespris fait suiure la reuolte, la confusion, & la desobeïssance; outre que les actions exterieures des hommes ont vne certaine dépendance

& connexion auec le vice ou auec la vertu d'où elles procedent ; & comme il n'y a point de conuenance entre le bien & le mal, il n'y a point aussi de milieu, non plus qu'entre la recompense de l'vn & la peine de l'autre. Que vos actions & façons de faire seruent donc à mettre au iour & à faire paroistre les vertus de vostre ame, & les belles qualitez de vostre entendement.

PRESENT ROYAL DE IACQVES I. ROY D'ANGL. AV PRINCE HENRY SON FILS.

Or toutes les actions communes de l'homme consistent principalemẽt en deux points; ses deportements dans les choses qui sont absolument necessaires pour la vie, comme boire, manger, dormir, s'habiller, parler, escrire, & autres semblables : & la façon d'agir dans les choses qui, bien qu'elles ne soient pas si necessaires sont neantmoins de la bienseance; comme les ieux, les passe-temps, les exercices, & la frequentation des compagnies.

Premierement pour manger & boire, qui est l'vne des plus frequentes actions de la vie, & qui est mesme publique pour les Roys, il est certain que chacun prend attentiuement garde à la bonne grace, mais encore

PRESENT ROYAL DE IACQVES I. ROY D'ANGL. AV PRINCE HENRY SON FILS.

les eſtrangers plus particulierement. Il ne faut pourtant pas laiſſer de manger en public comme font les autres Princes, car cela eſt bien ſeant & honorable, tant pour oſter l'opinion qu'on pourroit conceuoir que vous aymez la ſolitude, qui eſt vne marque de tyrannie & d'vn mauuais naturel; qu'afin qu'on ne penſe pas que c'eſt pour contenter voſtre appetit auec plus de liberté. Que voſtre table ſoit ſplendide & voſtre bouche modeſte, comme on eſcrit du ieune Cyrus: la temperance eſt vn principe de ſanté. Seruez vous auſſi de viandes en quelque façon groſſieres & communes, pour vous rendre le corps plus fort & plus propre au trauail dans les occaſions de paix & de guerre, & pour vous rendre auſſi mieux venu de vos ſuiets quand ils voudront vous traiter en leurs maiſons, ce que vous ne deuez point refuſer, car cela ſeroit pris pour deſdain ou pour delicateſſe. Que voſtre viure ſoit apreſté ſimplement & ſans beaucoup de ſauces: toutes ces compoſitions & meſlanges reſſentent mieux la medecine que la viande, & l'vſage en eſtoit autrefois blaſmé par les Romains: de fait elles ne ſeruent qu'au plaisir de la langue & ne satisfont point du tout à la necessité. Apicius & Philoxene furent condamnez, l'vn pour son excessiue friandise, l'autre pour son ridicule & sale souhait d'auoir vn col de gruë. Au contraire ces deux nations n'approuuoient rien tant que ce mot qu'ils auoient ordinairement en la bouche & qu'ils pratiquoient en leur diete : *il n'est sauce que d'appetit*. Euitez l'excés tant à manger qu'à boire, & sur tout n'allez iamais iusques à l'yurognerie. Ce vice est brutal principalement à vne personne de vostre qualité, & celuy qui s'y laisse emporter ne s'en défait iamais, car il croist auec l'aage & ne finit qu'auec la vie. Ne soyez pas inciuil ou grossier à table comme vn Cynique, ny mignard ou delicat, cõme vne femme; mangez d'vne façon franche virile & honneste. Il est pour lors mal seant de resuer ou de faire des dépesches. Ayez la contenance gaye, & faites vous lire cependant quelques histoires vtiles & plaisantes, ou entretenez vous de discours honnestes & recreatifs auec vos amis ou auec vos domestiques.

PRESENT ROYAL DE IACQVES I. ROY D'ANGL. AV PRINCE HENRY SON FILS.

Soyez aussi moderé en vostre sommeil,

PRESENT ROYAL DE IACQVES I. ROY D'ANGL. AV PRINCE HENRY SON FILS.

on n'y eſt que trop porté par la couſtume; ſi voſtre vie eſtoit diuiſée en quatre parties, vous trouueriez que les trois ſont employées à boire, à manger, & à dormir; & bien qu'il y ait ordinairement vn temps prefix & reglé pour les repas & pour le repos, accouſtumez vous toutefois à manger & à repoſer à toute heure, ſans auancer ou reculer les affaires pour ces neceſſitez qui ſe peuuent remettre, & accommodez pluſtoſt vos repas au temps que les affaires vous laiſſent: ſur tout quand vous ſerez à la guerre ne ſoyez ny endormy ny delicat. Que voſtre chambre ſoit remplie de gens paiſibles & tranquilles, principalement à l'heure de voſtre repos, tant pour la bien-ſeance que pour éuiter les rapports; que ceux qui vous y ſeruent ſoient perſonnes diſcretes, car dans vne infinité d'affaires le Prince a beſoin du ſecret. Comportez vous neantmoins de telle ſorte en toutes vos actions, meſme les plus cachées, que vous n'en rougiſſiez point quand elles ſeront redites en la baſſe-court, ou publiées en pleine ruë.

Ne vous arreſtez point aux ſonges ny à leurs ſignifications, cet erreur vient d'igno-

gno-

gnorance & est indigne du Chrestien, qui doit estre asseuré par la bouche de saint Paul, que tout est net aux personnes qui sont nettes, ainsi qu'il est dit du temps & des viandes.

PRESENT ROYAL DE IACQVES I. ROY D'ANGL. AV PRINCE HENRY SON FILS.

Venons aux habits, ils doiuent estre modestes & non pas superflus, comme ceux d'vn desbauché; ou trop curieusement enrichis, comme ceux d'vn galand de Cour; ou bigarrez comme ceux d'vn gendarme éuanté; ou trop simples, comme ceux des gens d'Eglise: il faut aussi qu'ils soient propres, nets, seants & honnestes. Portez les d'vne façon qui ne soit ny affectée, ny negligente & ne vous habillez pas trop long comme les gens de robe, ny trop court comme les gens de guerre: en cecy & par tout gardez la mediocrité; afin que mesme par ces choses, quoy que legeres, on recognoisse que vous tenez des deux professions; de la robe longue, pour rendre la iustice; & de la courte, pour commander vos armées. Or nous nous couurons selon la premiere institution de Dieu pour trois raisons principales, pour cacher nostre nudité, pour la bienseance, & pour nous garantir de la rigueur du temps. Donc il ne faut pas que

PRESENT ROYAL DE IACQVES I. ROY D'ANGL. AV PRINCE HENRY SON FILS.

les habits representent ce que nous deuons cacher ; il faut en oster l'excés & le luxe, comme les perruques & le fard ; enfin il ne faut pas brauer les saisons desquelles Dieu est autheur, ny chercher de la gloire à mespriser les froidures de l'hyuer ou les chaleurs de l'esté. Et quoy qu'il soit loüable à vn Prince d'estre patient & endurcy au trauail, principalement quand il est en guerre ou à la campagne, neantmoins il est plus seant & plus à propos que vous alliez au combat armé, que sans armes : sinon peut-estre pour fuir plus à vostre aise, comme on dit en riant. En vn mot tenez vne certaine iustesse à vous habiller selon vostre aage & selon la saison, sans y faire beaucoup de façon, & vous accommodant neantmoins à la mode. Couurez vous par fois plus richement, & par fois plus simplement, selon que l'occasion se presentera & sans vous regler trop exactement en cette matiere : car si vostre esprit s'empeschoit en cecy, on le iugeroit oisif & incapable d'autre chose, & vous passeriez pour vn éuanté. Sur tout qu'il n'y ait rien d'effeminé soit en parfums ou autres mignardises. Mais en temps de guerre vostre vestement doit estre plus superbe, & vostre contenance plus gaillarde & plus releuée.

PRESENT ROYAL DE IACQVES I. ROY D'ANGL. AV PRINCE HENRY SON FILS.

Au reste ne portez aucunes armes sinon celles qui sont ordinaires à vn Caualier en temps de paix, à sçauoir l'espée & le poignard; ce que ie dis tant pour vous que pour ceux de vostre suite. La raison est que le port des armes extraordinaires en Cour, est vn mauuais presage. Bannissez donc non seulement toutes armes offensiues, qui se cachent sous le manteau, mais encore les defensiues, comme les cottes de maille, les fausses cuirasses, les gantelets, & autres qu'on porte à couuert & en trahison. Car outre que ceux qui les portent font cognoistre leur mauuaise intention, elles sont inutiles à l'vsage pour lequel elles ont esté premierement trouuées; car on les inuenta pour resister à vn effort, & pour donner de la peur à l'ennemy par leur esclat, & maintenant il est difficile de s'en ayder vtilement; au contraire elles sont quelque fois dangereuses pour l'impression que les mailles font quand elles sont violemment enfoncées par la balle, outre qu'estans sans esclat pour ef-

PRESENT ROYAL DE IACQVES I. ROY D'ANGL. AV PRINCE HENRY SON FILS.

frayer l'ennemy, puisqu'elles sont couuertes, nous pouuons dire qu'elles ne sont propres qu'à faire vn coup en trahison.

Vne autre chose à quoy vous deuez prendre garde, c'est vostre geste & vostre parler, puisque l'action est vne des choses les plus requises dans l'orateur, & que la parole s'adresse à l'oreille, comme le geste aux yeux des auditeurs. Que vostre contenance & vostre langage n'ayent rien d'affecté ny d'artificieux : car ce qui est contrefait & forcé ne peut durer long temps. Soyez franc, naïf, court, & sententieux en vos discours, éuitez les termes grossiers & rustiques, & les mots trop recherchez & qui ressentent le pedant; seruez vous encore moins de paroles effeminées, & que vostre eloquence consiste à exprimer nettement les conceptions de vostre esprit. Bastissez tousiours sur de bonnes raisons & sur de bons principes, employez la gayeté ou la grauité selon le suiet & l'occasion, & gardez vous d'alleguer les textes de l'Escriture par raillerie, & de les profaner à vostre table, comme plusieurs font.

De mesme de vostre posture & de vostre

PRESENT ROYAL DE IACQVES I. ROY D'ANGL. AV PRINCE HENRY SON FILS.

contenance, laquelle ne doit estre ny morne comme celle d'vn pedant, ny arrogante comme celle d'vn fanfaron : mais graue, naïue & selon l'vsage du pays. N'espargnez point les reuerences ; vous seriez tenu pour inciuil ou pour arrogant : ne soyez pas aussi prodigue de caresses ; cela ressent plustost les desseins flatteurs d'vn Absalon, que la maiesté d'vn Roy legitime. Accommodez vos gestes & vostre maintien à l'action que vous faites, soyez graue dans vostre lit de iustice, ou quand vous donnez audience aux Ambassadeurs, familier quand vous estes seul & auec vos domestiques, & ioyeux quand vous estes au ieu ou en quelque plaisant entretien : mais n'oubliez pas d'auoir vne façon braue & resoluë quand vous serez à la guerre. Sur tout que vostre discours soit facile & intelligible ; car outre que la langue est la messagere de l'ame, on croit ordinairement, que si le parler du Roy est obscur, cela vient de la foiblesse de son esprit. Que diray-ie du mensonge ? si le Prince s'y addonne, cela ne peut venir que d'vne lascheté insupportable, comme s'il craignoit de parler franchement pour l'apprehension

PRESENT ROYAL DE IACQVES I. ROY D'ANGL. AV PRINCE HENRY SON FILS.

de quelqu'vn. Il faut encore faire difference entre les discours familiers, la prononciation d'vn Arrest, & la maniere de dire vostre aduis en iugement, au Conseil, & dans vne rencontre. Au premier, soyez doux, patient & retenu, & rabaissez vn peu de vostre maiesté, on croit le plus souuent que celuy qui s'empresse à parler & à contredire manque de raison. Aux autres points qui regardent vostre charge, il faut penser à ce que vous auez à dire & à prononcer; mais quand le iugement & l'aduis sera donné, ne souffrez pas qu'il soit contredit, rien ne diminue tant la grandeur & l'authorité du Souuerain, & ne sert plus à rendre les procés infinis.

Quant à l'escriture, que vostre stile soit facile & bref, mais graue & royal tant en vos edits & ordonnances qu'en vos lettres missiues, principalement quand vous escriuez aux Princes estrangers. Et si vostre esprit vous porte à composer en prose ou en vers, ie ne le blasme pas : mais n'entreprenez pas de longs ouurages, de peur que cela ne vous diuertisse des emplois plus necessaires de vostre charge.

Ne vous flattez point en vos œuures; mais auant de les faire voir au monde, prenez en l'aduis & la censure des plus entendus au suiet que vous traitez: & d'autant que vos escrits doiuent demeurer à la posterité, comme les viuantes images de vostre esprit, n'y laissez rien couler de malseant ou de mal-honneste. Limez les & les polissez vn long temps, & suiuant le conseil d'Horace,

PRESENT ROYAL DE IACQVES I. ROY D'ANGL. AV PRINCE HENRY SON FILS.

Tenez les enfermez l'espace de neuf ans.

afin que cette premiere & plus viue chaleur qui les a fait produire, vienne à s'alentir & que vous ayez loisir de les reuoir & de les corriger, comme si vous estiez vous mesme vostre iuge & vostre censeur, car le mesme Poëte dit au mesme endroit, que

Quand le mot est lasché iamais il ne retourne.

Pour escrire dignement il faut choisir vn suiet digne de vous; & si vous trauaillez en Poësie, souuenez vous que la partie principale n'est pas de bien rimer ou d'auoir vn stile doux & coulant, & des mots bien propres & bien choisis; mais plustost d'inuenter bien à propos & ingenieusement, & d'adiouster les ornements poëtiques & des comparaisons belles & iudicieuses: en sorte que

PRESENT ROYAL DE IACQVES I. ROY D'ANGL. AV PRINCE HENRY SON FILS.

si vostre ouurage estoit mis en prose il ne laissast pas d'auoir la grace du Poëme. Ie vous conseille d'escrire en vostre langue, car il ne reste plus rien à dire en Grec ou en Latin, & les gens de college qui ne songent à autre chose vous y surpasseront tousiours: outre qu'il est bien-seant à vn Roy d'orner & d'enrichir sa propre langue, & d'estre le mieux disant de sa nation.

Pour les choses moins necessaires qui sont neantmoins permises & mesme tres-vtiles; ie mets en ce rang les exercices, sur tout ceux qui peuuent rendre le corps plus sain & plus dispos: i'aduouë qu'il est plus necessaire à vn Roy d'exercer son esprit de peur qu'il ne deuienne pesant par l'oisiueté; neantmoins la paresse n'est guere moins ennemie du corps. Les ieux & les passe-temps honnestes ont tousiours esté fort recommandables; tant pour bannir cette mere de tout vice, que pour rendre l'homme plus robuste & plus propre au trauail. I'oste de ce nombre les exercices violents, comme le ballon trop pesant, qui est plus propre à estropier qu'à exercer les ieunes gens, les sauts perilleux & les tours de passe-passe qui seruent aux

Come-

Comediens pour gagner leur vie. Ie vous recommande ſur tout la courſe, & la dance, de luitter, de ſauter, de tirer des armes & de l'arc, de ioüer au mail & à la paume, car il n'y a perſonne à qui cela ſoit plus ſeant qu'aux Princes. Exercez vous auſſi à dompter & les plus grands cheuaux & ceux qui ont le plus de fougue ; afin que ie puiſſe dire que l'Angleterre eſt trop petite pour vous, comme Philippe diſoit que la Macedoine eſtoit trop peu de choſe pour Alexandre : & par meſme moyen apprenez à manier adroitement à cheual l'eſpée & la lance, à courir la bague, & les autres exercices.

PRESENT ROYAL DE IACQVES I. ROY D'ANGL. AV PRINCE HENRY SON FILS.

Ie ne puis obmettre la chaſſe, particulierement celle des chiens courants, que ie trouue plus noble & plus conuenable aux Roys. Car celle des leuriers me ſemble moins genereuſe, & c'eſt le ſentiment de Xenophon autheur ancien & tres-renommé, lequel n'a pas eu deſſein de complaire à mes opinions ou aux voſtres. Pour la volerie, ie ne la blaſme point, mais veritablement ie ne m'eſtens pas volontiers ſur ſes loüanges, parce qu'elle n'a rien de commun auec la guerre, au lieu

PRESENT ROYAL DE IACQVES I. ROY D'ANGL. AV PRINCE HENRY SON FILS.

que l'autre chasse rend l'homme plus hardy, & qu'elle nous accoustume à passer par tout à cheual, ioint que la volerie est plus incertaine & plus hazardeuse, d'où vient aussi qu'elle esmeut dauantage la colere & la passion. Mais soit en l'vn ou en l'autre de ces passe-temps, n'y perdez iamais les heures destinées aux affaires d'importãce, & vous souuenez que tous ces exercices ne sont inuentez pour autre fin, que pour rendre l'homme plus propre à faire par aprés les fonctions de sa charge.

Bien que les ieux & les recreations sedentaires par lesquelles on pousse, comme on dit, le temps auec l'espaule, semblent ne seruir de rien pour exercer le corps ou l'esprit; neantmoins ie ne puis les reietter entierement, d'autant qu'ils empeschent l'oisiueté, & qu'ils remplissent le temps qu'on employeroit peut-estre à quelque mal: puisque la nature ne peut souffrir de vuide. Il est vray que quelques personnes de sçauoir & de pieté ont entierement condamné les dez, les cartes, & tous les autres ieux de hazard, comme ils les appellent: mais il me semble qu'ils se trompent en leur supposition. Car le ſort eſtoit anciennement employé pour trouuer la verité d'vne choſe obſcure & cachée, de laquelle on ne pouuoit auoir lumiere par autre voye: par conſequent c'eſtoit vne eſpece de Prophetie; au lieu qu'en ces ieux on ne cherche pas la verité de quelque choſe, & on ne s'y eſclaircit d'aucun doute. Chacun met au ieu ce qui luy plaiſt, & c'eſt le meſme que les gageures qu'on fait ſur la courſe d'vn chien ou d'vn cheual. Tellement que s'ils ſont defendus tous les parys qu'ont fait ſur l'incertitude, ſont auſſi à condamner. Ce n'eſt pas que ie veüille eſtre l'aduocat de ces écerueléz qui tiennent brelan continuel de dez & de cartes, & qui s'y opiniaſtrent iuſques à la perte de leurs biens & de leur temps, dont le dommage eſt irreparable. Au contraire ie ſerois bien d'auis que vous en defendiez entierement l'vſage dans les prouinces où ce deſordre ne ſe peut corriger. Pour vous, mon fils, quand vous n'aurez rien à faire, ce qui n'arriue guere à vn ſage Prince qui veut dignement s'acquitter de ſa charge, ou que la pluye & le mauuais temps vous retiendront dans la maiſon, ou que vous ſerez las de lire & de

PRESENT ROYAL DE IACQVES I. ROY D'ANGL. AV PRINCE HENRY SON FILS.

PRESENT ROYAL DE IACQVES I. ROY D'ANGL. AV PRINCE HENRY SON FILS.

la meditation, ou bien que vous serez indisposé, ie n'empesche point que vous ne passiez quelques heures au tablier, aux tarots & aux cartes. Les dez me semblent plus propres aux soldats desbauchez, par ce qu'il n'y a dans ce ieu que du hazard, souuent de la piperie, & point d'industrie si elle n'est mauuaise. Le ieu des eschets tiét aussi l'esprit trop bandé, il y faut trop de philosophie; les ieux sont inuentez pour diuertir l'esprit & pour le descharger des fascheuses pensées que les affaires font naistre: celuy cy le remplit au contraire de fantaisies, & nous broüille quelque fois dauantage que nous n'estions auparauant.

Au ieu gardez ces trois regles. Premierement resoluez vous auant que de vous embarquer à ne ioüer que pour vostre plaisir, & à perdre ce que vous couchez. Consequemment hazardez y seulement ce que vous ietteriez aux pages & aux valets. En fin ioüez tousiours beau ieu sans mensonge & sans tricherie. Que si vous ne vous sentez pas capable d'obseruer ces preceptes, ie suis d'aduis, que vous quittiez entierement le ieu. Car l'impatience à perdre & l'ardeur à gagner ne meritent pas le nom de ieu.

PRESENT ROYAL DE IACQVES I. ROY D'ANGL. AV PRINCE HENRY SON FILS.

Or soit dans vos plaisirs ou dans vos occupations serieuses, il faut necessairement que vous ayez tousiours compagnie. Mais distinguez le temps & les personnes selon les occasions, & n'approchez de vous que ceux dont vous aurez besoin en chaque affaire ou exercice. Au Conseil n'entretenez pas les chasseurs, & ne faites pas vos dépesches à la chasse. Vsez en de mesme pour le regard des saisons diuerses de vostre aage, accommodant tousiours vos passe-temps & vos compagnies à vostre portée. Car il faut que chaque aage se ressente de son humeur & de sa qualité. Fuyez neantmoins tant que vous pourrez l'insolence & tout ce qui est des-honneste, & prenez garde que ceux à qui vous ferez l'honneur de les attirer en vostre compagnie, soit pour vos esbats ou pour vos exercices, ne soient gens vicieux & trop libres à dire des paroles sales,

Car les mauuais discours gastent les bonnes mœurs.

Sur tout abstenez vous auant que d'estre marié, de la hantise inutile & de la frequentation trop ordinaire des femmes. Ce ne

PRESENT ROYAL DE IACQVES I. ROY D'ANGL. AV PRINCE HENRY SON FILS.

ſont que des pieges pour vous ietter dans le vice. Gardez vous auſſi de faire de vos bouffons vos Conſeillers, & de tenir auprés de vous des farceurs & des gens à faire rire. Les anciens tyrans prenoient grand plaiſir à ces diuertiſſements, & faiſoient quelquefois gloire d'eſtre eux meſmes autheurs & acteurs des comedies: mais pour vous, mon fils, vous deuez meſme apprehender de toucher les inſtruments de muſique, particulierement ceux deſquels les hommes gagnent communement leur vie. Ne vous piquez point auſſi d'eſtre fort expert dans les arts mechaniques, comme ſont ceux deſquels

L'eſprit s'enfuit au bout des doits,

au dire de Du Barthas, les liures duquel ie vous recommande comme tres-dignes de la lecture d'vn Prince.

Vous pouuez quelquefois prendre le diuertiſſement de la campagne, pour vous tirer du bruit & de l'importunité des affaires, & vous reſeruer quelques heures auſquelles vous ne ſoyez pas de ſi facile accés, afin d'accroiſtre la maieſté de voſtre perſonne & le reſpect qu'on vous doit : toutefois ne ſoyez ny retiré ny enfermé, comme anciennement les Roys de Perſe, mais reglez vos heures pour donner audience en public.

PRESENT ROYAL DE IACQVES I. ROY D'ANGL. AV PRINCE HENRY SON FILS.

En fin comme de pluſieurs nations il y en a touſiours de plus ciuiliſées les vnes que les autres, taſchez par l'exemple de voſtre vie & de voſtre Cour de reduire peu à peu les peuples moins polis, au train & aux bonnes couſtumes de ceux qui ſont plus faciles à gouuerner & qui obeïſſent mieux aux loix. N'apportez neantmoins point de violence : la douceur & la paix peuuent beaucoup dauantage dans ce deſſein, & le meilleur moyen d'y reüſſir, c'eſt de faire des alliances de ceux d'vn pays auec ceux d'vn autre, & de faire qu'ils ſe hantẽt reciproquement, & qu'ils ayent commerce entre eux; afin qu'aprés quelque temps ils ſe trouuent inſenſiblement vnis & incorporez tous enſemble, & que cette confuſion agreable ſerue à maintenir la paix dans vos Eſtats.

Pour mettre fin à ce traité, ſouuenez vous mon fils, que vous ne deuez attendre la benediction de vos deſſeins, de vos entrepriſes, de vos actions & de vos deportements, que de Dieu ſeul par vne ferme confiance en ſa bonté; & que voſtre exterieur témoigne-

Present Royal de Iacques I. Roy d'Angl. au Prince Henry son Fils.

ra tousiours la pureté de vos intentions, si par l'apparence d'vne bonne vie, vous faites voir au monde ce qu'il y a de sincere & de vertueux en vous, & si par la cognoissance que vous aurez de la pesanteur & de la difficulté de vostre charge, vous estes patient à escouter les requestes des suppliants, libre à iuger sans preoccupation, meur & prudent à deliberer, & ferme & resolu à ce que vous aurez vne fois arresté. Car il vaut mieux s'attacher à vne resolution & la suiure, bien qu'il y ait quelque chose à redire, que de changer tous les iours & iamais ne rien faire. Vous auez le modele de toute la prudence dans la fabrique mesme de nôtre corps que les Grecs nomment le petit monde. Car les yeux signifient vne grande preuoyance pour penetrer les affaires & regarder de prés à tout: les deux oreilles sont données pour oüir auec patience l'vne & l'autre partie. Nous n'auons qu'vne langue pour ne prononcer qu'vn iugement iuste, facile & intelligible ; vne seule teste & vn seul cœur pour tenir fermement la resolution bien prise & arrestée en nostre esprit ; enfin nous auons deux mains, deux pieds,

pieds, & grand nombre de doits, qui sont autant d'instruments propres pour executer promptement ce qui a esté conclu.

PRESENT ROYAL DE IACQVES I. ROY D'ANGL. AV PRINCE HENRY SON FILS.

Prenez plaisir entre autres choses à recompenser les gens de bien, à les employer & à les auancer ; en cela consiste la principale gloire d'vn bon Roy. Mais reglez vous sur vos moyens & à la portée de vôtre Estat. Il faut aussi punir les meschants: mais chacun selon son offense, ne chastiant & ne bannissant iamais le pere pour le peché du fils, ny le frere pour le crime de son frere, beaucoup moins toute vne famille pour la faute d'vn particulier. La peine suit celuy qui a commis le crime, si ce n'est en cas de leze-Maiesté diuine ou humaine.

Sur tout mesurez vostre amour & vôtre bienueillance vers vn chacun à son merite seulement, & ne la continuez qu'autant que la personne le merite. Ne souffrez pas qu'aucun se vange soy-mesme des offenses qu'il pretend auoir receuës ; car c'est empieter sur vostre authorité, puisque c'est à vous seul qu'appartient le glaiue de la iustice.

Ie m'asseure en la bonté de mon Dieu,

PRESENT ROYAL DE IACQVES I. ROY D'ANGL. AV PRINCE HENRY SON FILS.

que vostre bon naturel n'aura point de repugnance à suiure ces enseignements, & que vous tascherez à vous rendre sage, non seulement par vostre experience propre, laquelle est la maistresse des fols, mais aussi par l'exemple d'autruy, verifiant en vous cet ancien dire,

Heureux celuy qui pour deuenir sage,
Du mal d'autruy fait son apprentissage.

Sur quoy me fondant, ie vous exhorte en fin autant que vous desirez ma benediction, de ne vous proposer autre but en vostre vie, que l'honneur de vous acquitter dignement de vostre charge; c'est là vostre bien veritable, & toutes vos actions doiuent estre des moyens pour y paruenir. Laissez aux autres l'excellence des autres mestiers, & mettez toute vostre gloire à bien exercer vostre office, c'est à dire à bien & sagement regner; c'est le bon & tres-sage conseil qu'Anchise donne à sa posterité dans les vers de cet excellent Poëte, qui contiennent aussi ma deuise.

D'autres auront peut-estre vn peu plus d'artifice
Pour animer le marbre & pour tromper nos yeux:

D'autres descouuriront le mouuement des Cieux,
Ou seront plus adroits à flechir la Iustice.
Mais toy, peuple Romain, que ce soit ton employ,
De tenir tout le monde en paix dessous ta loy,
De pardonner à ceux qui craindront ta puissance,
Et d'abattre sous toy la plus haute arrogance.

PRESENT ROYAL DE IACQVES I. ROY D'ANGL. AV PRINCE HENRY SON FILS.

L'ACADEMIE DES PRINCES.

LIVRE QVATRIE'ME.

RECVEIL DE PLVSIEVRS preceptes & enseignements donnez aux Roys par des Roys.

DAVID A SALOMON.

3. Reg. c. 2. num. 2.

MON fils, i'entre dans la voye commune de la mort où courent toutes les choses d'icy bas: suiuant les vestiges de mes deuanciers & monstrant à mes successeurs le chemin qu'ils doiuent faire. Ie vay prendre vn repos eternel dans le sein d'Abraham & dans la compagnie de nos peres, d'où ie ne pourray plus retourner ny co-

Ioseph. lib. 8. ant. c. 16.

gnoiſtre des choſes qui ſe paſſent en cette vie. C'eſt pourquoy i'employe ſi peu de temps qui me reſte à vous auertir pour la derniere fois des choſes que ie vous ay ſi ſouuent enſeignées.

Prenez courage, & monſtrez que vous eſtes homme.

Rendez également la iuſtice à vos ſuiets, & à Dieu qui vous donne cet empire, tous les deuoirs d'vne pieté religieuſe & ſincere.

Gardez exactement les commandements de la loy, que le tout puiſſant nous a donnée par Moyſe, afin de ne vous eſcarter point des routes qu'il nous a preſcrites, d'obſeruer les ceremonies qu'il a ordonnées, & de iuger parfaitement de toutes vos actions & des reſolutions que vous pourrez prendre.

Que la haine ou la faueur, la conuoitiſe ou quelque autre paſſion ne vous emportent point iuſques au meſpris des volontez de voſtre Dieu; cette preuarication vous attireroit infailliblement ſa diſgrace; & au contraire viuant comme vn bon Prince doit faire, & diſpoſant de la puiſſance qu'il vous donne comme vn bon & ſage Lieutenant, vous obligerez sa Prouidence d'auoir toûiours l'œil sur vous, & de prendre vn soin tres-particulier de vostre conduite.

'Paralip. 1. c. 28. num. 9.

Recognoissez & adorez le Dieu de vostre pere, & vous portez de vous mesme à le seruir de bon cœur & de toute l'estenduë de vostre ame. Le Seigneur penetre le secret de toutes nos intentions & voit clairement toutes les pensées & les mouuements de nos esprits. Si vous le cherchez vous le trouuerez, mais si vous l'abandonnez, il vous bannira pour iamais de sa memoire.

Prouerb. cap. 4. n. 4.

Ouurez vostre cœur pour receuoir les discours que ie vous tiens & les enseignements que ie vous donne; de là dépend le bon-heur de vostre vie.

Faites vostre propre de la sagesse & de la prudence; & remarquez bien ce precepte, afin de vous en souuenir tousiours, & de ne vous en departir iamais.

Tenez vous tousiours à ces vertus, & ne les abandonnez point, elles vous garderont contre les attaques de la Fortune : cherissez les & les recherchez, elles vous conserueront au milieu de tous les dangers.

Le principal en matiere de sagesse, est de la

posseder, de se la rendre comme naturelle, & de tirer la prudence des negotiations de cette vie, par des reflexions sur vos propres experiences.

Courez à ce but le plus vistement que vous pourrez, & poursuiuez auidement cette vertu, elle sera le fondement de vostre eleuation, & vous receurez incontinent de la gloire de sa compagnie, desslors que vous l'aurez estroitement embrassée. Elle fera multiplier sur vous les benedictions du Ciel & vous remplira de graces nouuelles : de sorte que vous aurez vne glorieuse couronne des vertus qui la suiuent, pour vous defendre des iniures du vice.

A TOVS LES PRINCES.

PRINCES, que la Prouidence a commis au gouuernement de la terre pour rendre la iustice, faites vous instruire & soyez intelligents au fait de vos charges. *Psal. 2. n. 11. &c.*

Seruez le Souuerain des Souuerains auec vne crainte respectueuse, & ne vous resioüissez des bons succez qu'il vous enuoye, qu'auec apprehension.

Attachez vous aux preceptes & aux inſtructions qu'il vous donne par ſes commandemẽs, de peur qu'enfin la colere ne le transporte, & que vous ne vous perdiez pour iamais, eſtans égarez du chemin des iuſtes.

BERSABE'E A SALOMON.

Prouerb. 31. n. 2. MON bien aymé, la plus chere partie de moy meſme, le comble de mes deſirs, & la fin de mes eſperances, ne prodiguez point aux femmes impudiques les grands biens que Dieu vous a donnez pour employer en iuſtes liberalitez, & ne deſpenſez point les treſors que vous auez heritez auec la Couronne à deſtruire les Roys, qui ſont vos freres; ou les Princes voiſins, qui ſont vos alliez.

Sçachez que l'excés du vin eſt la ruine des Roys, & defendez le vous à vous meſme. Il n'y a point de ſecret où regne l'yurognerie. Il eſt à craindre que le Prince ne perde la raiſon & le iugement par l'intemperance, & que ne pouuant recognoiſtre le bon droit dans la cauſe des pauures, il ne leur donne le tort par vn changement iniuſte.

Ne parlez des ſecrets de l'Eſtat qu'à ceux qui n'ont point de langue : iugez ſur le champ ceux qui ſe preſenteront. Ne regardez

dez point à la qualité des ſuppliants, & rendez la iuſtice aux pauures comme aux riches.

SALOMON AVX ROYS.

C'EST par la ſageſſe que regnent les Roys, & que ceux qui compoſent les loix font celles qui ſont iuſtes. *Prouer. c. 8. n. 15. &c.*

C'eſt par elle que les Roys commandent & que les Potentats de la terre exercent la iuſtice.

Le grand nombre de ſuiets, & l'affluence du peuple eſt la grandeur des Roys, au contraire la ſolitude leur eſt honteuſe.

Vn Miniſtre intelligent dans les affaires d'Eſtat doit eſtre le cœur de ſon Roy, mais le ſeruiteur inutile eſt ſouuent l'obiet de ſa colere.

Quand vn Prince tient luy meſme ſes aſſiſes, & qu'il rend la iuſtice en perſonne, ſa preſence diſſipe les oppreſſions, les iniuſtices, les concuſſions, & toutes les miſeres du peuple.

Le ſage Prince fait la guerre à l'impieté, renfermant ſous quelque voute les athées & les libertins, de peur que leur poiſon ne ſe communique.

Celuy qui ne recognoist point luy mesme de Diuinité, est comme vn Lion rugissant ou comme vn Ours affamé, parmy le pauure peuple.

Le iuste & l'auaricieux sont le soulagement & la destruction de l'Estat.

Celuy qui se plaist aux mensonges flatteurs ou médisants, est suiet à n'auoir que des traistres pour seruiteurs, & des impies pour ses ministres.

Celuy qui iuge en conscience le procés du pauure, sans que la consideration ou la violence de ses parents luy fassent quitter la verité pour prononcer vn Arrest iniuste, verra durer sa royauté par de là tous les siecles, & son throsne affermy pour l'eternité.

CAMBYSE A CYRVS ET A SES SVIETS.

Xenophon lib. 8. Cyri pæd.

PERSANS, & vous Cyrus mon fils, i'ay comme ie dois beaucoup d'affection pour vous, estant le pere de l'vn & le Roy des autres. Ie suis donc obligé de mettre en auant les choses que ie croy vous deuoir estre conioinctement vtiles. Les Persans ont cy-deuant monstré l'honneur qu'ils portoient à

Cyrus, & Cyrus par le secours du Ciel a rendu les Persans victorieux de l'Asie: que si vous trouuez bon de continuer tousiours en cette maniere, cette vnion mutuelle sera la cause de beaucoup de biens pour le Prince & pour les suiets. Mais, Cyrus, si vous entreprenez de gouuerner les Persans auec vn esprit d'auarice, vous fiant sur les victoires que vous auez desia remportées; ou si vous cherchez, Persans, les moyens de troubler le regne de Cyrus, vous pouuez bien voir quel empeschement vous apporterez au bien les vns des autres. Afin que cela n'arriue point, & au contraire que tout reüssisse, i'ay bien voulu faire des prieres publiques, & appeller le Ciel à tesmoin du pacte & de l'accord que ie passe à cette heure entre vous. Sçauoir Cyrus, que si quelqu'vn attaque les Persans ou tasche de renuerser leurs loix, vous n'espargnerez ny vos forces ny vos richesses pour leur secours. Et vous, Persans, que vous assisterez Cyrus au premier mandement & selon ses ordres, si quelqu'vn entreprend contre sa Couronne, ou dresse quelque party dans son Estat.

CYRVS A CAMBYSE ET A TANOAXARE SES ENFANS.

Xenoph. 8. Cyropæd.

MES enfans, il eſt vray que ie vous ayme égalemenc tous deux, mais pour le preſent ie charge l'aiſné de pouruoir aux affaires publiques, & de donner tels ordres qu'il ſera neceſſaire, par ce qu'il eſt plus experimenté. Les couſtumes de noſtre commun pays m'ont inſtruit de ceder aux plus anciens, de leur preſenter le ſiege & de leur deferer la parole, non ſeulement en matiere de freres, mais encore quand ils ne ſeroient que ſimples citoyens: & ie vous ay moy-meſme donné ce precepte. Receuez donc de bon cœur mon ordonnance fondée ſur l'antiquité, ſur la couſtume & ſur les loix. Vous, Cambyſe, vous porterez la couronne par le conſentement du Ciel & par le mien. Et vous, Tanoaxare, vous ſerez Seigneur des Armeniens, des Medes & des Caduſiens. Par ce partage peut-eſtre que ie laiſſe à vôtre aiſné la plus grande portion de mon empire auec le nom auguſte de Roy: mais ie vous laiſſe vn bon-heur dont vous ioüirez plus en repos, & ie ne voy pas facilement de quel contentement vous pourrez manquer. Au contraire vous aurez tout ce qu'il y a de plus agreable : car c'est plustost le fait du Roy que le vostre de faire des entreprises difficiles, de se consumer par le soin d'vne infinité de choses, de n'auoir point de repos à cause de l'inquietude que donne l'emulation genereuse de mes actions, & de dresser ou souffrir des embusches ; choses comme vous sçauez qui ne laissent gueres de temps pour le plaisir. Et pour vous, Cambyse, vous sçauez aussi que le Sceptre que vous porterez, n'est pas ce qui conserue les empires, & que les amis fideles sont le plus veritable & le plus ferme appuy des Roys. Mais ne vous imaginez pas que les hommes soient naturellement fideles ; si la Nature nous donnoit cette vertu, tous les hommes l'auroient dés leur naissance, comme nous voyons que toutes les choses qui viennent de ce principe sont generales : il faut que chacun se fasse luy mesme ses propres confidents, & cette acquisition ne se fait point par violence mais par biensfaits. Si vous desirez donc auoir quelque ayde pour veiller auec vous à la conseruation de voſtre Eſtat, commencez premierement par voſtre frere. Les citoyens d'vne meſme ville ont plus d'affection les vns vers les autres que les eſtrangers, & ceux qui viuent enſemble que ceux qui ont maiſon ſeparée. Comment ſe pourroit-il faire que des freres nez d'vn meſme ſang, nourris d'vn meſme laict, éleuez dans vn meſme palais, aymez des meſmes parents, & qui ont le meſme pere & la meſme mere, n'euſſent pas entre eux plus d'vnion qu'aucune autre perſonne? Taſchez donc à ne rendre pas inutiles tant de raiſons que vous auez par vn effet de la Prouidence de vous aymer reciproquemẽt, comme doiuent les bons freres. Mais bâtiſſez au pluſtoſt ſur ces fondements & adiouſtez y d'autres obligations par les bienſfaits. Vous rendrez par ce moyen voſtre amitié parfaite & inuincible: celuy qui a ſoin de ſon frere, a ſoin de ſoy-meſme. Defait à qui l'eſclat & l'authorité d'vn frere peut-elle apporter plus de gloire qu'à ſon frere? Qui pourra dauantage honorer la puiſſance d'vn homme que ſon frere? Que doit-on plus craindre que d'offenſer vn frere, s'il eſt grand? Faites donc, Tanoaxare, que pas vn ne vous ſurpaſſe dans l'obeïſſance ou l'aſſiduité que vous deuez auprés de Cambyſe; car ſon bon-heur ou ſon mal-heur ne touche à perſonne de ſi prés qu'à vous. Penſez encore à cecy. De qui pouuez vous eſperer de plus grandes choſes par vos ſeruices, que de luy: où trouuerez vous vn plus puiſſant Prince pour l'accompagner dans ſes guerres: d'où pourriez vous auoir plus d'honneur ou plus de honte, que d'aymer ou de n'aymer pas voſtre frere? De meſme, Cambyſe, ſi voſtre frere vnique tient le premier rang auprés de ſon frere, cela ſera veu ſans enuie de tous les autres. Honorez vous donc reciproquement, mes bien aymez. Ie vous en prie par tout ce qu'il y a de plus ſaint; viuez en paix afin que i'y meure. Si vous auez deſſein de me plaire & de me faire ioüir du repos aprés ma mort, faites cela pour le reſpect que vous deuez à mon ame qui ne mourra pas auec le corps; au moins pour celuy que vous deuez à Dieu, lequel voit tout & peut tout, & qui donne ce bel ordre aux choſes que nous voyons, ne faites point d'entrepriſes ny d'actions impies ou iniuſtes. Vous deuez encore auoir égard à l'opinion que les hommes auront de vous. Car la Prouidence ne vous a pas mis au monde pour viure dans l'obſcurité, toutes les actions de voſtre vie doiuent paroiſtre à deſcouuert, de ſorte que ſi elles ſont innocentes, vous gagnerez le cœur de tous les hommes & beaucoup de puiſſance ſur les eſprits. Que ſi vous prenez des reſolutions pernicieuſes l'vn contre l'autre, vous perdrez entierement toute la creance que vous auez parmy les peuples. Car ceux meſme qui ſeront les plus portez pour vous, ne croiront point aux apparences que vous leur donnerez de voſtre amitié, s'ils voyent que vous offenſez iniuſtement celuy que vous deuez le plus aymer. Si la doctrine par laquelle ie vous enſeigne comment vous deuez viure enſemble eſt raiſonnable ou non, conſultez en l'antiquité qui eſt la ſource des plus ſaines inſtructions. Deuant vous les enfans ont aymé leurs peres, & les freres ont eu de l'affection l'vn pour l'autre: le contraire eſt auſſi arriué. Prenant le party de ceux à qui leurs actions ont apporté plus de gloire, vous ne pouuez manquer de faire vn iuſte choix.

PHI-

PHILIPPE A ALEXANDRE.

MON fils, puisque vous auez des freres qui vous peuuent disputer l'empire, faites paroistre que vous estes vertueux & plein de courage, afin que vous y paruieniez par vôtre propre merite, plustost que par le droit que vous y auez à cause de vostre pere. *Plutar. in Apophth.*

Suiuez les enseignemens de celuy que ie vous ay donné pour precepteur, & vous adonnez à la Philosophie, afin que vous ne fassiez pas beaucoup de choses que ie me repens d'auoir faites.

Traitez en vos conuersations ordinaires le plus doucement que vous pourrez ceux qui doiuent vn iour estre vos suiets, afin de gagner creance parmy le peuple & d'affermir vostre authorité par sa puissance.

Gagnez à vostre party ceux qui sont les plus puissants dans les villes & communautez, afin que vous puissiez vous en seruir dans les occasions, & que vos desseins puissent reüssir par leur entremise.

MICIPSA A IVGVRTHA, HIEMPSAL ET ADHERBAL.

Sallust. de bello Iugur.

IE vous laisse veritablement vn Royaume assez puissant, pourueu que vous soyez vertueux, mais foible si vous estes meschãts. N'est-il pas vray que les petites choses prennent accroissement par l'vnion des cœurs, comme les plus grandes s'en vont par la diuision des esprits. Au reste, Iugurtha, puisque l'aage vous donne l'aisnesse, & que l'experience vous a rendu plus sage, c'est principalement à vous à prendre garde qu'il n'arriue rien contre mes dernieres intentions. Car dans tous les debats qui suruiennent, bien que le plus riche reçoiue l'iniure, neantmoins le plus puissant semble tousiours la faire; & vous Adherbal & Hiempsal honorez vn tel personnage, & prenez garde à sa vie pour imiter ses vertus.

DIALOGVE

ENTRE AVGVSTE ET LIVIA SVR LES coniurations au suiet de celle de Cinna.

Dion. Cass. lib. 55. & ex eo Xiphilinus.

LIVIA. Sire, quelle pensée trouble maintenãt vostre repos. AVGVSTE. Qui pourroit viure vn moment en paix, Madame, ayant tant d'ennemis en teste, & se voyant tous les iours attaqué des coniurations de l'vn ou de l'autre. Ne voyez vous pas combien de personnes attentent sur ma vie, & taschent de nous oster le sceptre des mains. Les supplices de ceux qui ont esté cy deuant punis pour ce crime n'arrestent point leur audace : au contraire ils courent à leur perte comme s'ils estoient animez par l'esperance de faire quelque glorieuse action. LIVIA. Ce n'est pas merueille, Sire, qu'on vous dresse des embusches, car ce malheur est ordinaire à tous ceux qui regnẽt. Possedant vn si grand empire & agissant dans vne si grande quantité d'affaires, vous ne pouuez manquer de faire beaucoup de mescontents. Il est impossible que les Princes plaisent à tout le monde, & mesme les meilleurs Roys sont le plus souuent contraints de faire des ennemis. De fait le nombre des meschants hommes, desquels l'auidité ne peut estre remplie, surpasse de beaucoup celuy des personnes raisonnables : & de ceux qui ont quelque vertu, les vns demandent beaucoup & de grandes choses, qui ne peuuent leur estre accordées, les autres ne peuuent souffrir de se voir en moindre consideration que leurs compagnons. Ainsi le Prince est accusé de part & d'autre, & ne peut manquer de tomber en inconuenient, soit du costé de ceux qui luy en veulent, ou de ceux qui ne peuuent supporter la souueraineté. Lors que vous meniez vne vie priuée, vn homme que vous n'auiez point offensé ne songeoit pas à vous mal faire, mais le desir de regner & de ioüir des biens qui suiuent le commandement souuerain, est generalement en toute sorte de personnes, & beaucoup plus en ceux qui ont desia quelque puissance, que dans les mediocres. Et bien que cette ambition prouienne d'vn meschant naturel ennemy de l'ordre & du bien public, neantmoins elle s'enracine dans l'ame comme les autres habitudes, tellement que la persuasion & la contrainte n'y peuuent plus rien, parce que la Nature est au dessus des loix & de la crainte. Pensez à ces raisons, & ne vous mettez point en peine des fautes que les autres peuuent commettre. Ordonnez seulement autour de vostre personne vne bonne garde pour vostre salut & pour la conſeruation de voſtre authorité. Afin que parmy tant de troubles nous aſſeurions noſtre empire pluſtoſt par vne precaution exacte, que par vne ſeuerité trop ordinaire. AVGVSTE. Ie recognois bien, Madame, que les grandes choſes ne peuuent s'exempter de l'enuie ny des mauuais deſſeins qu'elle fait naiſtre. Beaucoup moins encore la ſouueraineté, & veritablemẽt noſtre condition ſeroit égale à celle des Dieux, ſi nous n'auions point plus d'affaires, de ſoins, ou de crainte que les particuliers. Mais c'eſt vne des choſes qui m'affligent, de voir que ces malheurs ſont neceſſaires & ſans remede. LIVIA. Donc puiſqu'il y a des perſonnes ſi portées au mal, c'eſt à nous à y prendre garde & à les veiller de prés. Or nous auons deſia beaucoup de gens de guerre, dont les vns ſont employez à defendre les frontieres contre les ennemis, les autres à garder nos perſonnes & à faire continuellement ſentinelle autour de nous. Nous auons encore vne grande ſuite d'Officiers de nos maiſons, de ſorte que nous pouuons bien viure en ſeureté tant chez nous que dehors. AVGVSTE. Il ſeroit inutile pour le preſent de vous raconter les exemples de ceux qui ont esté tuez, mesme par leurs propres domestiques; mais il est certain qu'outre beaucoup d'autres difficultez qui se trouuent dans l'administration d'vn Estat, la plus grande & la plus fascheuse est, que non seulement nous auons des ennemis à craindre comme les autres, mais encore nos propres amis. Car les Princes ont plus souuent esté attaquez par ceux qu'ils estimoient leur estre affectionnez; que par d'autres qui ne les touchoient en rien. Comme en effect ceux qui les seruent ont les occasions plus ordinaires & plus fauorables pour leurs meschantes entreprises, se trouuans à toute heure au tour de leur maistre, de iour & de nuit, lors qu'il est deshabillé ou endormy, & luy administrans son boire & son manger tel qu'ils l'ont eux mesmes preparé. D'ailleurs, outre les autres precautions, il est facile d'opposer ceux de vostre Cour aux estrangers, mais il n'y a point de garde contre les domestiques. Ainsi à nostre égard la solitude & la compagnie sont également dangereuses; ne pouuans marcher sans gardes, nous n'auons neantmoins rien plus à craindre que les gardes, & si nos ennemis nous pesent, nos amis nous sont encore plus à charge. Nous sommes obligez de traiter d'amy ceux de nostre suite quand ils auroient la plus mauuaise volonté pour nous, & si quelqu'vn rencontre par hazard quelque seruiteur fidele, neantmoins sa confiance ne passera iamais iusques à ce point de conuerser auec luy librement, sans soin & sans soupçon; ces malheurs, & la necessité de punir tant de coupables sont sans doute des extremitez tres-sensibles. Car vn bon cœur reçoit vn grand desplaisir de se voir continuellement reduit à employer la rigueur & le supplice. LIVIA. Vostre discours, Sire, est tres veritable, mais i'ay vne ouuerture à vous faire si vous le trouuez bon, & si vous souffrez qu'estant vne femme ie m'aduance iusques à vous conseiller. Ie vous donneray vn aduis, à quoy pas vn mesme de vos plus intimes, ne penseroit peut-estre pas, non par ignorance, mais par ce qu'ils n'ont pas assez de hardiesse pour vous dire librement leur aduis. AVGVSTE. Madame, vous pouuez librement me dire vostre pensée, quoy que ce soit ie l'escouteray volontiers. LIVIA. Ie ne m'espargneray donc pas dauantage comme celle qui partage également auec vous la bonne & la mauuaiſe fortune, & comme celle qui regne par voſtre puiſſance, & qui ſeroit perduë s'il vous arriuoit quelque diſgrace: malheur, que ie prie Dieu de détourner. Donc ſi la nature pouſſe quelques vns au mal par ſa corruption, & perſuade le vice par ſes mouuements ſecrets, il eſt impoſſible d'en arreſter le cours & la force. D'ailleurs, laiſſant à part les autres mauuaiſes diſpoſitions qui ſe trouuent en quelques vns; l'imagination & la croyance que ces actions ſont loüables & bonnes, incite beaucoup de monde à les commettre. Les hauts ſentiments de ſa nobleſſe, la cognoiſſance de ſes moyens, la grandeur des charges, la hardieſſe & la temerité pour faire paroiſtre ſon courage, & la grande authorité ſont ordinairement les occaſions ou les cauſes des crimes & des meſchantes entrepriſes. Toutefois nous ne pouuons faire qu'vn homme né de bon lieu ſoit venu de la lie du peuple, ny qu'vn cœur genereux deuienne laſche, ny changer la prudence en ſtupidité; car c'eſt vne choſe impoſſible: & d'ailleurs il ne faut pas retrancher la

ſu-

ſuperfluité des richeſſes des vns, ny abaiſſer les autres qui poſſedent les grandes charges, ſi les crimes ne meritent ces chaſtiments ; car ce ſeroit vne iniuſtice, & celuy qui vangeroit les fautes par auance comme pour preoccuper les mauuais deſſeins de ſes ennemis, ſeroit infailliblement troublé par ſa conſcience, & s'acquerroit vne tres-mauuaiſe reputation. Sus donc, Sire, changeons & faiſons grace à quelques vns. Imitez les medecins ; quand les remedes ordinaires ſont inutiles ils en eſſayent de contraires. La ſeuerité ne vous a iuſques à preſent rien profité, puiſque Lepidus a ſuiuy Saluidienus, Murena Lepidus, Cepion Murena, & Egnatius Cepion, pour ne rien dire des autres, qui ſont honteux de n'auoir eu que le deſſein & non pas le ſuccés. Il eſt temps d'eſprouuer comment reüſſira la clemence ; car il me ſemble que nous deuons beaucoup plus auancer par le pardon que par le chaſtiment. De fait ceux qui ont experimenté les effects du pardon en cheriſſent l'autheur, & s'efforcent de recognoiſtre ſa bonté par quelque ſignalé ſeruice. Tout le monde le reſpecte & l'honore, & pas vn

Seneca lib. 1. de Clem.

Dion ibid. & ex eo Xiphil.

n'a la hardiesse de l'attaquer par aprés; au contraire si quelqu'vn est inexorable, non seulement il se fait hayr de ceux qui le craignent : mais encore il est insupportable à ses amis; d'où vient qu'ils coniurent contre luy pour preuenir leur propre perte. Ne voyez vous pas que les medecins n'vsent du fer & du feu que rarement, de peur d'aigrir les maladies, & que le plus souuent ils guarissent doucement le mal le flattant par des remedes agreables & faciles. Et bien que ces infirmitez soient propres aux corps, & les autres à l'esprit, ne croyez pas neantmoins qu'elles soient differentes, car encore que les facultez de l'entendement humain n'ayent point de corps, elles ne laissent pas d'auoir beaucoup de choses qui luy sont cõmunes. La crainte resserre, la colere enfle, la tristesse retient, la temerité emporte. De sorte que l'esprit & le corps sont aussi conformes que voisins, & demandent presque les mesmes remedes. En effect vne parole douce & humaine est capable d'appaiser & de retenir les furieux; comme au contraire la rudesse met en colere les gens de paix : le pardon gagne les plus hardis à mal faire, & le ſupplice eſt touſiours odieux, meſme aux plus faciles. Car c'eſt la nature des actions violentes bien qu'elles ſoient iuſtes, d'aigrir ceux qui les cognoiſſent, au lieu que la moderation raſſerene les eſprits. Que ſi quelqu'vn ſe laiſſe perſuader par ces raiſons, il ſupportera ſans doute plus facilement les plus grands excez ; & il eſt ſi veritable, qu'en ce point le meſme arriue à l'eſprit & au corps, que les plus forts & les plus farouches de tous les animaux qui n'ont rien de ſpirituel, s'appriuoiſent enfin & deuiennent plus traitables, ſe laiſſant gagner par nos appas & par noſtre bonté artificieuſe. Et au contraire les plus foibles prennent l'eſpouuante & s'animent de colere ſi nous les maltraitons. Ie n'auance pas neantmoins ce diſcours pour perſuader generalement qu'il faut pardonner à tous les criminels. Mais comme ie croy que les temeraires, les ſeditieux & ceux qui ont l'ame noire & les meurs ſi corrompus, qu'ils ſont incorrigibles & font leur ordinaire de toute ſorte de crimes, doiuent eſtre ſeuerement punis & retranchez du commerce & de la ſocieté des hommes, comme les membres du corps quand ils ſont incapables de remede: auſſi ie penſe que de ceux qui pechent par imprudence, par ieuneſſe, par ignorance, ou par rencontre, qu'il y ait deſſein ou non, il faut aduertir les vns, reduire ceux là par menaces & retenir les autres ſans vſer de rigueur, ſelon la qualité des perſonnes, comme les ſupplices ſont plus grands ou moindres à proportion des crimes. Par ces raiſons, Sire, vous pouuez vſer de moderation dans l'occaſion preſente, puniſſant les vns par le banniſſement, ceux là par infamie ou par amendes, & renuoyant les autres en quelques pays ou dans quelques villes. Il y en a deſia quelques vns qui ſe ſont corrigez, voyant qu'ils n'eſtoient pas venus à bout de leurs deſſeins ny de leurs eſperances; d'autres pour auoir eſté condamnez à tenir des places honteuſes à leur qualité, ou meſme à eſtre debout au theatre; ou pour auoir deſia eu la peur, ou pour auoir peut-eſtre ſuby quelque peine; qui ſont des affronts pour leſquels vn hõme de cœur ſupporteroit pluſtoſt la mort; & cela prouue que ces punitions ne ſont pas ſi legeres, mais qu'elles ſont aſſez rigoureuſes, & que nous en ſeruant nous pourrions euiter les calomnies & viure en seureté. Au lieu qu'à present il semble que nous fassions mourir les vns par auarice & pour nous appliquer leurs biens, les autres parce que leur courage nous fait peur, & les autres par l'enuie que nous portons à leur vertu. Car le peuple ne croit pas facilement qu'vn homme entouré d'vne si grande puissance & d'vne si forte garde, puisse estre attaqué par vn particulier desarmé. Pour quelques-vns qui le croiront peut estre à nostre aduantage, les autres disent que nous escoutons beaucoup de faussetez, que nous prestons indiscretement l'oreille aux calomnies ; & que ceux qui croyent cela ou qui le sçauent par relation d'autruy, estant portez de colere & d'inimitié, ou estant payez par les ennemis de quelqu'vn, ou mesme par ceux qui les employent, nous donnent beaucoup de faux entendre ; non seulement accusant les vns, ou descouurant leurs mauuais desseins, mais encore disant qu'à quelques discours qui se tenoient, l'vn n'a rien dit, l'autre s'est mis à rire, & l'autre a pleuré. Ie pourrois vous apporter grand nombre de ces exemples ; mais bien qu'ils soient veritables, il n'eſt pas toutefois ſeant à des perſonnes bien nées de les rechercher trop curieuſement, ou de vous les rapporter, puiſque ne les ſçachant pas il ne peut en arriuer de mal, & que les ayant entendus ils vous obligeroient à vous mettre en colere; ce qui eſt malſeant de ſoy, mais particulierement à vn homme de commandement. De là vient que le peuple ſe perſuade que nous faiſons mourir beaucoup de monde ſans aucune forme de procés, ou par ſuppoſition de quelque faux arreſt du Senat, car les depoſitions des témoins, les confeſſions des criminels appliquez à la queſtion, & les autres formalitez ne les ſatisfont point, & bien que ces bruits ſoient faux, neantmoins ils ne manquent pas de ſe renouueller autant de fois qu'il ſe fait de ſemblables executions. Or il faut, Ceſar, non ſeulement fuir l'iniuſtice, mais encore en euiter le ſoupçon; il ſuffit bien aux particuliers de n'offenſer perſonne, mais l'apparence meſme de l'auoir fait ſeroit honteuſe à vn Prince: de fait vous regnez ſur des hommes non pas ſur des animaux, & vous n'auez point d'autre moyen de gagner veritablement leur bienueillance, que ſi à chaque rencontre vous leur persuadez par vostre integrité, que vous n'offenseriez pas le moindre ny par dessein ny autrement. On peut bien reduire quelqu'vn à craindre, mais pour qu'il ayme il faut le gagner, & il se laisse gagner s'il reçoit luy mesme des biensfaits de vous, ou s'il voit que d'autres en reçoiuent; au contraire celuy qui s'imagine qu'vn autre est iniustement executé, craint que le mesme ne luy arriue, & conçoit infailliblement de la haine contre l'autheur de cette punition criminelle. Or c'est vne chose non simplement inutile, mais encore tres-pernicieuse, que d'estre hay de ses suiets. Et la pluspart croyent bien qu'il est necessaire à tout autre de tirer vengeance des moindres iniures qui leur sont faites, afin de ne tomber point dans le mespris & de n'estre plus attaquez par personne: mais que les Princes ne doiuent prendre garde qu'aux interests du public, & digerer leurs iniures particulieres, parce qu'estant si bien gardez, ils ne peuuent receuoir aucun tort ny par les mespris ny par les attaques. De sorte qu'ayant bien conceu toutes ces raisons, & le tout consideré, i'ose bien, Sire, vous déconseiller de passer outre à la punition des presents coupables. En effect les dignitez sublimes ne sont instituées que pour le salut des peuples, afin qu'ils ne soient inquietez ny par les estrangers ny par d'autres; beaucoup moins certainement doiuent-ils estre affligez par leurs gouuerneurs. La gloire de l'Empire ne consiste pas à pouuoir faire mourir beaucoup de citoyens, mais à les pouuoir maintenir & conseruer. Il faut instruire la multitude par bonnes Loix & par aduertissements, gagner ses suiets par biensfaits, afin de les rendre sages, & pouruoir d'ailleurs si exactement à toutes choses, que quand ils auroient de mauuais desseins ils ne puissent les executer. Que si quelque chose se porte mal, il faut y donner l'ordre & le remede, afin d'en euiter la ruine totale. Car c'est le fait d'vne prudence parfaite & d'vne soueraine puissance de supporter les defauts du peuple: & si quelqu'vn vouloit les punir tous selon leur merite; il ne verroit pas, qu'il perdroit enfin la plus part des hommes. Ie vous conseille donc, Sire, de ne faire mourir pas vn de ces derniers coniurez, & de les rendre sages par quelque autre voye de en ſorte que iamais il ne leur arriue de faire de telles entrepriſes. Que vous pourra nuire celuy que vous enfermerez dans vne iſle, dans vne maiſon à la campagne, ou dans quelque ville reculée, eſtant non ſeulement éloigné de ſes biens & de ſes ſeruiteurs, mais encore eſtant ſous bonne & ſeure garde, ſi le cas le requiert? Il eſt vray, qu'il faudroit parler autrement ſi les ennemis eſtoient proches ou ſi quelque coſte de cette mer appartenoit à quelque autre, de ſorte que les malcontents ſe refugiant vers les eſtrangers peuſſent nous incommoder & apporter quelque dommage à noſtre empire, ou s'il y auoit des villes fortifiées & remplies d'armes dans l'Italie, qui peuſſent nous faire craindre ceux qui les auroient priſes: mais tout eſtant icy deſarmé, les villes peu munies pour vne guerre, & les ennemis eſtrangers eſtant bien loin de nous, puiſqu'il y a de grandes mers & de vaſtes pays entrecoupez de fleuues non gueables & de montagnes tres-difficiles, pourquoy craindre celuy-cy ou celuy-là, qui ſont perſonnes priuées & ſans pouuoir, & qui ſont enfermez au milieu de voſtre puiſſance & bouclez de tous coſtez par vos armes. Car ie ne croy pas qu'aucun pour furieux qu'il ſoit, puiſſe deſormais auoir de telles penſées. Faiſons donc l'experience de la miſericorde & de la clemence, commençant par l'occaſion qui ſe preſente, car peut-eſtre qu'ils changeront & qu'ils rendront les autres meilleurs par leur exemple. Il faut raiſonner humainement ſur ces rencontres : le glaiue n'eſt pas capable de tout faire ; s'il pouuoit rendre ſage, perſuader ou contraindre les hommes à nous aymer, ſon vtilité ſeroit tres grande, mais s'il tranche les teſtes des vns, il anime l'eſprit des autres à la haine. Le ſupplice des criminels ne fait pas croiſtre l'affection dans le cœur des ſpectateurs, ils en reuiennent pluſtoſt ennemis à cauſe de la crainte qu'ils ont eux meſmes & de l'épouuante que la rigueur a ietté dans leurs eſprits. Au contraire le pardon fait naiſtre le repentir, & ceux qui voyent tant de clemence dans leurs ennemis, ont honte puis aprés de mal faire à leurs bien-facteurs, & leur rendent de grands ſeruices eſperant de grandes recompenſes. Car celuy qui reçoit la vie de quelqu'vn qu'il taſchoit de perdre, croit que luy faiſant plaiſir il en receura toutes ſortes de biensfaits. Laiſſez vous donc flechir, mon tres-cher & tres-honoré Seigneur, & changez de reſolution. Par ce moyen il ſemblera que vous auez eſté contraint de faire ce qui s'eſt paſſé de faſcheux, parce qu'il eſt impoſſible d'auoir changé la forme de cette republique en monarchie, ſans répandre quelque ſang, & au contraire perſiſtant, vous ferez croire que vous auez tout fait par deſſein.

AVGVSTE A TIBERE ET AV SENAT.

S'IL eſt neceſſaire d'appeller quelqu'vn au gouuernement, & de vous décharger d'vne partie des affaires, choiſiſſez des perſonnes ſages & experimentées, & prenez garde à ce que l'Eſtat ne ſoit iamais tellement en la puiſſance d'vn ſeul, qu'il puiſſe conceuoir des deſſeins au deſſus de ſa fortune, ou laiſſer les affaires en peril aprés ſa mort. *Dion & Xiphil. in Augusto.*

Ie vous conſeille auſſi de vous contenter de l'eſtat preſent, & de moderer vos conqueſtes ſans vous mettre en peine d'eſtendre dauantage les limites de l'Empire. Parce que la difficulté de conſeruer les pays nouuellement acquis ſera d'autant plus grande qu'ils *Ibid. & Tacitus l. 1. annal.*

seront plus esloignez & en plus grand nombre, outre qu'il y a danger que desesperant les barbares, ils n'enleuent ce que nous auons gagné par tant de guerres & d'années.

Sueton. c. 15. in Augusto.

Ne vous mettez pas en peine des discours que tient le vulgaire. C'est assez que nous soyons à couuert, & que ceux qui nous veulent mal ne nous puissent mal faire.

TITVS.

Sueton. in Tito.

Il faut que le Prince tasche de faire en sorte, que tous ceux qui l'abordent s'en retournent auec vn visage content.

ANTONIN LE DEBONNAIRE.

Iul. Capit. in Ant. Pio.

Il n'y a rien plus indigne ny plus cruel, que de voir des personnes inutiles qui sont à charge à l'Estat, & qui viuent sur le public ne contribuant rien par leur trauail au bien des affaires.

La marche du Prince & de toute la Cour foule tousiours les prouinces par où il passe, quand il seroit extraordinairement retenu en sa dépense.

Alexandri Seueri Lamprid.

Il vaut mieux conseruer vn des siens, que perdre mille ennemis.

ANTONIN LE PHILOSOPHE.

LES plus grands tresors ne ſuffiſent pas à l'auarice des Tyrans, ny les gardes pour la ſeureté des Princes legitimes, ſi l'affection des peuples ne s'y trouue la premiere. Ceux qui ont fait naiſtre dans l'eſprit de leurs ſuiets le deſir de les voir long temps ſur le troſne, ſans ſe faire craindre par la cruauté, ont d'ordinaire iouy d'vn regne auſſi long que paiſible. Ce ne ſont pas les perſonnes que la violence & la contrainte retiennent dans la ſuietion, mais ceux à qui la douceur a perſuadé l'obeïſſance, qui viuent hors de ſoupçon & de flaterie, ſoit qu'on traicte auec eux, ou qu'ils agiſſent auec d'autres, & qui ſuiuent ponctuellement les ordres qui leur ſont donnez ſans ſecoüer le ioug, s'ils n'y ſont animez par l'iniuſtice & la tyrannie. *Herodian lib. 1.*

Il eſt difficile de ioindre la moderation à l'authorité ſouueraine, & le commandement de ſes paſſions à celuy des peuples.

Les Republiques ſeront heureuſes quand les Philoſophes gouuerneront, ou quand les Roys ſeront Philoſophes. *Iul. Capitol. in Anton. Philoſopho.*

I'eſtime plus raiſonnable que le Prince

prenne & ſuiue l'aduis de ſon conſeil compoſé de perſonnes experimentées & qui ont intereſt à la conſeruation de l'Eſtat, que d'aſſuietir vn ſi grand nombre de ſages teſtes au mouuement de ſes volontez.

Nous ne pouuons pas faire le procés à ceux qui n'ont point d'accuſateurs.

Les crimes d'Eſtat ont cela, que les conuaincus ſemblent pluſtoſt eſtre opprimez par la puiſſance du Prince, que punis par ſa iuſtice; & c'eſt à propos que Hadrian tenoit la condition des Empereurs & des Roys pour malheureuſe, en ce que les coniurations qui ſe dreſſent contre eux ne ſont gueres creuës ſi elles ne ſont ſuiuies des effects, ny les attentats contre leur vie s'ils ne ſont point prouuez par leur mort. Il eſt vray que Domitian auoit donné le premier cet aduertiſſement aux Princes : mais i'ay mieux aimé le rapporter d'Hadrian, parce que les veritez perdent beaucoup de leur authorité dans la bouche des meſchants hommes.

L'vnique moyen de conſeruer la milice en bon ordre, & de ranger les ſoldats en leur deuoir, eſt de remettre ſur pied l'ancienne diſcipline & de reſtablir l'obſeruation des

Ordonnances; vous ſçauez le dire d'vn bon Poëte qui eſt commun:

Les anciennes meurs conſeruent cet Empire.

L'auarice eſt le plus grand vice qui puiſſe poſſeder l'eſprit d'vn Prince.

Il n'eſt pas bien ſeant à vn Empereur de tirer vengeance des iniures qui le touchent en ſon particulier : quand elle ſeroit iuſte elle paroiſtroit touſiours rigoureuſe.

ALEXANDRE SEVERE.

IL faut auancer aux charges publiques ceux qui ne les ambitionnent pas, meſme contre leur gré. *Ælius Lamprid.*

Celuy ſur qui le Roy ſe remet du choix de ſes Officiers & des gens de ſon Conſeil, doit eſtre vn grand perſonnage.

C'eſt principalement de la Nobleſſe que ſe doiuent compoſer les Parlements, les Conſeils, & les corps principaux de l'Eſtat.

GORDIAN.

LE Prince eſt malheureux ſi ſes confidents luy cachent la verité; car ne pouuant pas luy meſme s'informer particulierement *Flauius Vopiſcus.*

de chaque chose, il est contraint de croire ce qu'on luy rapporte, ou de donner pour veritable ce qu'il a receu comme tel par la bouche de plusieurs.

THEODORIC ROY D'ITALIE A CLOVIS.

Cassiod. lib. 2. var. ep. 4.

RECEVEZ vn conseil que ie vous donne aprés vne longue experience : les guerres que i'ay terminées par la moderation m'ont tousiours tres-heureusement reussi. Defait celuy qui sçait adoucir les choses en toutes rencontres, remporte continuellement de nouuelles victoires, & la bonne fortune rit plus ordinairement à ceux qui n'aigrissent pas les choses, qu'à ceux qui les portent à l'extremité.

Cassiod. lib. 3. ep. 6.

La Prouidence fait des alliances entre les Roys, afin que le repos des peuples suiue de l'vnion de leurs cœurs. Ce sont des liens sacrez qu'il n'est pas permis de violer pour quelque raison que ce soit : defait quels gages pouuons nous auoir pour nous asseurer de l'affection de nos voisins, si les affinitez que nous contractons auec eux ne peuuent rien sur nous? Les Princes deuiennent parents

rents les vns des autres, pour que les nations ſeparées par la nature ſe puiſſent vanter d'eſtre reiointes par l'affection, & que les volontez des peuples reünies par le bienfait de la paix prennēt pour ainſi dire vn meſme cours, comme les riuieres qui ſe marient par la conionction de leurs eaux & couchent dans vn meſme lict. Les Roys ſont extremement blaſmables quand ils ruinent leurs ſuiets pour de legeres occaſions. Ie vous diray librement ce que ie penſe, mais auec affection, c'eſt eſtre impatient que de prendre incontinent les armes aprés vne premiere demande.

A ALARIC.

BIEN que la gloire de voſtre nation & les beaux faits de vos anceſtres vous promettent beaucoup, neantmoins parce que les cœurs les plus belliqueux s'amoliſſent par vne longue paix, prenez garde à n'expoſer pas au hazard d'vne bataille des gens qui manquent d'exercice depuis vn long temps. Si les combats ne ſont ordinaires & continuels ils ſont dangereux, & le courage s'abaſtardit incontinent s'il n'eſt reſueillé par des occaſions frequentes. Que la *Caſſiodor. lib. 3. ep. 4.*

colere qui eſt aueugle ne tire point de vous des choſes qui repugnent à voſtre prudence. La moderation eſt vne eſpece de prouidence qui conſerue les peuples, au contraire la fureur fait les choſes hors de temps & les ruine par la precipitation. Iamais il ne faut employer les armes contre nos ennemis, qu'aprés auoir experimenté que la iuſtice ne peut rien ſur eux.

AVX ROYS DES HERVLES, DES GVARNES ET DES THVRINGIENS.

Caſſiod. lib. 3. epiſt. 3.

TOVS les hommes doiuent generalement ſe porter contre la ſuperbe & la preſomption qui eſt ennemie de la Diuinité ; car celuy qui par ce principe medite la ruine & la perte de quelque nation ſelon ſon caprice, n'a pas deſſein de traiter les autres plus fauorablement. C'eſt vne mauuaiſe coûtume de meſpriſer la verité quand on la cognoiſt. Celuy qui remporte quelque victoire dans vne guerre iniuſtement entrepriſe, croit que tout luy eſt permis. Ie le diray librement, celuy qui ne veut point ſuiure de loix, a deſſein de ietter le trouble dans tous les Eſtats ; il vaut beaucoup mieux abaiſſer vn peu cet orgueil dangereux dés le commencement, afin de terminer la querelle des Princes particuliers sans la ruine de tant de peuples.

L'EMPEREVR TIBERE, A L'EMPEREVR MAVRICE.

ROMAINS, qui auez porté la gloire de vostre nom par tout l'Vniuers, ie suis maintenant occupé de beaucoup de soins, ayant d'vn costé à pouruoir comme ie dois à cet empire que ie quitte, & de l'autre pensant au partement de ce monde, & au compte que ie dois rendre au Createur de cet Vniuers. Car la grande puissance de laquelle i'ay si long temps iouy sans auoir ny iuge de mes actions ny censeur de ma vie, me remplit d'espouuente, & ie sçay que les personnes qui ont vn pouuoir absolu en abusent ordinairement. L'affection naturelle augmente encore le trouble de mon esprit, parce que ie laisse des enfans en bas aage, & qui ont besoin d'vn gouuerneur fidele & affectionné, pour defendre leur foiblesse contre les violences de leurs ennemis: & ie pense que la plus grande & la plus im-

Nicephor. Callist. lib. 18. c. 6. hist. Ecclef.

portante affaire que puisse auoir vn Prince, est non seulement de conseruer le Royaume en son entier comme il l'a receu de ses predecesseurs, mais encore d'en laisser la regence à des personnes qui s'en acquittent dignement. Car il faut que les successeurs d'vn Prince soient encore plus sages, & plus prudents que luy, pour corriger les fautes qu'ils pourroient auoir commises dans leur administration, & qu'ils remedient aux maux que la negligence pourroit auoir introduits. Autrement l'Estat iroit en decadence, estant appuyé sur de foibles fondements, & les abus croistroient les vns sur les autres, n'y ayant point d'opposition à leur cours impetueux. Mais la Prouidence m'offre vn remede contre toutes ces inquietudes, me declarant celuy à qui elle agrée que ie resigne mon authorité & la charge dont elle m'auoit fait le depositaire; c'est le braue Maurice que vous voyez icy present, homme qui dans les emplois s'est rendu tres-vtile à l'Estat, & a beaucoup souffert de trauaux pour le seruice du peuple Romain, donnant à la republique des preuues auant-courrieres, & pour ainsi dire des gages du ſoin qu'il doit prendre des affaires quand elles ſeront tout à fait entre ſes mains. C'eſt donc celuy que vous verrez auiourd'huy commander en ma place, & que vous honorerez de la pourpre & des autres ornements imperiaux. Voila ce que i'auois à dire au peuple Romain, afin de luy teſmoigner iuſques au dernier ſouſpir l'affection que ie luy porte. Mais vous, Maurice, faites en ſorte que la loüange de voſtre regne ſoit la plus belle partie de mon epitaphe, & que les marques de voſtre vertu ſoient l'honneur de ma memoire & l'ornement de mon tombeau. Ne rendez point vaines les eſperances de ceux qui attendent leur bonheur de voſtre bon gouuernement. Ne vous oubliez point des vertus que vous auez ſi glorieuſement pratiquées. Ne ſoyez point deſerteur de la generoſité, quittant ſon party que vous auez touſiours ſuiuy, pour embraſſer celuy de la baſſeſſe & du plaiſir, auquel vous auez renoncé. Afin que vous puiſſiez pratiquer cet aduertiſſement, ſeruez vous de la force de la raiſon pour brider & arreſter l'excés de voſtre puiſſance, & faites que la Philoſophie preſide au gouuernail de vostre Estat. Comme l'authorité souueraine est extremement releuée, elle éleue aussi & rend superbes ceux qui s'abandonnent aux pensées qu'elle suggere, & renuerse d'ordinaire les meilleurs sentiments. Mais sur tout ne vous laissez pas surprendre à cette vanité, de croire que vous soyez le plus prudent des hommes, bien que la Fortune vous ait rendu le plus puissant. Taschez à vous faire aymer plustost qu'à vous faire craindre, estimez dauantage ceux qui vous reprennent, que ceux qui vous flattent, prenant les vns pour vos precepteurs & les autres pour la corruption des Cours. Ce que ie vous dis, parce que la puissance souueraine ne souffre gueres d'ordinaire, ny les reprehensions ny les aduertissemẽts. Persuadez vous, par les principes de la Philosophie, que le manteau de pourpre n'est qu'vn simple habit, & que les diamants de la Couronne que vous portez sont semblables aux petites pierres, à qui le flot de la mer & son agitation ordinaire a donné quelque esclat. Souuenez vous aussi que l'œil d'vn drap teint en pourpre a quelque chose de triste, ce qui aduertit les Empereurs de garder la moderation dans la prosperité, & de ne conceuoir point tant de ioye, pour porter vn habit qui ioint le deüil à la Maiesté. La puissance imperiale n'est pas sans borne, au contraire le Sceptre nous aduertit de croire, que regner c'est viure dans vne seruitude glorieuse. Que la douceur & l'humanité commandent à vostre iuste colere, & la crainte à l'arrogance. La Nature a donné des Roys aux abeilles & des aiguillons à ces Roys, leur prestant des armes naturelles pour reduire ceux qui n'obeiront pas aux commandements legitimes. Mais ces aiguillons ne sont pas tyranniques ny iniurieux aux suiets : au contraire la Nature les a destinez à l'vtilité publique & pour la manutention de la iustice. Imitez donc cette sage mere & maistresse, puisque nostre raison ne nous suggere point d'auis plus salutaires ; & receuez ces preceptes auec vn esprit sans interest & qui estime la vertu & fuit le vice.

CHARLES LE GRAND A LOVIS LE DEBONNAIRE.

AYMEZ & craignez Dieu, obseruez en toute rencontre ses commandements : *Thegan. in vita Lud. Pij.*

estendez vos soins au gouuernement des Eglises, & les defendez de l'iniustice & des violences des meschants. Ayez pour vos sœurs, pour vos freres qui sont en bas aage, pour vos neueux & pour tous ceux de vôtre sang, vne bonté qui ne leur manque iamais. Honorez les Prestres cōme vos peres, & vos peuples comme vos enfans; faites marcher les superbes & les meschants dans le chemin de salut, n'espargnant pas mesme la force ny la contrainte. Consolez les bons Religieux en leurs austeritez, & les pauures dans leurs miseres. Choisissez des ministres fideles qui ayent la crainte de Dieu deuant les yeux, & dans le cœur la haine des iniustes presents. Ne chassez iamais vn homme de l'exercice de sa charge sans grande cognoissance de cause. Faites en sorte qu'il n'y ait rien à reprendre en vous, ny deuant Dieu ny deuant les hommes dont il vous a donné le gouuernement.

CHARLES LE GRAND ET LOVIS LE DEBONNAIRE A LEVRS ENFANS.

Testamentum vtriusque.

SVR tout nous commandons tres-expressement que les trois freres d'vn commun accord ayent soin de l'Eglise de S. Pierre, entreprenant conjointemẽt sa defense, comme ont fait Charles nostre ayeul & le Roy Pepin nostre pere de tres-heureuse memoire, & comme nous auons fait nous mesmes, afin de la pouuoir mettre à couuert contre les attaques de ses ennemis auec l'assistance du Ciel, & de la faire ioüir de ses droits autant qu'en eux est, & qu'il est raisonnable. De mesme des autres Eglises qui sont dans les terres de leur obeïssance, nous voulons & ordonnons qu'elles ioüissent de leurs droits honneurs & prerogatiues, & que les pasteurs & administrateurs des lieux saincts & venerables ayent libre disposition de tout ce qui leur appartient, en quelque Estat que leurs biens soient situez.

CONSTANTIN PORPHYROGENETE, A L'EMPEREVR ROMANVS.

APPRENEZ ce qui vous est principalement necessaire: monstrez au commencement de vostre regne vostre prudence, & gouuernez sagement vos nouueaux suiets. Prenez garde soigneusement au present, & descouurez le futur, afin de ramasser en vous

Tiré du liure de cet Emper. intitulé De administratione Imperij.

vne grande experience des choſes, & de vous faire le iugement. Par ce moyen vous deuiendrez capable de grandes choſes. Ie vous mets deuant les yeux l'art de regner, & ce que ie puis auoir appris du gouuernement des peuples pendant mon adminiſtration, afin que l'apprenant & le reduiſant en pratique vous ne manquiez point à choiſir le meilleur aduis dans les deliberations où il va de l'intereſt public. Apprenez quels ſont les peuples qui vous peuuent nuire ou ſeruir, ceux qui peuuent eſtre ſubiuguez ou troublez par les armes de leurs voiſins, & par qui, & comment, l'auarice inſatiable qui les mene, les demandes qu'ils ont couſtume de faire mal à propos, & les choſes qui ſe ſont paſſées entre nos predeceſſeurs & les Princes voiſins, afin que vous cognoiſſiez les naturels differents, & que vous ſçachiez les moyens de traiter auec eux, de les attirer à voſtre party, de les forcer chez eux, & de repouſſer leurs attaques.

Sçachez que les Nations Septentrionales courent naturellement aprés l'argent, & que leur auarice n'a point de bornes. Ils demandent & deſirent tout ; leur auidité ne s'arreste à rien, elle s'estend tousiours à d'autres & à d'autres choses. Ils veulent tirer des profits immenses pour si peu de seruice qu'ils peuuent auoir rendu. Il faut donc s'excuser prudemment par compliments & par douces paroles, quand ils font quelque demande importune, arrestant leur hardiesse par la force de l'eloquence.

Comme chaque nation a ses coustumes ses loix & ses constitutions differentes, elle doit les garder & n'establir aucune societé ny communauté de biens ou de vie, que conformement à l'ordonnance. Car comme les animaux de mesme genre s'accouplent ensemble, ainsi les nations doiuent faire leurs mariages, non pas auec des estrangers qui parlent vne autre langue, mais auec ceux de leur pays & qui parlent comme eux: de là vient la mutuelle concorde, la conuersation agreable & la douceur de la vie dans les familles; au contraire la difference des meurs engendre le plus souuent des querelles & des inimitiez, d'où naissent par aprés les diuorces & les guerres au lieu des amitiez & des confederations. Le grand Constantin a mesme expressement ordonné que ses successeurs à l'Empire ne contractent iamais alliance par mariage auec des Princes estrangers, ou dont les meurs soient contraires aux Romains, excepté les François, tant à cause qu'il estoit de leur pays qu'à cause de la gloire, de la noblesse & de l'excellence de cette nation; principalement s'ils ne sont pas Catholiques: defait comment seroit-il permis aux Princes Chrestiens de se marier auec des infidelles, puisque le Canon le defend en termes exprés, & que l'Eglise l'estime indigne de soy?

BLANCHE REYNE DE FRANCE A SAINCT LOVIS.

Ioinuille. MON fils, i'aymerois mieux que vous fussiez mort; que vous eussiez commis vn seul peché mortel.

SAINCT LOVIS A LOVIS SON AISNÉ.

Ioinuille. MON fils, ie vous prie autant que peut vn bon pere, faites vous aimer de vostre peuple. Car veritablement i'aimerois mieux qu'vn Escossois vinst d'Escosse, ou quelque estranger encore de plus loin, pour gouuerner le Royaume comme doit vn bon Prince, & conformement aux loix, que d'auoir vn successeur qui donnast à ses sujets occasion de reproche.

A PHILIPPES SON SVCCESSEVR.

VOYEZ comme sans considerer l'aage de vostre mere ou la mienne, bien que nous soyons desia l'vn & l'autre fort auancez, i'entreprens vn second voyage, dans vn temps auquel la France par la grace de Dieu ioüit d'vne profonde paix & de toute l'abondance possible des biens, de la gloire & & des plaisirs: Voyez dis-ie comme ie ne pardonne pas à ma vieillesse, que l'affliction de vostre mere ne me dissuade point, que ie mesprise les honneurs & les delices, & que i'employe tous les biens que Dieu m'a donnez pour son fils nostre redempteur. Voyez comme ie mene vos freres & vostre sœur aisnée; ie ne laisserois pas mesme vostre quatriéme frere, si son bas aage le permettoit. I'ay bien voulu vous faire ce discours, mon fils, afin que prenant ma place aprés ma mort, vous n'espargniez pour Iesus-Christ & l'auancement de sa gloire, ny vostre fem-

Bellarm. lib. 3. de off. Princ. Christiani.

me, ny vos enfans, ny vostre Estat, ny chose quelconque : ie vous en ay voulu donner l'exemple en moy mesme, afin qu'à l'occasion vous & vos freres vous soyez mes imitateurs.

TESTAMENT DE SAINCT LOVIS.

Ex Gauffrido, Ioinuillæo, Guaguino, Nicol. Gillio, & vetere scheda inserta obseruationibus ad Ioinuill. per Claud. Menardum. V. C. Andegau. &c.

MON bien aymé, cognoissant que ma fin approche, & que bien tost vous ne pourrez plus receuoir aucuns enseignements de ma bouche, suiuant le commandement de mon Createur qui est vostre pere & le mien, & le Seigneur spirituel & temporel de toutes choses; ie vous enseigne & vous commande premierement & sur tout, que vous aimiez Dieu de tout vostre cœur & de toutes vos forces. Car il n'y a point de salut sans cela, gardez vous de faire des actions qui luy puissent déplaire, comme sont tous les pechez mortels, vous deuez plustost souffrir toute sorte de tourments, que d'en commettre aucun.

Si vous tombez en quelque aduersité, portez la patiemment, rendez grace à Dieu de sa visite, & pensez que vous l'auez bien meritée & qu'elle vous sera profitable. S'il vous enuoye quelque prosperité, donnez luy en la gloire & le remerciez humblement, recognoissant que cela vient de sa bonté, non pas de vos merites, sans changer pour cela le train ordinaire de vostre vie, deuenant orgueilleux, ou vous abandonnant à quelque autre vice. Nous ne deuons pas faire la guerre à Dieu de ses propres dons.

Confessez vous souuent & choisissez pour cet effect vne personne sage, experimentée & deuote qui puisse vous enseigner ce que vous deuez faire ou fuir, en sorte que vos amis & vos confesseurs puissent vous remonstrer vos fautes, & vous reprendre en toute seureté.

Assistez au seruice diuin auec deuotion, sans remise & sans discourir auec personne, ou ietter les yeux d'vn costé & d'autre; priant de bouche & de cœur, principalement à la saincte Messe à l'heure de la consecration.

Soyez pitoyable & misericordieux enuers les pauures dans leurs miseres, & les soulagez tant que vous pourrez.

Maintenez les bonnes coustumes de vôtre Royaume, & corrigez ou abolissez les mauuaises.

Gardez vous de l'auarice & de l'insatiable desir des richesses. Ne leuez point sur vostre peuple de tailles ny de subsides, si la necessité ne vous y contraint ou que l'vtilité n'en soit euidente. Ne le faites iamais volontairement ny sans vne iuste cause, car autrement vous seriez tenu pour tyran non pour Roy.

S'il vous arriue quelque chose de fascheux, deschargez vostre cœur dans l'oreille de vôtre Confesseur, ou de quelque autre personne prudente, vous la supporterez bien plus facilement. Efforcez vous d'auoir à vostre suite & dans vostre Conseil des gens de bien, d'âge meur, prudents & sages, & qui ne soiēt point des sangsuës publiques, soit religieux ou seculiers : entretenez vous souuent auec eux, & fuyez la compagnie des meschants.

Assistez de bon cœur aux sermons tant publics que particuliers, les retenant en vôstre memoire, & soyez soigneux d'obtenir des pardons & des indulgences, & de les gagner.

Ayez soin de vostre honneur, aimez toutes les vertus, & hayssez tous les vices en toute rencontre.

Qu'au-

Qu'aucun n'ayt la hardiesse de dire deuant vous des paroles scandaleuses qui puissent induire au mal, ny des mesdisances qui déchirent en cachette ou à descouuert la renommée de quelqu'vn, ny des blasphemes qui soient iniurieux à Dieu, sa tres-saincte Mere ou les Saints, que vous n'en vangiez incontinent le crime.

Remerciez souuent Dieu de tous les biens qu'il vous a faits, afin d'en meriter encore dauantage.

Gardez exactement la iustice à vos suiets, pauures ou riches, naturels ou estrangers, sans acception de personnes ou inclination vers l'vn ou l'autre party : mais leur faisant droit en toute rencontre, car c'est par la iustice que les Roys regnent. Soustenez toutesfois plustost le party des pauures & de ceux qui ont affaire contre vous, iusques à ce que la verité soit descouuerte ; par ce moyen vous ferez que les gens de vostre Conseil seront plus hardis à iuger en conscience, & ne craindront point de faire iustice.

Soyez loyal, liberal & roide en paroles à l'esgard de vos seruiteurs, afin qu'ils vous aiment & vous craignent comme leur maistre.

Si vous tenez quelque chose du bien d'autruy par vous ou par vos predecesseurs ou par vos officiers, & que vous en soyez certain; faites en la restitution sans remise. Que si la chose est douteuse, faites en faire soigneusement l'enqueste par des hommes prudents & entendus.

Vous deuez prendre garde si vos suiets & vos domestiques viuent en paix sous vôtre obeïssance, & mesme les religieux & gens d'Eglise, principalement dans les bonnes villes. Maintenez & conseruez les libertez & franchises qui leur ont esté accordées & maintenuës par vos ancestres, leur faisant autant de faueurs que vous pourrez. Car par les richesses & par la puissance de vos bonnes villes, vos ennemis & vos aduersaires seront arrestez & empeschez d'entreprendre contre vous, & specialement vos Barons, vos parents, & autres semblables.

Aymez & honorez les gens d'Eglise, prenez garde qu'on ne leur oste leurs reuenus ou les aumosnes dont vos deuanciers les ont fauorisez, & ne faites aucunes exactions ſur eux. On raconte du Roy Philippe mon ayeul de tres-heureuſe memoire, qu'vn Conſeiller d'Eſtat luy remonſtrant que les Eccleſiaſtiques empietoient ſes droits & diminuoient ſes Iuſtices, & que c'eſtoit merueille comment il le ſouffroit ; le bon Roy fit reſponſe qu'il le croyoit aſſez, mais que iettant les yeux ſur les obligations qu'il auoit à Dieu, il aymoit mieux laiſſer perdre ſes droits que de ſuſciter des procés à l'Egliſe. Cheriſſez donc mon bien aymé les perſonnes qui ſont conſacrées au ſeruice des autels, & les maintenez en paix autant que vous pourrez.

Aymez auſſi les Religieux, leur bien-faiſant ſelon vos forces, & principalement aux plus deuots & à ceux qui preſchent le ſaint Euangile.

Aymez & honorez voſtre pere & voſtre mere, & ne les irritez point par deſobeïſſance.

Donnez les benefices qui ſeront en vôtre collation à des perſonnes vertueuſes & de bonne vie, & qui ne poſſedent d'ailleurs aucuns biens d'Egliſe, prenant ſur cet affaire conſeil des plus ſages Eccleſiaſtiques ; autrement vous les rendriez mauuais & vicieux, & participeriez à leurs pechez.

N'entreprenez point de guerres sans vne meure deliberation, & lors qu'il n'y aura point d'autre remede, principalement contre les Princes Chrestiens. Que si la necessité vous y contraint, gardez les Eglises & preseruez les innocents de l'orage : faites incontinent la paix acceptant des conditions raisonnables, soit que vous ayez vous mesme la guerre ou qu'elle soit entre vos suiets, comme faisoit le grand saint Martin, lequel croyoit adiouster le comble à ses vertus s'il remettoit en paix des personnes ennemies.

Choisissez auec beaucoup de soin vos Preuosts & vos Baillifs, & vous informez souuent comment se comportent ceux qui tiennent vos Iustices & les gens de vostre Hostel, les punissant rigoureusement & sans dissimulation. Car s'ils manquent ils sont plus punissables que toute autre personne.

Empeschez le peché de tout vostre pouuoir, principalement les saletez infames & les serments execrables, & gardez vous en vous mesme.

Faites la guerre à l'heresie, & taschez de

la destruire le plus que vous pourrez.

Ie vous aduertis encore vne fois de remercier Dieu de ses biensfaits & de recognoistre ses graces.

Aymez l'Eglise Romaine, & tenez toûiours son party, honorant le Pape comme vn Pere Spirituel, & receuant de bon cœur ses aduertissements.

Faites prendre garde que l'estat de vôtre maison soit raisonnable & la despense moderée.

Mon fils, si vous pratiquez ces enseignements vous aurez en ce monde vostre Dieu fauorable en toutes vos affaires, & vous serez l'exemple de vos suiets. Car les Roys, les Princes, & les Prelats, & tous ceux que Dieu honore des grandes charges, sont comme le Soleil, par la lumiere duquel toutes les choses sont esclairées; les peuples prennent garde aux paroles, & aux actions des grands, leurs vertus les poussent à bien faire, & souuent les actions ont encore plus d'effect & de force que les paroles.

CHARLES LE SAGE ROY DE FRANCE A SES FRERES.

Dupleix.

MES freres, ie recognois par l'ordre commun de la Nature que ie dois bien tost laisser le Royaume & la vie; c'est pourquoy ie vous recommande mon fils, & vous charge de son education, esperant que vous en vserez comme bons Oncles doiuent faire de leur neueu, & que vous vous acquiterez fidelement du soin que vous deuez prendre de sa personne & de ses affaires. Aprés ma mort procedez à son couronnement le plustost que vous pourrez, & ne luy refusez point l'assistance de vos bons conseils, car toute ma confiance est en vous. Estant encore ieune & sans aucune teinture des affaires, il a besoin d'instruction & de conduite. Faites luy donc enseigner enquoy consiste son estat & sa dignité. Puis quand il sera temps mariez le dans vne si puissante famille, que cette alliance tourne au profit & à l'aduantage de son Estat. Pour cet effet informez vous des partis qui sont en Allemagne, afin d'y fortifier les anciennes habitudes, ou d'y en acquerir de nouuelles, & de rompre les desseins de nostre aduersaire qui pense à s'allier en ce pays. Le pauure peuple est fort chargé d'imposts & de subsides, soulagez sa misere le plustost que vous pourrez : car bien que ces leuées se soient faites pendant mon regne, elles ne laissent pas de charger mon cœur & de faire peine à mon esprit: mais les grandes affaires que nous auons euës de toutes parts, m'ont fait entendre malgré moy aux diuerses ouuertures qui en ont esté faites en mon Conseil.

HENRY ROY DE CASTILLE A IEAN SON SVCCESSEVR.

DANS le Royaume de Castille il y a trois sorte de personnes, les vns m'ont assisté dans les guerres ciuiles, les autres ont tenu le party de mes ennemys, les autres ont esté neutres. Conseruez les bienfaits & les recompenses dont i'ay honoré le seruice des premiers ; mais n'ayez point tant de confiance en eux, que vous ne craigniez le changement & la perfidie. Pour les autres, vous pouuez leur mettre en main quelque partie de vostre authorité pour l'administration des affaires publiques. Ils ont monstré qu'ils

Mariana lib. 17. de reb. Hisp. c. 2.

auoient l'esprit ferme & constant, ne se laissant point abattre par mes victoires, ny par la disgrace de leur maistre. Ils tascheront de recompenser par seruices la faute qu'ils ont commise contre moy, & de vous faire preuue de leur fidelité par leur diligence & leur industrie. Mais vous deuez sur tout maintenir les derniers en leur deuoir, leur faisant obseruer vos loix & vos ordonnances sans les honorer d'aucunes charges de vostre Couronne : car ces personnes preferent leur interest particulier à celuy du public, & ne se mettent pas en peine de la paix generale, pourueu que leur famille soit en repos.

LOVIS XI.

CELVY qui ne sçait pas dissimuler ne sçait pas regner.

ALPHONSE ROY DE NAPLES A FERDINAND.

Turpin hist. de Naples liu. 2. c. 22.

SERVEZ vous en toutes rencontres des vieux Capitaines, par la force & le secours desquels i'ay conquis ce florissant Empire. Si vous suiuez leurs aduis, vostre regne sera glo-

glorieux. Aymez les autant que vous mesme: Mais sur tout ne les exposez pas temerairement à toute sorte de hazards; car leur conseruation est le seul appuy de vostre gloire. D'ailleurs ie vous aduertis de n'auoir pas tant de confiance dans le courage & la force de vos soldats, que vous esperiez de ranger vos ennemis sans le secours & la benediction des Cieux. Les victoires ne sont pas les effects de la hardiesse ny de la prudence des hommes, mais de la volonté diuine; de sorte que si vous remportez quelque aduantage, vous deuez remercier Dieu qui en est l'autheur, & mettre en luy toutes vos esperances: au contraire si vos armes sont suiuis de quelque disgrace, croyez qu'il est en colere contre vos pechez, & sans entrer en impatience efforcez vous de vous reconcilier. Il afflige quelquefois ceux qu'il ayme pour les esprouuer, & quand il en a recogneu la constance il les restablit en leur premier estat, & quelquefois leur donne des aduantages qui passent leurs desirs. Enfin ayez soin de conseruer la reputation que vous vous serez acquise, car le prix des plus grandes victoires est l'honneur de les auoir gagnées. Que s'il s'allume quelque diuision parmy les vostres, ou qu'il se découure dans vos Estats quelque faction ou intelligence à vostre preiudice, vsez plustost de clemence que de rigueur. Si vous obseruez ces enseignements, vous me donnerez beaucoup de contentement, & en receurez beaucoup de gloire.

FIN.

EXTRAICT DV PRIVILEGE du Roy.

PAR grace & Priuilege du Roy, il est permis à Sebastien Cramoisy Imprimeur ordinaire de sa Maiesté, & de la Reyne Regente, d'imprimer, vendre & debiter vn Liure intitulé, *L'Academie des Princes, où les Roys apprennent l'art de regner de la bouche des Roys, Ouurage tiré de l'Histoire, &c. par* PIERRE MENARD, pendant le temps & espace de dix ans: Et defenses sont faites à tous Libraires & Imprimeurs, & autres personnes de quelque qualité & condition qu'elles soient, d'imprimer ou faire imprimer, vendre ny debiter ledit Liure, durant ledit temps, sans le consentement dudit Cramoisy, à peine de confiscation des exemplaires, & autres mentionnées audit Priuilege. Donné à Paris le 11. Decembre 1645. Signé, Par le Roy en son Conseil,

GRAMOISY.

Acheué d'imprimer le dernier Decembre 1645.

www.ingramcontent.com/pod-product-compliance
Lightning Source LLC
Chambersburg PA
CBHW070325030726
47505CB00004B/1089

* 9 7 8 2 0 1 4 4 9 2 3 9 2 *